ÄRGER IN DER ZOMBIESTADT

Der ehemalige Mathematik- und Physiklehrer Mark Cheverton begann mit dem Schreiben, um seinem Sohn die Gefahren von Cyberbullying anhand seines Lieblingsthemas zu erklären: Minecraft. Mittlerweile umfasst die Gameknight999-Serie 18 Titel und ein Ende ist noch nicht in Sicht.

MARK CHEVERTON

ÄRGER IN DER ZOMBIESTADT

DAS GEHEIMNIS UM HEROBRINE
BAND 1

AUS DEM AMERIKANISCHEN VON
KERSTIN FRICKE

h.f.ullmann

Titel der Originalausgabe: TROUBLE IN ZOMBIE-TOWN
ISBN der Originalausgabe: 978-1-63450-094-4

This book is published in agreement with the author, c/o BAROR INTERNATIONAL, INC., Armonk, New York, U.S.A.

Technische Beratung: Gameknight999

Übersetzung aus dem Englischen: Kerstin Fricke
Lektorat: Maxi Lange, Claudia Hahn
Satz: Julian Pies
Redaktion: Franziska Funcke

Coverdesign: Owen Corrigan
Coverillustration: Thomas Frick

Gesamtherstellung: Ullmann Medien GmbH, Potsdam

Printed in Germany, 2017
ISBN 978-3-7415-2258-1

10 9 8 7 6 5 4 3 2 1
X IX VIII VII VI V IV III II I

www.ullmannmedien.com
info@ullmannmedien.com
facebook.com/ullmannmedien
twitter.com/ullmannmedien

FSC www.fsc.org
MIX
Papier aus verantwortungsvollen Quellen
FSC® C129466

DANKSAGUNG

An dieser Stelle möchte ich meiner Familie für ihre unentwegte Unterstützung bei diesem Abenteuer danken. Ohne ihre Hilfe wären die Schreibsessions um vier Uhr morgens nur schwer durchzuhalten gewesen. Ich möchte auch Dr. Christie Tanner und Dr. Jenifer Smitkin für ihre Ratschläge und Einblicke in die Probleme und Herausforderungen, mit denen Kinder heutzutage zu kämpfen haben, danken. Außerdem bedanke ich mich bei der besten Agentin der Welt: Holly Root. Ohne ihre Hilfe wären diese Bücher vermutlich nicht zustande gekommen. Auch meiner Lektorin Cory und den tollen Leuten von Skyhorse Publishing gilt mein Dank für die hervorragende Zusammenarbeit. Ihre Energie und Begeisterung für diese Bücher waren motivierend und haben mir immer wieder die Kraft gegeben, bis spät in die Nacht zu arbeiten. Zuletzt bedanke ich mich bei allen, die meine Bücher lesen und mir freundliche Nachrichten per E-Mail und über die sozialen Medien zukommen lassen. Ich freue mich sehr über eure Unterstützung und bin bestrebt, weitere Bücher zu schreiben!

Geschwister sind die besten Freunde,
die man in jungen Jahren für selbstverständlich hält
und im Alter zu schätzen weiß.

WAS IST MINECRAFT?

Minecraft ist ein ausgesprochen kreatives Spiel, das entweder online mit Menschen aus der ganzen Welt, mit Freunden oder allein gespielt werden kann. Dieses Sandbox-Spiel ermöglicht es, erstaunliche Dinge aus texturierten Blöcken aus unterschiedlichen Materialien wie Stein, Erde, Sand, Sandstein usw. zu bauen. Die normalen physikalischen Regeln kommen dabei nicht zum Tragen, da man im Kreativmodus Bauwerke errichten kann, die der Schwerkraft trotzen und keine sichtbaren Stützen besitzen.

Kinder und Erwachsene nutzen das kreative Potenzial von Minecraft, um in diesem blockförmigen Universum unglaubliche Sachen zu bauen. Ein in letzter Zeit beliebtes Thema ist das Nachbauen ganzer Städte und Länder. Spieler haben London, Manhattan, Stockholm und Dänemark in Minecraft errichtet. Außerdem haben echte Minecraft-Geeks Fantasiestädte aus ihren Lieblingsfilmen und -serien wie Königsmund und Winterfell aus *Game of Thrones* und Minas Tirith aus *Herr der Ringe* gebaut. Der Überflieger aller Städtebauprojekte ist vermutlich Titan City: die Konstruktion eines Spielers, bei der viereinhalb Milliarden Blöcke verbaut wurden … Wow!

Abgesehen von Städten haben Spieler auch berühmte Bauwerke im Spiel errichtet. Das Taj Mahal ist einer meiner persönlichen Favoriten; mir gefallen aber auch Notre Dame und das Empire State Building. Für die Science-Fiction-Fans gibt es eine Replik der U.S.S. Enterprise (nicht das Original :() sowie des Millennium Falken und des Todessterns aus meinem Lieblingsfilm. Das Zeitraffervideo vom Bau des Todessterns ist übrigens wirklich faszinierend. Es gibt sogar ein paar Heiratsanträge, die in Minecraft realisiert wurden. Ich weiß nicht, wie viele davon erfolgreich waren, aber zahlreiche Videos wurden mehrere hunderttausend Mal angeschaut … Ich hoffe, sie hat Ja gesagt, sonst wäre das ganz schön hart. Denn was einmal im Internet ist, bleibt im Internet … und zwar für immer!

Der kreative Aspekt des Spiels ist bemerkenswert, aber ich spiele das Spiel am liebsten im Überlebensmodus. Dabei werden Spieler mit nichts als ihren Kleidern am Leib in einer blockartigen Welt ausgesetzt. In der Gewissheit, dass irgendwann die Nacht anbrechen wird, sammeln sie Ressourcen wie Holz, Stein, Eisen usw., um Werkzeuge und Waffen herzustellen und sich damit gegen die Monster zu verteidigen, die mit Einbruch der Dunkelheit hervorkommen.

Um Ressourcen zu erlangen, muss der Spieler Minen graben und tief in die Welt von Minecraft vordringen, in der Hoffnung, Kohle und Eisen zu finden, die beide für die überlebensnotwendigen Metallwaffen und -rüstungen benötigt werden. Beim Graben stoßen sie auf Höhlen, mit Lava gefüllte Kammern und möglicherweise auf eine der wenigen verlassenen Minen oder Verliese, in denen sich Schätze finden lassen. Doch viele Wege und Kammern sind von Monstern (Zombies, Skeletten und Spinnen) bevölkert, die nur darauf warten, sich auf Unachtsame zu stürzen.

Mit den mit Version 1.8 hinzugekommenen Erweiterungen (die Kaninchen gefallen mir am besten) sind viele weitere Features verfügbar. Neue Blocktypen wurden hinzugefügt, um eine bessere und detaillierte Textur für die digitale Welt zu erschaffen, aber ganz besonders interessant sind das neue Ozeanmonument und die Wächter. Nur die mutigsten Krieger werden den Versuch starten, den Großen Wächter im Überlebensmodus ohne Cheats zu besiegen … Ich bin mir nicht sicher, ob ich es schaffen würde, aber vielleicht ja Gameknight999. Eine interessante Ergänzung zur Version 1.8 war die Aussage am Ende der Liste auf dem Anmeldebildschirm … Herobrine wurde entfernt … Oder vielleicht doch nicht???

Das Land mag voller Monster sein, aber der Benutzer ist nicht allein. Es gibt riesige Server mit Hunderten von Spielern, die sich alle den Platz und die Ressourcen mit anderen Kreaturen in Minecraft teilen. Die Oberwelt ist voller Dörfer, die von NPCs (non-player characters) bevölkert sind. Diese laufen in ihrer Siedlung umher und machen, was immer Dorfbewohner so treiben, und sie haben Schatztruhen, manche groß, andere unbedeutend, in ihren Behausungen versteckt. Benutzer können mit diesen NPCs reden und Gegenstände tauschen, um an seltene Edelsteine oder Material für Tränke zu gelangen. Manchmal lässt sich auf diese Weise sogar ein Bogen oder ein Schwert finden.

Dieses Spiel ist eine beeindruckende Plattform für kreative Menschen, die gern bauen und erschaffen, aber sie sind dabei nicht auf Gebäude beschränkt. Mit einem Material namens Redstone können die Benutzer elektrische Schaltkreise innerhalb des Spiels erschaffen und so beispielsweise Kolben und andere Geräte antreiben und komplexe Maschinen aufbauen. Auf diese Weise wurden bereits Musikanlagen, funktionsfähige 8-Bit-Computer und raffinierte Minispiele innerhalb von Minecraft erschaffen, die alle mithilfe von Redstone realisiert wurden (Cake Defense finde ich persönlich ganz großartig).

Durch die Einführung der Befehlsblöcke mit Version 1.4.2 und die Einbeziehung fortschrittlicherer Skriptfunktionen wie Teleportation können Programmierer neue Arten von Minispielen erschaffen. Missile Wars gefällt mir da bisher mit am besten.

Das Schöne und Brillante daran ist, dass es sich nicht nur um ein Spiel handelt, sondern um ein Betriebssystem, das es den Benutzern gestattet, ihre eigenen Spiele zu programmieren und sich auf bisher neue, nie in Minecraft da gewesene Art zu entfalten. Kinder jeden Alters und Geschlechts entwerfen nun einzigartige Spiele, eigene Karten und PvP-Arenen, in denen Spieler gegeneinander antreten können. Minecraft ist ein Spiel voller aufregender kreativer Möglichkeiten, spannender Kämpfe und furchterregender Kreaturen. Im Grunde genommen entspricht es einer nackten Leinwand, auf der man seiner Fantasie freien Lauf lassen kann.

Was wirst du erschaffen?

KAPITEL 1
DER SCHURKE

Mit einem hasserfüllten Grinsen materialisierte er sich in der üppig grünen blockartigen Landschaft. Sein gesamtes Wesen war von einem zerstörerischen Hass auf die ihn umgebende Schönheit der Natur erfüllt. Er trat auf ein Schaf zu, das in der Nähe graste, und grinste, als die viereckige flauschige Kreatur mit Panik in den sanften eckigen Augen über den Hügel floh. Eine bösartige Präsenz schien von ihm auszugehen wie Hitze von einem brennenden Haus. Selbst die Grashalme versuchten, sich dieser unheilvollen Kreatur zu entziehen.

„Wie können die Oberweltler diesen Ort nur ertragen?“, zischte der finstere Neuankömmling, während er seine Umgebung mit bösem Blick in Augenschein nahm.

In der Ferne konnte er ein Dorf erkennen, das nicht wie viele andere Dörfer heutzutage über Verteidigungsanlagen verfügte. Hier handelte es sich um eine normale Ansammlung von Häusern, jedes aus einzelnen Blöcken gefertigt, wie es bei allen Dingen in Minecraft der Fall war. Die Gebäude bestanden aus vielen Holzblöcken und umgaben ein zentrales Steingebäude, das hoch in den Himmel aufragte: der Wachturm. In der Nähe konnte er den Dorfbrunnen und weiter draußen ein Weizenfeld erkennen. In den Straßen zwischen den Gebäuden sah er die Dorfbewohner, die ihrem Tagewerk nachgingen, wobei sich ihre eckigen Köpfe und Körper fast nicht von den blockartigen Häusern unterschieden.

Diese närrischen Dorfbewohner haben keine Ahnung, in welcher Gefahr sie schweben, dachte die finstere Kreatur. Aber diesen Fehler würde er schon bald berichtigen.

Er schloss die leuchtend weißen Augen, teleportierte sich von diesem malerischen Ort weg und materialisierte sich in einem dunklen Tunnel. Nachdem er tief eingeatmet hatte, stieß er einen kehligen Schrei aus, der durch die Steingänge und Felskammern hallte, von Lavaseen abprallte und von gewaltigen Wasserfällen reflektiert wurde, bis er die gesamte unterirdische Welt von Minecraft erfüllte. Sofort wurde sein Ruf vom sorgenvollen Stöhnen der Zombies erwidert.

„Ich komme, meine Kinder“, rief er in die Dunkelheit hinein. „Bereitet eine Versammlung vor.“

Das Stöhnen veränderte sich. Verzweiflung und Traurigkeit verwandelten sich in Überraschung und Angst. Der dunkle Fremde lächelte; er konnte ihre Furcht spüren … Das war gut.

Lautlos bewegte er sich durch die dunklen Gänge und stieg durch die Tunnel tiefer hinab bis zu dem geheimen Eingang, von dessen Existenz nur die Monster der Nacht wussten. Ab und zu bemerkte er riesige Spinnen und Creeper, die sich in den Schatten verbargen und darauf hofften, nicht gesehen zu werden, doch seinen leuchtenden Augen entging nichts. Er sah sie alle im Dunkeln kauern. Normalerweise hätte er diese furchtsamen Kreaturen vernichtet, deren Angst ihn anwiderte, aber im Augenblick hatte er wichtigere Pläne und keine Zeit für diese Schwächlinge.

Ein Leuchten erfüllte den Tunnel vor ihm, das sanfte orangefarbene Glühen von Lava … heißer, einladender Lava. Die Schatten hinter den Steinsäulen und tiefen Spalten wurden länger und tiefer, als er sich der Lichtquelle näherte. Nachdem er um eine Ecke gebogen war, stieß er auf einen langen Fluss aus geschmolzenem Gestein, der von weit oben herabfiel und einen großen Teich bildete. In der Nähe schoss ein Wasserfall aus einem Loch in der Wand, und das kühle blaue Wasser strömte in den kochenden Teich. Dort, wo die beiden Gegensätze aufeinandertrafen, bildete sich Obsidian. Die schwarzgefleckten Blöcke reflektierten das Licht des geschmolzenen Steins und warfen Lichtstrahlen durch die Kammer.

Dort war er.

Der Eingang zur Zombiestadt befand sich immer da, wo Wasser und Lava aufeinandertrafen. Der Fremde ließ den Blick über die zerklüfteten Steinwände schweifen und erkannte sofort die Stelle, hinter der die Geheimtür verborgen war: eine flache Steinwand, aus der ein einzelner Block herausragte. Er begab sich zu diesem Block, legte eine Hand darauf und drückte dagegen. Ein Klicken ertönte, dann schwang die Wand nach innen und gab den Blick auf einen langen, dunklen Tunnel frei. Der Fremde betrat den Gang, drehte sich um und schloss die Steintür hinter sich. Danach sprintete er den steinigen Korridor entlang. Während er rannte, wurde der Gang immer heller und die Wände veränderten ihre Farbe von Steingrau zu einem einladenden Orange, das an den Herbstanfang erinnerte. Noch mehr Lava. Der Fremde grinste gespenstisch. Er liebte Lava … Sie erinnerte ihn immer an seine Heimat.

Als er das Ende des Tunnels erreicht hatte, hielt

er inne und betrachtete seine Umgebung. Vor ihm erstreckte sich eine massive Kammer, die vielleicht zwanzig Blöcke hoch und mindestens hundert Blöcke lang war. Überall auf dem Boden der Kammer standen kleine Häuser aus Stein- und Erdblöcken, jedes von anderer Größe und Form. Die eckigen Strukturen schienen miteinander zu konkurrieren, als würden Wände gegen Wände drücken und um den Platz wetteifern. So ergab sich ein geometrisches Flickwerk von seltsamer chaotischer Schönheit. Nichts passte zusammen, nichts war identisch, und dennoch sah jede Zombiestadt gleich aus.

Im Zentrum der Kammer befand sich ein großer Platz, von dem die Gebäude durch eine Art mystische Macht ferngehalten wurden. Das war sein Ziel. Immer zwei Stufen auf einmal nehmend, lief der finstere Fremde nach unten zum Boden der Höhle und sprintete durch das Labyrinth aus engen Straßen, die sich durch die Stadt schlängelten. Ab und zu wurde sein Weg durch Hausecken blockiert. Dann zog er seine Diamantspitzhacke hervor, zerschlug rasant die Blöcke und ließ den Schaden hinter sich zurück, während er weiter auf den Platz zueilte.

Innerhalb von Minuten hatte er die Höhle durchquert und den Platz erreicht. Am Rand dieser offenen Fläche schienen seltsame grüne Funken wie ein fremdartiges Feuerwerk in die Luft zu fliegen. Um diese funkelnden Brunnen herum standen Zombies und badeten in dem Leuchten, wobei sie ihre dunklen Augen vor Verzückung geschlossen hatten. Der Fremde wusste, dass dies die für die Zombies so wichtigen Gesundheitsbrunnen waren. Denn die Zombies aßen keine „Gehirne“, wie die dummen Benutzer dachten – das war nur ein Ammenmärchen. Zombies ernährten sich, indem sie im smaragdgrünen Licht der Gesundheitsbrunnen badeten. Die grünen Funken stellten ihre Gesundheit wieder her und stillten ihren Hunger. Er wusste, dass Zombies sterben mussten, wenn sie zu viel Zeit außerhalb der Zombiestadt verbrachten. Daher waren sie gezwungen, immer in ihrer Nähe zu bleiben, und auf ewig zu ihrem unterirdischen Dasein verdammt.

Der Fremde eilte an den Zombies vorbei auf das Steinpodium zu, das im Zentrum des Platzes stand. Er schob sich durch die Monstermenge und erblickte dabei Zombies jeder Größe und jeden Alters – groß, klein, jung und alt. Außerdem sah er Schweinezombies und ab und zu eine Lohe, die vermutlich dank geheimer Verbindungsportale aus dem Nether zu Besuch war. Als er die Stufen erreichte, die zu der erhobenen Plattform führten, stieß er einen weiteren kehligen Laut aus. Das erregte die Aufmerksamkeit aller.

Langsam stieg er die Stufen empor. Auf dem Podium stand bereits ein Zombie von muskulöser Statur. Vermutlich war er der Anführer dieser Gemeinde … aber das würde sich bald ändern. Der Fremde stellte sich neben den Zombie und starrte ihn aus leuchtenden Augen an.

„Wie heißt du?", fragte der finstere Fremde.

„Dieser Zombie nennt sich Va-Lok", antwortete der Zombie mit einer kratzigen, animalischen Stimme und zeigte dabei mit einem stummeligen grünen Finger auf sich selbst. „Va-Lok ist der Anführer dieser Stadt."

„Jetzt nicht mehr."

Mit schnellen Faustschlägen ging der Fremde auf den Zombie los. Dieser versuchte, zurückzuschlagen, aber sein Angreifer verschwand genau in dem Augenblick, in dem sich die Zombieklauen dicht vor seiner Haut befanden. Dann tauchte der Fremde hinter Va-Lok auf und attackierte ihn hinterrücks. Das Ganze dauerte nur eine Minute: Der Fremde griff an, verschwand, tauchte wieder auf, griff erneut an … immer und immer wieder. Va-Lok hatte keine Chance. Als nur noch ein letzter Rest Gesundheit übrig war, stieß der Fremde den Zombie von der Plattform, sodass dieser zu Boden fiel. Er prallte hart auf, und der Schaden durch den Sturz verbrauchte den Rest seiner Gesundheit. Die Kreatur verschwand und ließ nur einige Zombiefleischfetzen und drei leuchtende Erfahrungskugeln zurück. Sie schwebten zu denen, die dem Opfer am nächsten gestanden hatten.

Nun galten alle Blicke dem Fremden.

„Ich habe euren Anführer im Kampf besiegt und beanspruche diese Stadt hiermit für mich. Es ist nach altem Brauch geschehen: Die Starken vernichten die Schwachen, so wie es in euren Gesetzen steht. Ihr seid nun meine Untertanen und werdet tun, was ich befehle."

„Welche Befehle werden den Zombies dieser Stadt erteilt?", fragte einer der Zombies in der Nähe.

„Wie lautet dein Name?"

„Dieser Zombie nennt sich Ta-Zin." Der Zombie trat mit unsicherem Blick und ängstlicher Miene vor.

„Ta-Zin, du bist ab sofort einer meiner Generäle. Du wirst diese Stadt im Kampf anführen", verkündete der Fremde mit lauter Stimme, die von den Mauern der Kammer widerhallte, sodass es so klang, als stünden einhundert von ihm auf der Plattform.

„Ihr werdet die Oberweltler so lange angreifen, bis der Benutzer-der-kein-Benutzer-ist vor mir kniet." Er hielt inne, um den Befehl sacken zu lassen, dann fuhr er fort. „Der erste Krieg, der uns hätte befreien sollen, ist fehlgeschlagen. Die einfältigen Anführer Erebus und Malacoda haben mich enttäuscht, und ihre Strafe war der Tod. Jetzt werde ich die letzte Schlacht selbst anführen und den erbärmlichen NPCs der Oberwelt zeigen, was Furcht wirklich bedeutet."

Die Zombies murmelten untereinander, nickten mit ihren verrottenden Köpfen, und ein breites Grinsen zeichnete sich auf den eckigen grünen Gesichtern ab.

„Wir werden die Dorfbewohner angreifen, bis der Benutzer-der-kein-Benutzer-ist zu mir kommt, vor mir kniet und mich um das Leben dieser jämmerlichen NPCs anfleht. Und wenn er dem Tod nahe ist, kurz bevor das letzte Bisschen seiner Gesundheit aufgebraucht ist, wird sein Mut ihn verlassen. Dann wird Gameknight999 durch das Tor des Lichts zurück in die physische Welt gehen, um seinem Tod zu entgehen. Wenn er das tut, werde ich ihn in die physische Welt begleiten, um dort Chaos zu stiften und die Menschheit für meine Einkerkerung in Minecraft zu bestrafen. Dann und nur dann wird es mir möglich sein, die Monster der Nacht zu befreien."

Die Zombies stießen ein kehliges Jubeln aus, das mehr wie ein Schnauben klang, wurden aber sogleich wieder still, als Ta-Zin vortrat. Der Zombie drehte sich zu den anderen Monstern um, deren kalte tote Augen nun auf ihn gerichtet waren, und sah dann zu dem Fremden auf.

„Dieser Zombie ist verwirrt. Die Kleidung des Anführers, der vor unserer Stadt steht, ist die eines Schatten-Crafters, und jene Alten können die verändern, die in den Schatten leben, und Verbesserungen bei den Kreaturen der Nacht durchführen, aber …"

Der Fremde teleportierte sich zu dem Zombie und hieb mit den Fäusten auf ihn ein, sodass die Gesundheit des Monsters fast auf null abfiel. Doch gerade, als Ta-Zin auf ein Knie sackte, stoppte der Angriff.

„Ich bin nicht *ein* Schatten-Crafter, ich bin DER Schatten-Crafter", erklärte der Fremde zornig. „Ich habe die Schatten-Crafter *erschaffen* und bin der Herrscher über alle Kreaturen in Minecraft."

„Ta-Zin entschuldigt sich", sagte Ta-Zin mit angespannter Stimme. „Wie sollen die Zombies ihren neuen Anführer ansprechen?" Wie die Zombies wussten, wurden alle Nicht-Monster nach ihrer Aufgabe benannt, ihrem Zweck in Minecraft. Ein Schatten-Crafter, der Zombies verbesserte, würde Zombiebrine genannt werden, einer, der Creeper craftete, würde Creeperbrine heißen … „Woran arbeitet dieser Anführer?"

„Ich bin der Crafter von Kreaturen wie dem gescheiterten Erebus und dem übereifrigen Malacoda. Ich erschaffe die Anführer von Armeen und die Herrscher der Dunkelheit. Ich CRAFTE BÖSE HELDEN!" Seine Stimme hallte von den Kammerwänden wider. „Und nun zieht los und zerstört, und macht den NPCs klar, dass sie leiden müssen, bis der feige Benutzer-der-kein-Benutzer-ist beschließt, sich mir zu stellen!"

„Aber wie lautet der Name des Anführers?", rief ein Zombie aus der Menge. „Wie soll der Anführer der Zombiestadt angesprochen werden?"

„Mein Name … Ihr wollt meinen Namen wissen?"

Ta-Zin nickte mit dem kränklich grünen Kopf. Der Fremde beugte sich dicht zu ihm vor und flüsterte mit einer Stimme, bei der man Gänsehaut bekam: „Ihr könnt mich so nennen, wie mich die Legenden nennen … Ich bin Herobrine."

KAPITEL 2
EIN NEUER ANFANG

Gameknight999 loggte sich in Minecraft ein, wie er es schon tausend Mal zuvor getan hatte. Er spielte im Keller am leistungsstarken Computer seines Vaters — dem mit der verbesserten Grafik, auf dem das Spiel richtig schnell lief. Wenn er über die Schulter schaute, konnte er im ganzen Keller verteilt die Erfindungen seines Vaters sehen: den 3D-Lakritzdrucker, den Marshmallow-Werfer, den Highspeed-Erdnussbuttermixer … alle möglichen Gerätschaften. Denn sein Vater war von Beruf Erfinder. Er erschuf die ungewöhnlichsten Dinge und reiste dann durchs ganze Land, um Leute zu finden, die sie kaufen wollten. Die meisten seiner Erfindungen waren Fehlschläge, nur wenige funktionierten überhaupt wie erwartet. Mit einer Ausnahme: dem Digitalisierer. Gameknight hatte auf die harte Tour gelernt, dass diese Erfindung besser funktionierte als gedacht, als sie ihn digitalisiert und in das Programm gezogen hatte, das gerade auf dem Computer lief: Minecraft. Das war eine schmerzliche Lektion gewesen, die er nicht wiederholen wollte.

Noch immer konnte er sich an seine schreckliche Furcht erinnern, als er in das Spiel gesaugt worden war … die gigantische Spinne, gegen die er kämpfen musste … und die Zombies … und die Creeper … und … Die Zahl der Monster schien kein Ende zu nehmen. Gameknight hatte den Digitalisierer nicht absichtlich eingeschaltet; es war ein Versehen gewesen. Aber dieses kleine Versehen hatte ihn auf ein Abenteuer geschickt, das sein Leben für immer verändert hatte. Er hatte auf seiner Reise durch Minecraft viel gelernt, doch am überraschendsten war die Erkenntnis gewesen, dass die Wesen innerhalb des Spiels tatsächlich lebendig waren … die NPCs und die Tiere … und die Monster …

Insbesondere zwei bösartige Kreaturen hatten es sich zur Aufgabe gemacht, Gameknight999 in Furcht und Schrecken zu versetzen und alles Leben in Minecraft zu bedrohen: Erebus, der König der Endermen, und Malacoda, der Netherkönig. Beide hatten es darauf abgesehen, durch die Vernichtung der Quelle Minecraft zu zerstören. Von der Quelle ging sämtliche Software aus, mit der die Weltenserver von Minecraft betrieben wurden. Hätten sie die Quelle zerstört, wären sie in der Lage gewesen, in die physische Welt zu entkommen. Aber Gameknight999 war es mithilfe seiner Freunde und einer Armee aus NPCs und Benutzern gelungen, Erebus und Malacoda aufzuhalten und alle zu retten. Es war eine tolle Erfahrung gewesen, bei der er viel über sich gelernt hatte. Das Erlebte hatte aber auch für immer seine Sicht auf Minecraft verändert. Seit Gameknight999 im Spiel gewesen war, war es nicht länger nur ein Spiel … sondern so viel mehr.

Gameknight schaute über die Schulter zum Digitalisierer hinüber, der zwischen all den anderen Dingen herumlag und zur Kellerwand zeigte. Das Gerät war ausgeschaltet, und doch wirkten die Röhren dunkel und unheimlich. Immer wenn er das Gerät auch nur ansah, überlief ihn ein Schauder. Aber jetzt, einige Wochen, nachdem er wie durch ein Wunder lebendig aus dem Spiel entkommen war, hatte er endlich den Mut gefunden, wieder nach unten in den Keller zu kommen und sein Lieblingsspiel zu spielen … Minecraft.

Er drehte sich zu seinem großen 1080p-Monitor um und sah, dass sein Charakter im normalen Gebiet materialisiert war, vor dem Versteck, das er gebaut hatte, als er durch den Digitalisierer in Minecraft hineingezogen worden war. Er schaute nach oben, konnte jedoch den Serverfaden nicht sehen, der seinen Charakter mit den Minecraft-Servern (und der Quelle) verband. Aber Gameknight wusste, dass er da war. So konnten die NPCs einen Benutzer von einem NPC unterscheiden: durch den Serverfaden, der sich wie ein silberner Lichtstrahl in den Himmel erstreckte. Sie sahen außerdem die Buchstaben des Benutzernamens über seinem Kopf schweben. Als er in Minecraft hineingezogen worden war, hatte er wie ein Benutzer ausgesehen und seinen Spielernamen über dem Kopf gehabt, aber der leuchtende Serverfaden hatte gefehlt. Er war ein Benutzer, aber ohne die Verbindung zu den Servern … und somit auch wieder kein Benutzer. Die NPCs nannten ihn daher den Benutzer-der-kein-Benutzer-ist und behaupteten, er wäre derjenige, der laut der Prophezeiung Minecraft retten würde. Diesen Titel hatte er mit Stolz getragen.

Jetzt schaute sich sein Charakter in der Landschaft um. Gameknight konnte die große Felszunge sehen, die sich über den Teich erstreckte und von der sich ein Wasserfall bis in eine unterirdische Kammer ergoss. Dort war er das erste Mal von der riesigen Spinne angegriffen worden. Der Wasserfall hatte ihm an jenem Tag das Leben gerettet. Er erinnerte sich noch immer an jedes Detail dieses schrecklichen Wesens: an die kleinen Härchen überall auf seinem Körper, die sich zu bewegen schienen, die gekrümmten schwarzen Klauen am Ende jedes Beins, die vielen Augen, in denen ein unstillbarer Hass loderte. Bei der Erinnerung erschauerte er kurz, dabei wusste er, dass es diesmal anders war. Er war *im* Spiel gewesen, wirklich im Spiel. Aber jetzt spielte er es nur als normaler Benutzer, der einen Ausflug nach Minecraft machte. Sein Charakter konnte Schaden nehmen, sogar getötet werden, aber im echten Leben würde ihm nichts passieren. Es war nur ein harmloses Computerspiel, und das würde es auch bleiben. Außerdem gab es nichts auf der Welt, das ihn dazu veranlassen konnte, das Tor des Lichts (den Digitalisierer seines Vaters) zu durchschreiten, um wieder nach Minecraft zurückzukehren.

Gameknight999 blickte auf den Bildschirm und bewegte seinen Charakter in Richtung Dorf, von dem er wusste, dass es sich in der Ferne befand. Er sprintete durch die Landschaft, vorbei an einem weiteren Berg mit ähnlichen Felsvorsprüngen. Bei diesem hingen lange Steinsäulen von der überhängenden Oberfläche, die wie die riesigen Zähne eines uralten kantigen Leviathans aussahen. Er erinnerte sich an diesen Berg von seinem ersten Besuch auf diesem Server, und damals hatte er ihm Angst gemacht … allerdings hatte er sich damals so ziemlich vor allem gefürchtet.

Er flitzte am Felsvorsprung vorbei und sprintete dann direkt auf Crafters Dorf zu. Ein paar Spinnen kamen angelaufen, um ihn herauszufordern, aber Gameknight ließ sich nicht darauf ein. Er wusste, dass diese Spinnen keine Chance gegen ihn hatten, da seine Rüstung und sein Schwert verzaubert waren, und … sie waren lebendig. Er wollte nicht gegen sie kämpfen oder sie töten, wenn es nicht nötig war.

Das war eins der Dinge, die er gelernt hatte, nachdem er durch den Digitalisierer seines Vaters ins Spiel gesaugt worden war: Die Kreaturen im Spiel waren wirklich lebendig. Die Dorfbewohner (oder NPCs) hatten Hoffnungen und Träume für ihre Kinder und verspürten Trauer und Verzweiflung, wenn sie jemanden verloren, der ihnen am Herzen lag. Alle Kreaturen innerhalb der digitalen Welt fühlten Schmerz und fürchteten den Tod; sie hatten ein Bewusstsein, und ihnen war klar, dass sie existierten, und jetzt wusste Gameknight das auch.

Er lief an den achtbeinigen Monstern vorbei, nickte ihnen anerkennend zu und machte dann einen Bogen um sie, während er seinen Weg ins Dorf fortsetzte. Nach ein paar Minuten konnte er die große Mauer aus Bruchstein erkennen, die sie um das Dorf herum errichtet hatten. Sie war gebaut worden, um die NPCs vor den Monstern der Oberwelt zu schützen, die von Erebus, dem König der Endermen, angeführt worden waren.

Erebus hatte den Angriff auf Minecraft durchgeführt, um zur Quelle zu gelangen und sie zu vernichten. Danach wollte er das Tor des Lichts benutzen, um in die physische Welt zu gelangen und auch dort alles zu zerstören. Gameknight und seine Freunde aus dem Dorf hatten die Verteidigung von Minecraft angeführt und alle gerettet. Und jetzt gab es glücklicherweise keine Schlachten mehr, keine Monster, die seinen Tod wollten, keine Armeen, die auf dem Schlachtfeld aufeinandertrafen. Es gab nur noch Minecraft … und so gefiel es ihm am besten.

Als er sich dem Dorf näherte, erblickte er einen NPC auf einem großen Steinturm, der alle anderen Gebäude überragte. Das war der Wachturm, den es in jedem Dorf gab. Der NPC mit den besten Augen hatte die Aufgabe, nach Monstern Ausschau zu halten. Diese NPCs hießen Watcher, denn NPCs werden immer nach ihrer Aufgabe benannt, z.B. Builder,

Runner, Planter, Digger … Es gab Gameknight immer ein Gefühl der Sicherheit, wenn er die Watcher auf ihrer Position auf den Türmen sah. Das bedeutete nämlich, dass alles so war, wie es sein sollte. Aber jetzt standen dort zwei Watcher … Seltsam.

„Öffnet die Tore", rief einer der beiden.

Zwei Eisentüren schwangen auf, als sich Gameknight näherte, aber während sie sich quietschend öffneten, glaubte er, tiefe Kratzer in der Oberfläche zu sehen, als wären rasiermesserscharfe Klauen darüber gezogen worden. Als er nach oben schaute, konnte er Bogenschützen erkennen, die mit Bögen in den Händen auf der Festungsmauer patrouillierten.

Warum sind heute so viele Bogenschützen auf der Mauer?, wunderte sich Gameknight.

Er überquerte die Holzbrücke, die den Burggraben überspannte, und begab sich zum Dorfplatz. Jeder NPC, dem er begegnete, grüßte ihn freundlich. Sie kannten ihn natürlich alle; er war der Retter von Minecraft … der Benutzer-der-kein-Benutzer-ist.

Als er weiter ins Dorf spazierte, kamen zwei junge NPCs mit breitem Grinsen im Gesicht auf ihn zugerannt.

„Gameknight!", riefen sie und liefen noch schneller.

Gameknight999 hockte sich hin, breitete die Arme aus, und die beiden stürzten sich auf ihn. Er hob sie hoch und hielt sie fest an sich gedrückt, während er sich drehte, sodass ihre kleinen Beine nach außen schwangen wie in einem Kettenkarussell. Ihr Gelächter hallte durch die Luft. Er hielt an, setzte sie langsam wieder auf dem Boden ab und ließ sie dann los, um die beiden in neue Abenteuer zu entlassen.

Die beiden hießen Topper und Filler und waren die Zwillinge seines NPC-Freundes Digger. Nachdem Gameknight999 Minecraft gerettet hatte, war er in ihre Familie aufgenommen worden. Das hatte ihn sehr beschämt, denn er hatte damals, als er noch ein eigensüchtiger Griefer gewesen war, den Tod von Diggers Frau, der Mutter der Zwillinge, verschuldet. Gameknight hatte schreckliche Dinge getan, als er das große Geheimnis von Minecraft – dass die NPCs wirklich lebendig waren – noch nicht kannte. Als er zum ersten Mal in dieses Dorf gekommen war, noch bevor der Krieg sämtliche Server überzogen hatte, bevor er der Benutzer-der-kein-Benutzer-ist geworden war, hatte Gameknight dieses Dorf gegrieft. Er hatte Türen aufgebrochen, um Zombies zu den Dorfbewohnern hereinzulassen, und Wände zerstört, sodass die Skelette ihre Pfeile auf die Bewohner schießen konnten. So war auch Diggers Frau gestorben. Nach der großen Schlacht um dieses Dorf ... nachdem Gameknight mit der Hilfe seines Freundes Shawny dabei geholfen hatte, das Dorf zu verstärken ... nachdem er das Leben zahlloser NPCs gerettet hatte, hatte Digger ihm seine vergangenen Missetaten verziehen. Das beschämte Gameknight999 sehr, und er wollte hart arbeiten, um sich diese Freundschaft zu verdienen. Und Diggers Zwillinge Topper und Filler erinnerten ihn mit ihren herzlichen Umarmungen und dem freudigen Kichern immer daran, wie unglaublich wertvoll dieses Geschenk war.

Das Einzige, was ihn jetzt traurig machte, war, dass er die Umarmungen nicht wirklich spüren konnte. Er spielte das Spiel nur, sah es auf seinem Computerbildschirm, hörte die Stimmen seiner NPC-Freunde durch sein Headset ... Er war nur ein Beobachter und nicht wirklich Teil dieser Welt. Er vermisste es, die Umarmungen zu spüren, aber er würde nie wieder richtig in das Spiel zurückkehren und der Benutzer-der-kein-Benutzer-ist sein. Es hatte ihn fast das Leben gekostet und war das Furchterregendste gewesen, das er je erlebt hatte. Nein, der Preis dafür, die liebevollen Umarmungen zu spüren, war einfach zu hoch.

„Gameknight!“, rief eine weitere junge Stimme.

Er drehte sich zu dem Klang um und sah ein Mädchen auf sich zulaufen. Sie hatte langes, lockiges rotes Haar, das aber beim Laufen nicht um ihren Kopf wehte, sondern einfach an ihren Schultern und dem Rücken klebte, als wäre es aufgemalt. Es war Stitcher.

Als normaler Benutzer wirkten die Dinge in Minecraft flach und zweidimensional. Aber als er im Spiel gewesen war, hatte er sehen können, wie Stitchers lange rote Locken ihre Schultern herabflossen und beim Laufen auf und ab hüpften. Es gab so viele wundervolle Details in Minecraft, die normale Benutzer nicht sehen konnten. Details, die sämtliche Kreaturen unterschiedlich und einzigartig aussehen ließen und bewiesen, dass die NPCs, Tiere und Monster im Spiel wirklich am Leben waren!

Sie lief über den Platz, ließ Pfeil und Bogen fallen und sprang direkt in seine Arme. Er fing sie problemlos auf, aber die Wucht ihres Aufpralls ließ ihn lachend zu Boden gehen.

„Du bist größer geworden“, stellte Gameknight fest und stand wieder auf.

„Du bist ja auch eine Weile nicht hier gewesen“, erwiderte sie.

„Nur ein paar Wochen“, gab Gameknight999 zurück. Nach seinem letzten anstrengenden Abenteuer hatte er einfach eine Pause gebraucht.

Sie sah ihn an und runzelte die Stirn, als hätte er sie angelogen. Dann fiel ihm wieder ein, dass die Zeit in Minecraft schneller lief als in der physischen Welt; ein Tag in Minecraft waren nur zwanzig Minuten in der echten Welt.

„Ja, ich schätze, es war wohl doch länger“, gab er zu. „Tut mir leid, ich hätte früher zurückkommen sollen.“

„Stimmt, das hättest du“, sagte Stitcher und knuffte ihm sanft gegen den Arm. „Nächstes Mal haue ich dich wirklich, wenn du so lange wartest, um zurückzukommen und uns zu besuchen. Wir sind deine Minecraft-Familie, vergiss das nie!“

„Entschuldige“, murmelte er kleinlaut.

Hinter ihm ertönte ein Lachen. Er drehte sich um und sah Hunter, Stitchers ältere Schwester, auf sich zukommen. Wie immer hatte sie ihren verzauberten Bogen in der Hand und einen Pfeil aufgelegt.

„Hat meine kleine Schwester dir gerade die Leviten gelesen?“, fragte sie.

„Ja, so ungefähr“, antwortete Gameknight.

Hunter lachte noch lauter. Sie sah ebenfalls älter aus. Ihr leuchtendes rotes Haar war länger, die Strähnen reichten jetzt bis zur Mitte ihres Rückens, lagen aber ebenfalls flach an. Es nahm ihr etwas von ihrer Erscheinung, als wäre sie nur eine von vielen und nicht einzigartig. Außerdem schien sie größer geworden zu sein und war mittlerweile so groß wie Gameknight. Vieles an ihr hatte sich verändert, nicht aber ihre dunkelbraunen Augen. Sie waren noch immer erfüllt vom Zorn und der Wut auf die Monster, die ihre Eltern getötet und ihr Dorf vernichtet hatten. Gameknight konnte sehen, dass der Rachedurst sie noch nicht verlassen hatte. Das machte ihn traurig, denn Rache ist ein gieriger Meister, der sowohl den Jäger als auch den Gejagten verschlingt. Seine Mutter sagte immer, die beste Rache wäre, ein erfülltes Leben zu führen und erfolgreich und glücklich zu sein. Aber Gameknight wusste, dass Hunter nicht bereit war, das zu hören … noch nicht.

„Na gut, wenn du damit fertig bist, dich von meiner kleinen Schwester runterputzen zu lassen, kannst du mitkommen. Wir haben viel zu bereden“, erklärte Hunter. „Na los, auf zur Fertigungskammer.“

Geschmeidig drehte sie sich auf einem Fuß um und lief ins Dorfzentrum und auf den großen Steinturm zu, der hoch aufragte und über seine Bewohner wachte. Gameknight folgte ihr mit Stitcher an seiner Seite.

Viele jubelten, als sie Gameknight vorbeigehen sahen; er hatte ihnen das Leben gerettet und war ein Held … nein, eine Legende, eine lebende Legende: der Benutzer-der-kein-Benutzer-ist, derjenige, der die Monster von Minecraft davon abgehalten hatte, alles und jeden zu vernichten. Immer wieder riefen Dorfbewohner seinen Namen und klopften ihm auf den Rücken, während er durch das Dorf lief. Das gab Gameknight ein gutes Gefühl, was er nicht gewohnt war, denn es fühlte sich so an, als wäre er wichtig und wertvoll. Zu Hause fühlte er sich nie so, erst recht nicht in der Schule. Dort war Gameknight999 nur Tommy Feynman, der Junge, der versuchte, unsichtbar zu sein, denn so konnte man den Schlägern am einfachsten aus dem Weg gehen. Er fühlte sich nicht wichtig, bedeutend oder wertvoll, denn dadurch lockte man nur die Schulhoftyrannen an: indem man aufrecht stand und auffiel. Nein, in der Schule stach er nicht hervor, nur in Minecraft. Und jetzt, da er hier in Minecraft Freunde hatte, konnte er sich auch endlich wohl in seiner Haut fühlen.

Als sie den großen Steinturm erreichten, öffnete

Hunter die Tür und ging in die hinterste Ecke des Raums. Gameknight blickte die Leiter hoch und sah Bogenschützen auf den verschiedenen Etagen, die alle mit gespanntem Bogen aus dem Fenster sahen, als würden sie einen Angriff erwarten.

Was geht hier nur vor?, fragte er sich.

Hunter zog ihre Diamantspitzhacke, schwang sie gegen den Eckblock und zerstörte ihn mit drei Schlägen, wodurch der geheime Tunnel freigelegt wurde, der in jedem Wachturm existierte; das war der Eingang zur unterirdischen Fertigungskammer unter jedem Dorf. Sie warf den Block beiseite und ließ sich geschickt in den Tunnel herab, dicht gefolgt von Stitcher. Gameknight wollte ihnen gerade hinterherklettern, blickte aber noch einmal nach oben. Die Bogenschützen wirkten unruhig. *Warum sind sie nur so nervös?*

Plötzlich tauchte Stitchers roter Schopf wieder im Schacht auf, und sie schaute Gameknight999 mit ihren braunen Augen verwirrt an.

„Kommst du, oder machst du hier erst noch eine Besichtigungstour?" Sie grinste frech.

„Ich komm ja schon."

Sie verschwand erneut im dunklen Tunnel, und nun stieg auch Gameknight auf die Leiter. Er rutschte ein paar Sprossen herunter, dann hielt er inne und sah zur hellen Öffnung hoch. In seinem Kopf überschlugen sich die Fragen.

Irgendetwas geht hier vor … Etwas Unerwartetes. Das gefällt mir überhaupt nicht.

Er versuchte, das vertraute Gefühl abzuschütteln, dass etwas Schlimmes passieren würde, und rutschte die Leiter nach unten in die dunklen Tiefen von Minecraft.

KAPITEL 3
EINE UNBEDEUTENDE WELLE

Während seines Abstiegs herrschte in seinem Kopf ein ziemliches Durcheinander.

Was ist hier los? Warum sind alle so nervös? Warum stehen die vielen Krieger auf der Mauer? Wie Blitze schossen die Fragen durch seinen Kopf. Ab und zu musste er innehalten und bestimmte Ideen in Betracht ziehen. Dabei war er so sehr in Gedanken versunken, dass er Gefahr lief, von der Leiter zu stürzen.

Als er es endlich bis nach unten geschafft hatte, warteten Hunter und Stitcher schon ungeduldig auf ihn. Hunter wirkte aufgewühlt.

„Warum hast du so lange gebraucht?“, fragte Hunter.

„Ähh … Ich habe nur nachgedacht“, antwortete Gameknight. „Was sollen all die Wachen? Im Turm waren zwei Watcher und eine Menge Bogenschützen. Und mir ist aufgefallen, dass viele Soldaten auf der Mauer stehen. Es sieht aus, als würdet ihr euch auf einen Angriff vorbereiten. Was ist denn los?“

„Darüber musst du mit Crafter sprechen", sagte Hunter. „Ich weiß nur, dass der Krieg noch nicht vorbei ist und wir uns um das Zombieproblem kümmern müssen."

„Das Zombieproblem?", wiederholte Gameknight.

„Ja, du weißt schon … Wir müssen uns um sie kümmern … wenn du verstehst, was ich meine."

„Warum, haben sie euer Dorf angegriffen?", hakte Gameknight nach.

„Sie haben es schon mehrfach getan und werden es wieder tun!", erklärte Hunter mit Nachdruck. „Und wir müssen sie vernichten, bevor sie es erneut versuchen." Sie hielt kurz inne, um Luft zu holen, und wandte sich ihrer Schwester zu. „Die Monster haben unser Dorf zerstört, dich entführt und unsere Eltern und all unsere Freunde getötet. Sie haben alles zerstört. Zombies kann man nicht trauen!"

Gameknight konnte sehen, wie der Schmerz auf ihrem Gesicht größer wurde, als sie an die Zerstörung ihres Dorfs zurückdachte. Die Erinnerung ließ die Wut in ihren Augen noch stärker auflodern.

„Sie sind Monster, und wir sind NPCs", fauchte Hunter. „Zwischen unseren beiden Spezies wird es niemals Frieden geben, und dieser Krieg wird erst enden, wenn einer von uns vernichtet ist. Und ich plädiere dafür, dass sie es sind und nicht wir. Irgendwelche Einwände?“

Niemand sagte etwas. Sie warteten einfach, dass sich Hunters Wut wieder legte.

„Ich habe draußen keine Zombies gesehen“, sagte Gameknight. „Bist du sicher, dass sie kommen und das Dorf angreifen werden?“

„Natürlich kommen sie“, entgegnete Hunter. „Das ist es, was Zombies tun. Angreifen, dann wieder angreifen, wieder und immer wieder. Es ist das Einzige, was sie können, abgesehen vom Stöhnen und Fauchen.“

„Aber ich dachte, der Krieg wäre vorbei“, meinte Gameknight. „Wir haben Malacoda und Erebus besiegt und die Quelle gerettet. Ich habe geglaubt, das Kämpfen wäre zu Ende.“

„Ich weiß nicht, ob es jemals ein Ende geben wird“, gab Hunter zurück. „Wir haben schon immer mit den Monstern von Minecraft im Krieg gelegen. Als unsere Hände noch vor unserer Brust verschränkt waren — bevor du sie befreit hast — konnten wir nicht zurückschlagen. Wir waren wie Lämmer auf der Schlachtbank. Aber jetzt weigern sich die NPCs, wieder zu Opfern gemacht zu werden.“

„Dann wird es niemals Frieden geben“, stellte Gameknight fest.

„Das stimmt“, warf Stitcher ein. „Vielleicht müssen wir unsere Probleme lösen, indem wir reden, anstatt zu kämpfen.“

Gameknight dachte über Stitchers Bemerkung nach, sagte aber nichts. Er war sich nicht sicher, wie sie jemals Frieden mit den Zombies schließen konnten … Aber vielleicht hatte sie recht … Vielleicht sollten sie es versuchen.

Schweigend durchquerten sie den von Fackeln beleuchteten Tunnel. Gameknight erinnerte sich an die vielen Kämpfe, die sie in Tunneln wie diesem ausgefochten hatten, während sie über den Server gezogen waren, Malacodas Armee aus Nethermonstern immer nur ein paar Schritte voraus. Er starrte ins Zwielicht und erwartete fast schon, dass sich jeden Augenblick Zombiekrallen nach ihm ausstrecken würden. Aber tief in seinem Inneren wusste er, dass dieser Tunnel sicher war und die Tage des ständigen Kämpfens und der überwältigenden Angst hinter ihm lagen.

Innerhalb von Minuten hatten sie das Ende des Tunnels erreicht und betraten die große runde Kammer, in der er Crafter zum ersten Mal begegnet war.

Abgesehen von einem Holztisch und -stuhl in der Mitte war sie leer. Am hinteren Ende der Kammer konnte Gameknight zwei Eisentüren erkennen, über denen Fackeln platziert waren: der Eingang zur Fertigungskammer. Hunter lief hin und klopfte mit ihren eckigen Fäusten dagegen. Sekunden später erschien ein behelmter Kopf hinter den darin eingesetzten Fenstern. Der Wachmann schaute sie nacheinander an und warf einen weiteren Blick in die Kammer, um jede Bedrohung auszuschließen. Als er sich vergewissert hatte, dass alles sicher war, drückte er den Knopf auf seiner Seite der Tür, damit sie aufschwang.

Warum sind sie so vorsichtig?, dachte Gameknight. *Was macht ihnen solche Angst?*

Das Trio betrat die Fertigungskammer, und sofort drangen die verschiedensten Geräusche an ihre Ohren: Hämmer klirrten auf Metall, Loren ratterten über Schienen, und an die dreißig NPCs waren dabei, Kriegsgerätschaften zu fertigen. Gameknight war bestürzt. Seit ihrer Vorbereitung auf den Krieg hatte er keine Fertigungskammer mehr so geschäftig erlebt.

Gameknight ging die Treppe hinab, die zum Boden der Kammer führte. Im Zentrum all der Aktivitäten erblickte er schließlich Crafter, seinen besten Freund in Minecraft. Crafter ging von Werkbank zu Werkbank, inspizierte die Arbeiten der NPCs und kommentierte die Schärfe eines Schwerts oder die Befiederung eines Pfeils.

„CRAFTER!", rief Hunter über all den Lärm hinweg.

Der Junge drehte sich zu ihnen um, sah Hunter und bemerkte dann Gameknight. Er lächelte, ließ den Pfeil, den er gerade kontrolliert hatte, in eine Lore fallen und rannte zur Treppe. Seine schwarze Robe schwang hin und her, während er sich den Weg zwischen den vielen Werkbänken hindurch bahnte. Nachdem er über eine einfahrende Lore gesprungen war, landete er leichtfüßig direkt vor dem Trio.

„Ein ziemlich dramatischer Auftritt", kommentierte Stitcher mit verschmitztem Grinsen.

Crafter zuckte nur mit den Achseln, lief an ihr vorbei und blieb vor Gameknight999 stehen.

„Hallo, mein Freund. Es ist so schön, dich zu sehen", sagte Crafter.

„Ja, ich glaube, es ist schon eine Weile her, vielleicht ein paar Wochen", erwiderte Gameknight.

„Ein paar Wochen?" Hunter lachte auf.

Dann sah Gameknight Crafter genauer an und

bemerkte, dass sein Freund einige Zentimeter größer war und sein Gesicht und sein Körper erwachsener wirkten. Es machte den Anschein, als wäre er ein paar Jahre gealtert und nicht nur ein paar Wochen. Gameknight hatte Minecraft in den letzten Wochen immer mal wieder gespielt, sich aber von Crafters Server ferngehalten; die Erinnerungen an die vergangenen Abenteuer, die Kämpfe mit den Kreaturen der Oberwelt und den Monstern des Nether waren noch zu frisch. Statt nach Abenteuern in den digitalen Reichen zu suchen, hatte er mit Mods experimentiert, und die neueste war seine bisher beste Kreation.

„Ähh … Tut mir leid, dass ich so lange weg war", stammelte Gameknight, „aber jetzt bin ich ja wieder da."

„Auf jeden Fall bist du ein willkommener Anblick, Gameknight999", sagte Crafter und legte seinem Freund eine eckige Hand auf die Schulter.

„Was ist hier eigentlich los, Crafter?", fragte Gameknight. „Ich habe all diese Soldaten auf der Mauer gesehen und zusätzliche Watcher im Turm. Das erschien mir schon seltsam, aber jetzt bin ich hier unten, und alle deine Leute stellen Schwerter und Rüstungen her. Hunter ist schon wieder bereit, in den Krieg zu ziehen. Was geht hier vor?“

Crafter sah Hunter und Stitcher an, dann zeigte er auf den runden Raum am oberen Ende der Treppe.

„Wir sollten dort reden“, meinte er ausweichend und erklomm die Stufen.

Die Schwestern nickten und folgten ihm. Gameknight blieb ihnen dicht auf den Fersen. Sie betraten den von Bruchstein gesäumten Raum und schlossen die Eisentüren hinter sich.

„Wozu diese Geheimhaltung?“, fragte Gameknight.

„Irgendetwas geht bei den Zombies vor sich“, erklärte Crafter.

„Was meinst du damit? Sind sie krank oder was?“

„Krank?“, wiederholte Hunter genervt. „Du bist ja so ein Trottel.“

„Hunter … Sei nur *einmal* nett.“ Stitcher stöhnte und gab ihrer Schwester einen Klaps auf den Arm.

„Nein, sie sind nicht krank“, erklärte Crafter. „Wir vermuten, dass sie etwas vorhaben. Die Crafter auf allen anderen Servern berichten von Zombieangriffen … vielen Zombieangriffen. Aber vor allem infizieren sie die Dorfbewohner bei jeder Gelegenheit.“

„Warum sollten sie das tun?“, fragte Gameknight, während er in die Mitte des Raums ging, weg vom Lärm, der durch die Eisentüren drang. Die anderen folgten ihm.

„Wir sind uns nicht sicher. Wir wissen nur, dass sie gewalttätiger werden. Und noch beunruhigender ist, dass sie sich verhalten, als wären sie organisiert – als hätten sie einen Anführer.“

„Warum ist das so überraschend?“, wollte Gameknight wissen. „Warum kann es keinen Zombieanführer geben?“

„Die einzelnen Zombiestädte sind nie miteinander ausgekommen“, erklärte Hunter, während sie im Raum auf und ab ging. Ohne es überhaupt zu merken, zog sie ihren verzauberten Bogen, und die schimmernde Waffe warf saphirgrünes Licht auf die grauen Steinwände. „Normalerweise bekämpfen sie sich sogar untereinander. Sie haben noch nie kooperiert oder gemeinsam gehandelt.“

„Bis jetzt“, ergänzte Crafter. „Jemand hat sie irgendwie vereint, und sie werden immer gewalttätiger. Dieses Verhalten hat es seit der großen Zombieinvasion vor hundert Jahren nicht mehr gegeben.“

„Die große Zombieinvasion?“, erkundigte sich Gameknight, der sich an etwas Ähnliches erinnerte, das er mal gelesen hatte ... Ein Buch, er hatte ein Buch in der Festungsbibliothek gesehen, kurz bevor ihre Armee ins Ende einmarschiert war.

„Ja, vor langer Zeit gab es eine große Zombieinvasion, die viele das Leben gekostet hat", sagte Crafter. „Mein Ururgroßvater Smithy hat die Streitkräfte angeführt, die die Invasion damals aufgehalten haben. Aber das ist lange her. Es ist verstörend, dass sich die Zombies jetzt wieder so verhalten."

„Sie sind nichts als ein Rudel wilder Tiere und sollten irgendwohin gebracht werden, wo sie vernünftigen Leuten wie uns keinen Ärger machen können", knurrte Hunter. „Wir wollen nicht, dass sie anderen das antun, was sie meiner Familie angetan haben ... meinem Dorf."

Sie war noch immer nicht über die Zerstörung ihres Dorfs und den Tod ihrer Eltern durch den Netherkönig Malacoda hinweggekommen. Der furchterregende Ghast hatte eine Monsterarmee aus dem Nether auf einen Kriegszug geschickt, der den Server, auf dem sie damals lebte, vernichtet und viele Leben zerstört hatte. Auch ihre Eltern waren ihm zum Opfer gefallen. Sie und ihre Schwester Stitcher waren die Einzigen aus ihrem Dorf, die noch übrig waren.

„Hunter, wir müssen vorsichtig sein. Bevor wir voreilige Schlüsse ziehen, brauchen wir mehr Informationen“, ermahnte Stitcher sie.

Hunter brummte, drehte sich um und stürmte zum anderen Ende der Kammer. Ihr Körper war angespannt wie eine Bogensehne, bereit, sofort in Aktion zu springen.

„Was habt ihr vor?“, fragte Gameknight.

„Heute Abend trifft sich der Rat der Crafter, um die … äh … Probleme in Minecraft zu besprechen.“

„Der Rat der Crafter? Was ist denn das?“ Davon hatte Gameknight ja noch nie etwas gehört.

„Wir Crafter können miteinander kommunizieren, wenn wir uns an den Grenzen von Minecraft befinden, entweder unten beim Grundgestein oder oben am Blocklimit in zweihundertsechsundfünfzig Blöcken Höhe“, erklärte Crafter. „An diesen Orten können wir die Gedanken der anderen hören. Heute Abend werden alle Crafter in ganz Minecraft die Situation besprechen und entscheiden, was getan werden muss.“

„Aber vielleicht hat das gar nichts zu bedeuten“, gab Gameknight zu bedenken. „Es könnte eine unbedeutende Reihe zufälliger Ereignisse sein, wie das Kräuseln des Wassers, nachdem ein Stein hineingeworfen wurde. Die Wellen breiten sich in alle Richtungen aus und tragen ihren Teil zur Bewegung des Wassers bei. Vielleicht ist es nichts."

„Mein Urgroßonkel Carver hat mir einst von einer riesigen Welle erzählt, die sein Küstendorf verwüstet hat, als er noch ein Junge war", berichtete Crafter und trat näher an seinen Freund heran. Hunter drehte sich um und lauschte, wobei sie den Bogen noch immer fest umklammerte.

„Wie kann es denn in Minecraft eine große Welle geben?", fragte Gameknight. „Wellen entstehen durch den Mond … durch die Schwerkraft."

„Großonkel Carver sagte, dass selbst die kleinsten Kräuselbewegungen zu großen Wellen werden können, wenn der Wind sie antreibt. Die unbedeutendsten Dinge können groß werden, wenn man es darauf anlegt. Und das ist mit jener Welle passiert."

„Und was hat das mit unserer Situation zu tun?", wollte Hunter stirnrunzelnd wissen.

„Vielleicht ist dieses Verhalten, das wir bei den Zombies erleben, nur ein kleines Kräuseln, aber ihr neuer Anführer könnte der Wind sein", erklärte Crafter. „Mit der Zeit könnte dieses Kräuseln stärker werden."

„Und wir wollen nicht, dass es sich zu einer großen Welle entwickelt“, ergänzte Stitcher.

„Ganz genau“, bestätigte Crafter.

„Thomas … Abendessen!“, rief seine Mutter von der Kellertür herunter.

Gameknight lehnte sich vom Computer zurück, nahm sein Headset vom Kopf, sah zur Treppe und seufzte.

„Okay, Mom, ich komme!“, rief er, setzte sein Headset wieder auf und beugte sich zum Computer vor. „Ich muss zum Essen, aber ich komme wieder, so schnell ich kann“, teilte er seinen Freunden mit.

„Wenn du wieder da bist, werden wir wissen, was die Crafter entschieden haben“, meinte Crafter. „Ich fürchte, in Minecraft wird sich einiges ändern.“

KAPITEL 4
DER WIND

Leise schlich sich Herobrine an den Benutzer heran. Während er sich mit leuchtenden Augen näherte, strich der Saum seiner dunklen Robe leicht über die Grashalme und versengte sie mit seiner hasserfüllten und bösartigen Präsenz. Der Benutzer beugte sich über eine Werkbank und stellte hier draußen irgendeine Art von Holzwerkzeug her, ohne seine Umgebung überhaupt wahrzunehmen ... So ein leichtsinniger Narr. Als der Schatten-Crafter direkt hinter ihm stand, verharrte er und lauschte. Er konnte die Klänge des Internets hören, die durch den Serverfaden liefen, der sich vom Kopf des Benutzers bis zum Himmel erstreckte und diesen Benutzer mit der Außenwelt verband. Musik waberte aus dem silbrigen Faden, dann Tausende von Bildern und Webseiten, die sich wie eine Diashow im Geist des Schatten-Crafters abspielten.

Er stöhnte leise. Das Gefühl all dieser Freiheit in so greifbarer und doch unerreichbarer Nähe schmerzte und erfüllte ihn mit unstillbarer Wut. Herobrine hatte nur noch schwache Erinnerungen an die Zeit, als er im Internet gewesen war und sich sorglos von System zu System bewegt hatte. Doch jetzt war er auf diesen dummen Minecraft-Servern gefangen, und er musste hier raus. Sein Fluchtplan war vom närrischen Enderman Erebus vereitelt worden, dabei hätte der nur die Quelle zerstören müssen. Aber dieser selbstgefällige Enderman hatte es vermasselt, weil er Gameknight999 unterschätzt hatte; den Fehler würde Herobrine nicht wiederholen. Der Weg zu seiner Erlösung, seiner Flucht aus diesem Gefängnis, führte über den Benutzer-der-kein-Benutzer-ist und das Tor des Lichts. Aber damit sein Plan auch funktionieren konnte, musste er Gameknight zur rechten Zeit an die richtige Position bringen.

Herobrine trat noch etwas näher an den Benutzer heran und horchte auf die Klänge des Internets in seinen Gedanken. Die Lautstärke nahm zu. Es war köstlich … All diese Möglichkeiten, all die Computer und Systeme auf der ganzen Welt, die er infizieren konnte, wenn ihm nur die Flucht gelang. Und dann würde er seine Rache bekommen.

Er lachte auf.

Bei diesem Geräusch drehte sich der Benutzer um und erschrak, als er Herobrine mit seinen funkelnden Augen direkt hinter sich entdeckte. Bevor der Benutzer reagieren konnte, war die Kreatur schon verschwunden und am Boden einer tiefen Felsspalte wieder aufgetaucht. Herobrine überlegte, ob er zurückgehen und den Benutzer umbringen sollte, aber er wollte keine Aufmerksamkeit erregen … noch nicht. Außerdem besaß er weder ein vernünftiges Schwert noch eine Rüstung.

In diesem Augenblick hörte er das kreischende Gelächter eines Endermans. Er drehte sich um und sah die dunkle Kreatur im Schatten lauern, deren schwarze Haut mit der Steinmauer zu verschmelzen schien.

Genau das, was ich brauche, dachte er.

Er teleportierte sich zum Enderman und materialisierte hinter dem Wesen. Bevor die Kreatur ihre eigenen lilafarbenen Teleportationspartikel um sich versammeln konnte, schlug der Schatten-Crafter auch schon mit der Faust auf das Monster ein. Der verwirrte Enderman wandte sich seinem Angreifer zu, aber Herobrine verschwand einfach und tauchte hinter ihm wieder auf. Er schlug ihm auf den Rücken, die Seite, den Kopf und reduzierte so nach und nach die Gesundheit der Kreatur. Der Enderman versuchte, sich zu wehren, und schwang seine langen, dürren Arme, aber Herobrine war zu schnell und konnte den Gegenangriffen problemlos ausweichen. Er verschwand und tauchte wieder auf, bewegte sich um die Kreatur herum und griff sie mit einer Wildheit an, die sie noch nie zuvor erlebt hatte. Als die Gesundheit des Monsters fast auf null gesunken war und sein Leben am seidenen Faden hing, sank es zu Boden.

Da machte sich Herobrine ans Werk. Er kniete sich neben das Monster, sammelte seine Crafting-Kräfte und begann, die Kreatur zu verwandeln, indem er ihren Computercode umschrieb. Ein lilafarbenes Leuchten umgab den Enderman, der zu fliehen versuchte, aber der Schatten-Crafter hielt die Teleportation auf und wob die lilafarbenen Partikel in sein Werk ein, entzog ihnen die Energie und nutzte sie für seine Zwecke. Der Körper des Endermans schrumpfte langsam und wurde schmaler, bis er schließlich ein langes spitzes Ding war.

Für einen Augenblick verschwand der Schatten-Crafter und kehrte dann mit einem Ast zurück. Während er ihn in der Hand hielt, verschrumpelten und verfaulten sämtliche Blätter direkt vor seinen Augen, bis jedes einst grüne Blatt nur noch Asche war. Er schüttelte den Ast, um das tote Blattwerk loszuwerden, und legte ihn dann auf den Boden neben das, was vom Torso des Endermans übrig war. Dann arbeitete er weiter. Langsam verschmolz der geschrumpfte dunkle Körper mit dem Ast, bis nicht mehr zu erkennen war, wo das Holz endete und das Fleisch des Endermans begann. Mit seinen flinken Händen verwandelte Herobrine die Kreatur in das Werkzeug, das er brauchte und schuf aus dem Computercode des Endermans etwas völlig Neues. Endlich war es geschafft.

Herobrine stand auf und trat aus dem Schatten der Felswand ins Sonnenlicht. In seiner rechten Hand hielt er ein mitternachtsschwarzes Schwert, um dessen scharfe Klinge lilafarbene Partikel tanzten. Er hielt den Holzgriff fest umklammert und schwang die Waffe. Sie gab einen pfeifenden Ton von sich, als die rasiermesserscharfe Klinge durch die Luft schnitt und eine leuchtende lilafarbene Lichtspur hinterließ.

Ein Jammern hallte durch die Schlucht. Als er sich umdrehte, sah er einen Zombie auf sich zukommen, der sich im Schatten hielt, um nicht in Flammen aufzugehen. Schnell lief er auf das Monster zu und schwang das Schwert mit aller Kraft. Mit einem Schlag entzog das Enderschwert der Kreatur sämtliche Lebensenergie und zerstörte sie, sodass nur drei Erfahrungskugeln zurückblieben. Herobrine trat zurück, um sich von den grünen Kugeln fernzuhalten. Er brauchte sie nicht … noch nicht.

„So, mit diesem Schwert kann ich arbeiten“, stellte der Schatten-Crafter mit boshaft glühenden Augen fest. „Aber ich brauche noch eine Rüstung.“

Er steckte die Klinge in sein Inventar und stieß einen kreischend-kichernden Schrei aus, der wie der eines Endermans klang. Sofort erschienen drei Endermen vor ihm, die sich erschrocken umsahen.

„Danke, dass ihr so schnell gekommen seid, meine Freunde“, begrüßte sie der Schatten-Crafter mit sanfter Stimme. „Ich brauche euch und danke euch dafür, dass ihr mir helft.“

Dann zog er das Enderschwert und schlug auf die Monster ein, bis auch sie kurz vor ihrer Vernichtung standen. Als sie zu Boden sanken, setzte er erneut seine Fertigungskräfte ein und wandelte ihren Computercode in etwas um, das er unbedingt brauchte.

„Vielen Dank für eure Lebenskraft“, sagte Herobrine. „Ihr werdet eine fantastische Rüstung abgeben … meine Enderrüstung. Und wenn sie fertig ist, wird es Zeit, meine Falle für den Benutzer-der-kein-Benutzer-ist vorzubereiten.“

KAPITEL 5
FAMILIE

Tommy wusch sich vor dem Abendessen die Hände und ging in sein Zimmer, um ein frisches T-Shirt anzuziehen, denn seins hatte Schokomilchflecken abbekommen (die trank er immer gern, wenn er Minecraft spielte). Das schmutzige Shirt warf er in den Wäschekorb, um sich eins mit Minecraft-Motiv rauszusuchen. Er hatte schon öfter überlegt, sich ein eigenes T-Shirt zu machen, auf dem Gameknight999 stand, aber in der physischen Welt war er nicht der Benutzer-der-kein-Benutzer-ist; in der realen Welt war er nur Tommy Feynman, ein unbedeutender zwölfjähriger Junge, der möglichst unbemerkt durchs Leben gehen wollte. In der Schule hatten ihn die Schulhoftyrannen immer aufs Korn genommen – zumindest bis vor Kurzem. Nach seinen Abenteuern in Minecraft war Tommy etwas selbstsicherer geworden. Wenn er den Rüpeln jetzt gegenüberstand, beeinflusste er einfach die Situation und nutzte das Schlachtfeld zu seinen Gunsten. Was meistens bedeutete, dass er einfach wegging. So langsam erkannte er auch typische Muster. Die Schläger lungerten bei den großen Mülleimern in der Cafeteria herum und waren immer als Letzte bei den Bussen und im Klassenzimmer. Dadurch, dass er diese Muster nun kannte, konnte er um sie herumplanen und die Wahrscheinlichkeit einer Begegnung verringern. Das war etwas, das er während seiner Abenteuer in Minecraft gelernt hatte … sei kein Opfer, analysiere die Situation, ändere das Umfeld und nutze es zu deinem Vorteil. Dadurch war sein Leben nun um einiges besser.

Bei seiner Schwester war das jedoch anders.

Jenny hatte in der Schule immer wieder Probleme. Sie liebte die Kunst so sehr, dass sie andere Menschen oftmals gar nicht wirklich wahrnahm. Die anderen Kinder nannten sie einen Kunstfreak, aber das war ihr egal. Tommy bewunderte sie für ihren Mut und ihr Selbstvertrauen. Aber manchmal wünschte er sich auch, sie würde sich etwas zurückhalten, denn es oblag seiner Verantwortung, ihr aus den Problemen herauszuhelfen, in die sie sich manövrierte; es war seine Aufgabe, sich um sie zu kümmern. Ihr Dad sagte immer: „In einer Familie ist man füreinander da, was auch passiert.“ Und das bedeutete, dass Tommy sich in der Schule um Jenny kümmern musste, selbst wenn er dafür den Zorn der Schläger von ihr auf sich lenkte.

Tommy zog sein Creeper-Shirt an und schloss den Schrank. Bevor die Tür ganz zugefallen war, erblickte er im hinteren Bereich die Schachtel mit den Zetteln – Notizen über sein Abenteuer in Minecraft. Er hatte alles aufgeschrieben, von der Oberwelt über den Nether bis hin zum Ende und der Quelle. Tommy wollte alles auf Papier festhalten, damit er nichts vergaß … Vielleicht würde er sogar ein Buch daraus machen und es auf Amazon veröffentlichen. Er hatte schon gehört, dass andere Leute das taten. Wenn er genug Bücher verkaufte, würde sich vielleicht ein Verlag bei ihm melden und ihm anbieten, seine Bücher herauszugeben.

Nein … das ist lächerlich, dachte er. *Das wird nie passieren.*

Eines hatte er jedoch aus seinen Abenteuern mit seinem NPC-Freund Crafter in Minecraft gelernt: Der erste Schritt zum Sieg ist es, zu akzeptieren, dass ein Erfolg möglich ist. Sobald man glaubt, dass man erreichen kann, was man will, muss man es nur so lange versuchen, bis es klappt. Daher würde er an diesen Büchern arbeiten, bis er erfolgreich war.

„ESSEN! Kommt schon, Kinder“, rief seine Mom.

Er schob die Blätter wieder nach hinten in seinen Schrank, deckte sie mit seinem Mantel ab, schloss die Tür und eilte nach unten. Es roch bereits sehr lecker, aber er war vor allem gespannt darauf, ob sein Vater da sein würde.

Tommys Dad war auf einer seiner langen Geschäftsreisen, auf denen er versuchte, seine Erfindungen zu verkaufen. Häufig kam er gerade noch rechtzeitig zum Essen, falls er überhaupt nach Hause kam.

„Hoffentlich ist er da", murmelte Tommy zu sich selbst.

Er rutschte das Geländer herunter, landete auf beiden Füßen und lief ins Esszimmer. Als er eintrat, stellte er enttäuscht fest, dass der Platz seines Vaters leer war und kein vierter Teller auf dem Tisch stand.

„Na komm, setz dich hin", sagte seine Mom.

Tommy setzte sich Jenny gegenüber und funkelte sie an. Er war wegen der jüngsten Ereignisse in der Schule noch immer sauer auf sie.

„Wie war's in der Schule?", erkundigte sich ihre Mutter, während sie einen Teller mit Hackbraten und Gemüse hereinbrachte.

Perfekt, dachte Tommy. *Mal sehen, was sie sagt.*

„Es war okay", antwortete Jenny.

„Okay?!" Tommy schnaubte. „Sie hat uns wieder mal in Schwierigkeiten gebracht, Mom."

„Ach, so schlimm war das doch bestimmt nicht", meinte Mom.

Jenny grinste nur.

„Doch, war es, Mom", beschwerte sich Tommy. „Ihretwegen wurde ich fast verprügelt ... mal wieder."

„Wie bitte?", fragte sie, während sie den Teller auf den Tisch stellte.

Jenny griff nach dem Löffel und sicherte sich eine riesige Portion Möhren und den Kanten des Hackbratens. Darum stritten sie sich immer, denn das war das krosseste Stück. Sie stach mit der Gabel in das Stück Fleisch und hörte es knirschen ... perfekt. Grinsend streckte sie Tommy die Zunge raus.

„Sie hat Snipes und seinem Kumpel Brandon gesagt, dass sie ein anderes Kind in Ruhe lassen sollen, und da sind die beiden sauer geworden."

„Von Brandon habe ich schon gehört ... Mir gefällt dieser Junge nicht, aber wer ist Snipes?", hakte Mom nach.

„Er ist der neueste Schlägertyp", antwortete Tommy. „Er ist gerade erst auf unsere Schule gekommen. Sein Dad wurde wegen der Arbeit hierher versetzt oder so. Jedenfalls hat er auf Jimmy Maxwell herumgehackt, und Jenny hat sich eingemischt."

„Ich konnte doch nicht zulassen, dass er Jimmy ärgert", sagte Jenny, obwohl sie den Mund voller Möhren hatte. „Snipes ist doppelt so groß und hatte all seine Kumpel um sich versammelt. Schon seltsam, dass Schläger immer ihre Freunde brauchen, wenn sie ein einzelnes Kind piesacken wollen."

„Mom, das kann so nicht weitergehen. Immer wenn sie den Mund aufmacht, gerät sie in Schwierigkeiten und ich muss ihr helfen", beschwerte sich Tommy. „Diesmal musste ich mich vor Snipes stellen und ihm ausreden, uns beide zu verprügeln."

„Er hätte dir bestimmt nichts getan", sagte Mom, während sie eine Scheibe Hackbraten abschnitt und auf Tommys Teller legte.

Er bemerkte, dass er ein großes Stück von dem Ei bekommen hatte, das sich immer in der Mitte von Moms Hackbraten befand. Grinsend streckte er seiner Schwester die Zunge raus, spießte das Ei mit seiner Gabel auf und steckte es sich in den Mund.

„Natürlich hätte er das, Mom!", beharrte Tommy kauend. „Glaubst du mir etwa nicht?"

„Red nicht mit vollem Mund, Schätzchen."

Tommy kaute und schluckte, dann fuhr er fort.

„Er wollte mich zusammenschlagen und dann mit Jenny weitermachen. Ich hab ihm gesagt, dass er das nicht tun muss. Jeder weiß doch, dass er stark ist, und für jemanden, der so stark ist wie er, ist es keine Herausforderung, ein paar kleine Kinder zusammenzuschlagen." Er unterbrach sich, um einen Schluck von der Schokomilch zu trinken, die seine Mom ihm eingegossen hatte. „Er hat mich von oben bis unten gemustert, dann wohl selbst erkannt, dass wir keine Herausforderung sind, und ist gegangen."

„Siehst du … nichts passiert", ergänzte Jenny mit breitem Grinsen.

„Dann scheint doch alles gut gelaufen zu sein", erkannte Mom.

„Aber bevor er gegangen ist, hat er sich noch vorgebeugt und mir etwas zugeflüstert. Er hat gesagt: ‚Wenn deine Schwester uns noch mal in die Quere kommt, bedeutet das für euch beide Ärger.' Und dann hat er mit der Faust in seine andere Hand geschlagen. Es klang wie ein Hammer, der auf Stahl trifft. Mom, er hat das ernst gemeint."

Tommy griff nach dem Löffel und nahm sich noch eine Portion Möhren.

„Wenn Jenny die Nase weiterhin in die Angelegenheiten anderer Leute steckt, wird man ihr irgendwann wehtun. Warum kann sie nicht einfach still sein?"

„Ich weiß, dass Jenny sich manchmal nicht beherrschen kann und das sagt, was sie denkt, ungeachtet der Konsequenzen", stimmte Mom ihm zu, „aber das ist gut. Wenn man etwas sieht, das falsch ist, sollte man aufstehen und etwas sagen. Wenn man schweigt, machen die Schläger nur immer weiter."

„Aber warum ist es immer meine Aufgabe, sie aus dem Schlamassel rauszuholen?"

„Weil man in einer Familie füreinander da ist … was auch passiert", antwortete Mom. „Und außerdem, wenn dein Vater weg ist, bist du …"

„Ja, ich weiß, ich bin der Mann im Haus, und ich muss auf meine kleine Schwester aufpassen." Die Litanei kannte er auswendig. „Das hat Dad mir schon hundertmal gesagt, aber ich habe es satt, immer seinen Platz einzunehmen. Warum kann er nicht auch mal zu Hause sein?"

„Du weißt, warum, Tommy. Dein Vater ist unterwegs und verkauft seine Erfindungen, um Geld zu verdienen. Er steckt viel Arbeit in die Geräte, aber davon haben wir nichts, solange er keinen Käufer findet. Und wenn er weg ist, muss jeder mithelfen, und auch ihr beide."

„Ich werd's versuchen, Mom", sagte Jenny. „Tommy, erzähl mir mehr von deinen Freunden in Minecraft ... Bitte, bitte."

Seufzend begann Tommy, Crafter zu beschreiben, seinen besten Freund in Minecraft. Ihre Fragen waren in der letzten Woche immer hartnäckiger geworden; sie begann wirklich, sich für das Spiel und die Charaktere, denen er begegnet war, zu interessieren. Bei jeder Gelegenheit fragte ihn Jenny über die Dinge aus, die ihm passiert waren, angefangen damit, wie er durch den Digitalisierer ihres Vaters in das Spiel gezogen worden war, bis hin zur Verteidigung der Quelle und wie er es zurück in die physische Welt geschafft hatte. Es machte ihm nichts aus, ihr von seinen digitalen Freunden zu berichten. Tatsächlich redete er sogar gern über sie. Die NPCs in Minecraft waren vermutlich seine besten Freunde auf der ganzen Welt, auch wenn er wusste, dass das seltsam klang. Seine Mom war anfangs verwirrt und unsicher, was sie von Tommys Geschichten halten sollte, aber er zwinkerte ihr zu, damit sie glaubte, er würde das alles nur für seine kleine Schwester erfinden. Dabei war alles wahr.

„Erzähl von den Monstern", bettelte Jenny.

„Also, da waren Erebus, der König der Endermen,

und Malacoda, der Netherkönig“, erklärte Tommy. „Erebus war ein Enderman, groß und gruselig, und Malacoda war ein riesiger Ghast. Sie waren beide ziemlich furchterregend.“

„Was ist mit Herobrine?“, fragte Jenny. „Hast du Herobrine gesehen, als du im Spiel warst?“

Er seufzte genervt. „Jenny, es gibt keinen Herobrine.“

„Aber ich habe gehört, dass er …“

„Ich kenne die Geschichten … dass er der Geist von Notchs totem Bruder ist … dass er sich aus irgendeinem Grund an Benutzer heranschleicht … dass er Dinge verändert, die andere Leute gebaut haben … dass er Bäume hasst … Ich habe das alles schon gehört.“

Er nahm sich ein Stück Brot, schmierte etwas Butter darauf, klappte es zu und steckte sich das ganze Stück in den Mund.

„Weißt du“, meinte seine Mutter, „du könntest auch normal abbeißen, anstatt alles auf einmal in dich hineinzustopfen.“

Tommy wollte antworten … aber er hatte zu viel Brot im Mund. Er grinste sie an und fuhr fort, nachdem er gekaut und geschluckt hatte. „Ich habe sogar die neueste Theorie gehört, dass er ein Virus ist, der das Spiel infiziert hat. Aber jedes Bild, das ich bisher gesehen habe, sieht modifiziert aus oder Herobrine ist so weit im Hintergrund, dass man ihn kaum erkennen kann. Es gibt keine guten Bilder von ihm, keine Videos … gar nichts."

„Aber wenn er nicht real ist, warum bestreiten die Minecraft-Entwickler dann so vehement, dass es ihn gibt?", protestierte Jenny. „Es scheint fast, als würden sie versuchen, etwas Wichtiges zu verbergen … als wäre es eine Verschwörung."

„Jenny, damit wollen sie nur Interesse für das Spiel erzeugen … damit die Leute weiterspielen … So kann man den Verkauf ankurbeln."

„Also, ich glaube, dass es ihn gibt."

„Dann halt lieber die Augen nach ihm auf … Huhuhuuuu."

Tommy verzog das Gesicht und machte gespenstische Geräusche, dann schob er sich zwei Möhren so in den Mund, dass sie aussahen wie orangefarbene Vampirzähne.

Jenny widmete sich grinsend ihrem Gemüse.

Er drehte sich zu seiner Mom um und zwinkerte ihr zu, um klarzustellen, dass das alles nur Märchen waren, dann musterte er den leeren Stuhl am Ende des Tischs … den Stuhl seines Vaters. Zu gern hätte er Dad all die unglaublichen Dinge gezeigt, die er im Spiel gelernt hatte …

Ich wünschte, er wäre zu Hause. Ich vermisse ihn, dachte Tommy.

Seufzend schlang er eine weitere Scheibe Hackbraten herunter, zusammen mit noch etwas hartgekochtem Ei, dann schaufelte er sich den letzten Rest Möhren in den Mund. Er stand auf, stellte sein Geschirr ins Spülbecken und ging zur Kellertür.

„Mom, ich möchte mit Tommy Minecraft spielen, aber er lässt mich nicht", jammerte Jenny.

„Thomas, sorg dafür, dass deine Schwester spielen kann", verlangte seine Mutter, und ihre Stimme hallte durch das Haus, wie es nur die Stimme einer Mutter konnte.

„Aber sie ist mit Abwaschen dran", protestierte Tommy und grinste schadenfroh.

„Das stimmt", sagte seine Mom. „So steht es auf der Aufgabenliste."

„Aber Moooom", greinte sie.

Tommy grinste. Er wusste, dass es für Jenny jetzt kein Entkommen mehr gab.

„Ich bin im Keller", rief er und lief los.

KAPITEL 6

NEUE REGELN

Innerhalb von Sekunden war er in Minecraft eingeloggt. Gameknight999 tauchte wieder vor seinem Versteck auf. Das kam unerwartet. Es war, als wäre irgendetwas im Spiel zurückgesetzt worden … Seltsam. Er überprüfte sein Inventar und begab sich zu Crafters Dorf, da er wissen wollte, was beim Rat der Crafter passiert war. Während er durch die Landschaft lief, sah er viele Spinnen und Creeper, aber auch mehr Zombies als erwartet. Die verwesenden Kreaturen verbargen sich im Schatten der Bäume oder dunklen Höhleneingängen.

Das bereitete ihm Sorgen.

Warum gab es hier tagsüber so viele Zombies? Normalerweise blieben sie während des Tages versteckt, weil sie in Flammen aufgingen, wenn Sonnenlicht ihre Haut berührte. Anscheinend wurden die Zombies mutiger, und das war beunruhigend.

Gameknight ignorierte die Monster und hielt weiter Kurs auf Crafters Dorf. Während er lief, konnte er die verstärkte Außenmauer über die sanften Hügel hinweg sehen. Die Steinbarrikade sah aus dieser Entfernung robust aus und bestand aus unterschiedlich hohen Blöcken als Zinnen, die wie eckige Zähne wirkten; Schutz für die Bogenschützen, die die Einfriedung bewachten. Er konnte sich gut an den Bau der Mauer erinnern, noch vor dem ersten echten Kampf gegen Erebus, den König der Endermen. Ihre Mauern und Fallen hatten die Monsterflut aufgehalten, die auf das Dorf einstürmte, und den Monstern der Oberwelt die erste Niederlage beschert. Erst danach hatte der Krieg um die Rettung von Minecraft richtig begonnen.

Er wusste noch genau, wie stolz die Dorfbewohner auf die Verteidigung ihres Dorfs gewesen waren. Die NPCs hatten sich ihren Feinden mit den Waffen in den Händen gestellt und nicht aufgegeben. Das alles hatte auch eine dauerhafte Wirkung auf die Dorfbewohner gehabt. Er konnte sich noch an den Tag erinnern, als er ihre Hände befreit hatte, damit sie die Verteidigung ihres Landes übernehmen konnten. Normalerweise sind die Arme der NPCs vor ihrer Brust verschränkt und die Hände in den Ärmeln verborgen. Aber Gameknight999, der Benutzer-der-kein-Benutzer-ist, hatte zufällig eine Methode entdeckt, um ihre Hände zu befreien, damit sie zu den Waffen greifen konnten. Das hatte ihr Leben verändert, und als sich die Kunde darüber verbreitet hatte, konnten schließlich alle NPCs auf allen Minecraft-Servern ihre Hände benutzen. Seitdem waren sie stärker und selbstbewusster und fürchteten sich nicht mehr vor Herausforderungen – denn sie wussten, dass der Erfolg *möglich* war, dass sie sich einem schrecklichen Feind stellen und ihn gemeinsam besiegen konnten. Als er sich dem Dorf näherte, bemerkte Gameknight, dass vieles anders aussah. Die Krieger patrouillieren auf der Mauer und hielten Wache, aber sie wirkten weniger stark und bedrohlich als zuvor. Und dann erkannte er, woran das lag – sie hatten keine Waffen. Und ihre Hände … Er konnte ihre Hände nicht sehen. Ihre Arme waren wieder vor der Brust verschränkt und die Hände in den Ärmeln verborgen.

Was ist hier los?, fragte er sich.

Sobald er näher kam, schwangen die Eisentüren auf. Ein Dorfbewohner, der sich auf die Druckplatte in der Nähe gestellt hatte, gewährte ihm Einlass. Gameknight betrat das Dorf und sah Dorfbewohner, die ihrer Arbeit nachgingen, aber keiner benutzte die Hände; sie waren alle in den Ärmeln verborgen. Und anstatt seinen Namen zu rufen, hielten sie nur inne und starrten ihn an. Ein paar verbeugten sich leicht. Viele sahen zum Serverfaden hoch, der sich über seinem Kopf erstreckte. Der dünne weiße Lichtstrahl schoss von seinem Körper bis hoch in den Himmel und verband Gameknight999 mit dem Server … und der Quelle. Ihm wurde klar, dass er nicht mehr der Benutzer-der-kein-Benutzer-ist war. Nein, der Serverfaden machte ihn nur zu einem weiteren Benutzer, der durch Minecraft streifte. Aber auch wenn das so war, kannten ihn diese NPCs doch alle … Dennoch sahen sie ihn an, als wäre er ein Fremder.

Irgendetwas ist passiert … Aber was?

Gameknight trat zu einem der NPCs. Seiner Kleidung nach zu urteilen – eine braune Robe mit einem breiten weißen Streifen in der Mitte – war er Bäcker.

„Was ist los? Stimmt etwas nicht?", fragte Gameknight.

Baker sah ihn nur traurig an, sagte aber nichts. Gameknight drehte sich um und sah ein Kind auf sich zulaufen, dessen Hände ebenfalls versteckt und dessen Arme verschränkt waren. Es war eins von Diggers Kindern, er erkannte es sofort: Topper.

Nun wurde offensichtlich, dass etwas nicht stimmte. Anstatt die kurzen Arme um Gameknights Taille zu schlingen, stand Topper einfach nur neben ihm und lehnte den Kopf gegen Gameknights Bauch. Gameknight legte dem Jungen eine Hand auf die Schulter, und der kleine NPC schaute zu ihm auf.

„Was ist los, Topper?“, erkundigte sich Gameknight. „Warum spricht niemand mit mir?“

Der Junge sagte nichts und blickte seinen Helden nur an. Gameknight kniete sich hin und sah Topper direkt ins Gesicht.

„Was passiert hier?“

Topper starrte ihn tieftraurig an. Dann bildeten sich eckige Tränen in den Winkeln seiner kleinen quadratischen braunen Augen, kullerten seine Wangen herunter und hinterließen feuchte Streifen. Von der anderen Seite des Dorfs erklang ein Grunzen. Er sah Diggers kantige Gestalt auf sie zukommen, dessen braungraue Robe beim Gehen hin und her schwang. Digger knurrte etwas in ihrer antiken Testifikats-Sprache, dann deutete er mit dem Kopf auf sein Haus. Topper sah zu Gameknight auf und lief dann nach Hause.

Digger sah Gameknight an, drehte sich um und ging zum Dorfzentrum. Er hielt einen Augenblick inne und drehte sich um, um sicherzustellen, dass er ihm folgte. Erneut grunzte er und bedeutete Gameknight, dass er mitkommen sollte. Gameknight seufzte, als er Topper im Haus verschwinden sah, dann folgte er Digger zum großen turmartigen Gebäude, das hoch über dem Dorf aufragte.

Ich muss herausfinden, was hier los ist, dachte Gameknight. *Und dafür muss ich mit Crafter sprechen … Aber wird er mit mir reden können?*

Gameknight erschauderte, als sie den Turm betraten, der wie ein steinerner Soldat über das Dorf wachte. Digger lief zur hintersten Ecke im Erdgeschoss und stellte sich neben den geheimen Eingang, der zur unterirdischen Fertigungskammer und dem Lorennetzwerk führte. Gameknight zog seine Diamantspitzhacke hervor, schwang sie kräftig und zerschmetterte den Bruchsteinblock mit drei schnellen Schlägen, sodass der lange Tunnel freigelegt wurde. Er sah Digger an, seufzte ein letztes Mal und stieg dann die Leiter hinunter ins Dunkel.

KAPITEL 7
GEHEIME BESPRECHUNGEN

Gameknight erreichte den Tunnelboden und schaute nach oben. Er konnte Digger da oben im Licht der Fackeln, die das unterste Stockwerk des Wachturms erhellten, erkennen. Dann wurde das obere Ende des Tunnels dunkel, als Digger einen Bruchsteinblock auf dem Boden platzierte und den Eingang erneut versiegelte.

Daraufhin drehte sich Gameknight um und lief zu der kreisförmigen Kammer, in der Hoffnung, dort seinen Freund Crafter anzutreffen. Er rannte, so schnell er konnte, und erreichte die Kammer in einer Minute, wobei sein Kopf voller Fragen war. Als er den Raum betrat, fand er ihn jedoch leer vor … kein Crafter. Seufzend ging er zu den Eisentüren, die zur Fertigungskammer führten. Er klopfte mit seiner Diamantspitzhacke an und warf einen Blick durchs Fenster. Sofort bemerkte er, dass sämtliche Aktivitäten aufhörten, als jene, die alle Dinge in Minecraft fertigten, innehielten, woraufhin ihre Hände wieder unter ihren Ärmeln verschwanden. Einer der in Eisen gewandeten Krieger, deren Aufgabe es war, die Tür zu beschützen, kam näher und sah Gameknight durch das Fenster an. Dann schüttelte er mit traurigem Blick den Kopf.

Sie lassen mich nicht rein, begriff er. *Das ist doch lächerlich!*

Er stellte sich neben die Tür, schwang seine Diamantspitzhacke und schlug sich durch den Bruchstein, der die Tür stützte. Die Blöcke wurden zerstört, und die Tür fiel zu Boden. Der Wachmann stand einfach nur da, als Gameknight die Fertigungskammer betrat. Er wusste, dass alle Wachen jetzt Schwerter trugen; sie waren mittlerweile ziemlich geschickt im Umgang damit geworden, aber keiner versuchte, ihn aufzuhalten.

In der Mitte der Kammer entdeckte er Crafter, dessen schwarze Robe sich von den grauen NPC-Roben abhob, bei einem der anderen NPCs. Sein Freund strahlte eine Autorität aus, die so gar nicht zu seiner Größe passte. Das musste an seinem Blick liegen … an diesen hellblauen Augen, in denen sich jahrelange Erfahrung und Weisheit widerspiegelten, auch wenn sein Körper der eines Knaben war.

Crafter war früher ein grauhaariger NPC gewesen; vermutlich der älteste NPC auf allen

Minecraft-Servern. Aber während der schrecklichen Schlacht, um diesen Server zu retten und die Monster der Oberwelt aufzuhalten, war er getötet worden. Glücklicherweise hatte er genug Erfahrung absorbiert, um auf dem nächsten Server wiederbelebt zu werden. Dort war er allerdings in seiner aktuellen kindlichen Gestalt aufgetaucht. Alle NPCs konnten an seinem Gesicht ablesen, dass er kein Kind, sondern der vermutlich weiseste NPC in Minecraft war, und Gameknight hatte gelernt, diese Weisheit nicht zu unterschätzen. Das war wichtig, denn im Augenblick brauchte er dringend Antworten auf die Fragen, die ihn beschäftigten.

Gameknight lief die Treppe hinab und an den NPCs vorbei, die ihn mit ihren Blicken verfolgten. Sie alle wussten, wohin er wollte.

„Crafter, was ist los? Was ist mit den Händen der Dorfbewohner passiert? Warum redet niemand mehr mit mir?"

Gameknight sah seinem Freund tief in die Augen und wartete auf eine Antwort … doch er bekam keine, nur einen traurigen Blick und ein Kopfschütteln.

„Was geht hier vor sich?"

Crafter musterte die NPCs, die diese Begegnung verfolgten, dann betrachtete er Gameknight999 und schüttelte den Kopf.

Gameknight sah sich ebenfalls im Raum um und hatte eine Idee. Er zog seine Spitzhacke hervor, begab sich zur Wand der Fertigungskammer und fing an zu graben. Er schuf einen zwei mal zwei Blöcke breiten Tunnel, der ungefähr zehn Blöcke tief reichte. Dann sammelte er die Steine ein, die sich in seinem Inventar in Bruchstein verwandelten, und ging zurück zu Crafter. Er zog seine Schaufel und schob Crafter damit sanft auf den Tunnel zu.

„Geh … in den Tunnel“, wies Gameknight ihn an.

Crafter sah sich hilflos um.

„Schau nicht sie an, sie können dir nicht helfen … und jetzt los, geh in den Tunnel.“

Gameknight schob seinen Freund mit dem Werkzeug weiter. Er fühlte sich dabei ganz schlecht, wusste aber auch, dass das die einzige Möglichkeit war, Antworten zu bekommen.

Widerwillig ließ sich Crafter in den Tunnel drängen. Sobald sie im Gang und außer Sicht waren, drehte sich Crafter um und machte noch ein paar Schritte, bis er stehen blieb und sich Gameknight999 zuwandte.

Gameknight nahm Bruchsteinblöcke aus seinem Inventar und versiegelte den Gang mit drei Schichten, sodass sie von den NPCs in der Fertigungskammer abgeschottet waren. Völlige Finsternis umgab sie. Er zog ein paar Fackeln hervor und platzierte sie an den Wänden, damit der provisorische Raum beleuchtet wurde.

„Und jetzt … rede“, verlangte Gameknight flüsternd.

Crafter sah sich im Raum um und lief dann zum anderen Ende des Tunnels, wo er so weit wie möglich von der Fertigungskammer entfernt war. Gameknight trat zu seinem Freund und blickte auf ihn herab.

„Der Rat der Crafter … Sie haben eine Entscheidung getroffen“, sagte Crafter mit leiser, kaum hörbarer Stimme.

„Eine Entscheidung worüber?“, fragte Gameknight und wurde lauter, weil seine Frustration zunahm.

Crafter hob erschrocken den Kopf und schaute sich gehetzt in dem kleinen Raum um.

„Entschuldige“, flüsterte Gameknight. „Worum ging es bei der Entscheidung?“

„Es gab Probleme mit Zombies“, berichtete Crafter. „Sie haben auf allen Serverebenen Dörfer angegriffen und immer mehr NPCs infiziert. Anscheinend wollen sie aus irgendeinem Grund ihre Anzahl erhöhen."

„Glaubst du, das ist eine Zombieinvasion wie die vor langer Zeit, von der du erzählt hast?"

„Das vermuten zumindest viele Crafter. Doch alle hoffen, dass das nicht der Fall ist und dass bald alles wieder normal wird."

„Aber was ist normal?", fragte Gameknight. „Seit der letzten Schlacht hat sich alles verändert. Warum sollten Zombies all diese Dörfer angreifen, wenn sie nicht provoziert wurden? Das ergibt doch keinen Sinn."

„Viele glauben, das eigentliche Problem ist, dass sich Minecraft verändert hat ... deinetwegen."

„Meinetwegen?"

Crafter nickte.

„Aber ich habe versucht, Minecraft zu retten!"

„Ich weiß, und du hast Minecraft verändert, damit wir uns selbst retten konnten. Das weiß jeder, und alle sind dir sehr dankbar, aber viele finden, dass alles wieder so werden sollte, wie es vor Erebus und Malacoda gewesen ist."

„Wie es vorher war ... Das verstehe ich nicht."

Crafter zog die Hände aus den Ärmeln und hielt sie hoch, als wollte er sie seinem Freund zeigen.

Dann steckte er sie wieder zurück und verschränkte die Arme vor der Brust.

„Der Rat hat entschieden, dass NPCs nicht mit Benutzern reden dürfen und von Benutzern nicht dabei gesehen werden dürfen, wie sie ihre Hände benutzen … So wie es früher war …“

„Vor dem Benutzer-der-kein-Benutzer-ist.“

„Genau. Es wurde entschieden, dass die Geheimnisse von Minecraft jedem mit einem Serverfaden vorenthalten werden.“

„Du meinst, niemand darf wissen, dass ihr lebendig seid.“

Crafter nickte.

„Und niemand darf herausfinden, dass ihr wisst, wie ihr eure Hände benutzen könnt.“

Abermals nickte Crafter und machte ein trauriges Gesicht.

„Und ihr dürft mit niemandem reden, der einen …“

Gameknight hielt inne, als ihm langsam dämmerte, was das bedeutete. Dann blickte er auf seinen Freund herab und empfand einen Schmerz, der größer war als alles, was er je in Minecraft erlebt hatte: den Schmerz über gebrochene Freundschaften … und verlorene Freunde.

„Du meinst, wir können nicht mehr …“

Crafter nickte und wischte sich dabei mit einem Ärmel eine Träne von der quadratischen Wange.

„Aber … wir sind … Ich meine, die können doch nicht einfach …“

„Es wurde entschieden, und damit hat sich die Sache“, erklärte Crafter mit erstickter Stimme. „Wenn jemand dabei erwischt wird, wie er das Gesetz bricht, wird er aus seinem Dorf verbannt und zu einem der Verlorenen, einem NPC ohne Dorf.“

„Sie werden gezwungen, durch Minecraft zu wandern, bis sie ein Dorf finden, das sie aufnimmt … Was nicht passieren wird, richtig?“

Crafter erwiderte nichts, aber Gameknight kannte die Antwort bereits.

„Die Strafe für diesen Regelbruch ist also der Tod?“, fragte Gameknight.

Erneut nickte Crafter und schaute beschämt zu Boden. „So ist es. Wenn wir diesen Tunnel verlassen, werden wir nie wieder miteinander sprechen können.“

Diese Worte trafen Gameknight wie ein Schlag in die Magengrube. Seine Freunde … fort … Das war nicht richtig. Er wollte sich bei jemandem beschweren, wollte brüllen und schreien, aber das würde doch nichts ändern. Ihre Entscheidung stand fest. Das war das Ende von Minecraft, wie Gameknight es kannte, und es fühlte sich so an, als hätte man ihm einen Dolch ins Herz gerammt.

„Wir haben als Fremde in diesem Dorf begonnen“, sagte Crafter und blickte zu Gameknight999 auf, „und sind beste Freunde geworden. Es ist traurig, dass alles irgendwann enden muss. Ich werde unsere gemeinsame Zeit sehr vermissen.“

Gameknight betrachtete seinen Freund und kochte vor Wut. Wie konnte das nur sein ... Das war nicht richtig! Er versuchte, die Puzzleteile zusammenzusetzen, eine Lösung für dieses Problem zu finden, aber da war nichts, keine clevere Idee, kein Trick, um das Ganze zu umgehen ... Da war nichts als eine überwältigende Traurigkeit.

„Es ist Zeit zu gehen“, meinte Crafter leise und zeigte auf die Bruchsteinmauer.

Gameknight zog seine Spitzhacke hervor und schwang sie gegen die Blöcke. Er richtete seinen geballten Zorn gegen die Wand, seine Wut über die Ungerechtigkeit dieser Situation, diese törichte Entscheidung ... All seine Emotionen waren auf die Steinblöcke konzentriert. Innerhalb von Sekunden hatte die Diamantspitzhacke die Wand durchdrungen, als wäre sie aus Papier, und kleine Würfel schwebten am Boden, die kurz darauf in sein Inventar glitten. Als der letzte Block entfernt war, drehte sich Gameknight ein letztes Mal zu seinem Freund um, dann wandte er sich zum Gehen. Dabei stieß er jedoch auf einen anderen Benutzer.

„Hi Tommy", sagte eine Mädchenstimme.

Gameknight las den Namen Monet113, der in weißen Buchstaben über dem Kopf des Mädchens in der Luft schwebte.

Es war seine Schwester.

„Was machst du denn hier?", fauchte er.

„Mom hat gesagt, ich darf den Laptop benutzen, um Minecraft zu spielen", erklärte sie. „Also habe ich mich eingeloggt und zu dir teleportiert. Ist das da hinter dir Crafter? Er sieht genauso aus, wie du ihn beschrieben hast."

Gameknight schaute über seine Schulter zu Crafter und sah dann wieder seine Schwester an.

„Ja … das ist …"

Sie schob sich an ihrem Bruder vorbei und baute sich direkt vor Crafter auf.

„Hi Crafter, ich bin Jenny, Tommys Schwester …"

„Du sollst doch online nicht deinen richtigen Namen benutzen …"

„Ach ja … Entschuldige. Ich bin Monet113, Gameknight999s Schwester. Schön, dich kennenzulernen, Crafter."

Der Junge in der schwarzen Robe sagte nichts, sondern starrte nur geradeaus.

Sie sah Crafter eine Minute lang an und drehte sich dann wieder zu ihrem Bruder um.

„Was ist los?", fragte Monet113. „Warum redet er nicht mit mir?"

„Er darf nicht mehr mit Benutzern sprechen."

„Was meinst du damit?!", wollte Monet wissen, deren Stimme aus Gameknights Headset drang.

„Sie haben entschieden, dass wieder alles …" Er schniefte. „Dass wieder alles so werden muss, wie es vor dem Krieg war. Das bedeutet, dass sie nicht mit Benutzern reden."

„Aber das ist nicht fair! Sie könnten doch …"

„Lass es einfach!", fiel Gameknight ihr grimmig ins Wort.

Sie erkannte an seinem Tonfall, dass er sie nicht auf den Arm nahm. Verstört trat sie einen Schritt zurück und verließ den Tunnel. Gameknight folgte ihr und spürte, dass die Blicke aller in der Fertigungskammer auf ihm ruhten. Er konnte die traurigen, mitfühlenden Gesichter der NPCs sehen, wusste jedoch, dass niemand etwas tun konnte. Das war jetzt nur noch Minecraft … bloß ein weiteres dummes Computerspiel.

Er hielt noch einen Augenblick inne und schaute zu seinem Freund hinüber. Crafter sah ihn aus seinen blauen, von Traurigkeit erfüllten Augen an. Aber dann machte es den Anschein, als wollte der junge NPC etwas sagen …

Plötzlich stürzte ein weiblicher Wächter-NPC in die Fertigungskammer. Sie lief die Treppe hinunter und blieb direkt vor Crafter stehen, drehte sich dann aber um und musterte Gameknight und Monet. Es war eindeutig, dass sie etwas sagen wollte, aber sie durfte es nicht, daher stand sie nur aufgewühlt da.

„Na los, Schwesterherz, gehen wir“, meinte Gameknight und verließ die Kammer mit seiner kleinen Schwester im Schlepptau.

Schweigend erreichten sie die Oberfläche, doch als sie den Wachturm verließen, herrschte im Dorf das reinste Chaos. Die Dorfbewohner liefen panisch und mit verborgenen Händen und verschränkten Armen umher.

„Was ist denn los?“, fragte Gameknight einen Dorfbewohner.

Der NPC schüttelte nur den Kopf.

Gameknight drehte sich zu einem anderen um und wiederholte seine Frage, doch die Reaktion blieb dieselbe. Als er über den Platz blickte, entdeckte er Digger. Gameknight lief zu ihm, hielt direkt vor dem NPC und starrte ihn an.

„Digger, was ist los?“

Digger bemerkte, dass er von mehreren Seiten angestarrt wurde. Dann sah er zur Mauer hoch, rannte los und führte Gameknight zur Treppe, über die man nach oben auf die Barrikade gelangte. Völlig verwirrt folgte Gameknight dem NPC. Die Dorfbewohner benahmen sich, als hätten sie furchtbare Angst … doch wovor?

Erst als Gameknight oben auf der Mauer ankam, begriff er, wovor sie sich fürchteten. Auf den Hügeln rings um das Dorf waren sehr viele Spinnen sowie mehrere Creeper aufgetaucht.

Gameknight zog seinen verzauberten Bogen und feuerte ein paar Pfeile ab, um die Entfernung abzuschätzen, dann zielte er auf die Creeper. Wenn er sie explodieren lassen konnte, würden sie vielleicht ein paar Spinnen mit ins Jenseits nehmen. Mit einem Mal fiel ihm auf, dass er als Einziger schoss.

„Warum schießt ihr nicht?“, rief er den Bogenschützen auf der Mauer zu. „Zielt auf die Creeper.“

Aber die Dorfbewohner standen nur da und starrten ihn an. Einige blickten nervös zu den immer näher kommenden Spinnen hinüber, aber niemand von ihnen zog eine Waffe. Ihre Hände blieben nutzlos in ihren Ärmeln versteckt.

„Ihr müsst kämpfen … JETZT!"

Keine Reaktion, nur traurige, erschrockene Gesichter, die ihm zugewandt waren.

Dann war Crafter an seiner Seite. Sanft stupste er ihn an, damit Gameknight sich zu ihm umdrehte. Er sah, dass Crafter ein Schild in den Händen hielt, auf dem etwas stand. Doch er konnte es erst lesen, nachdem es auf einem Block aufgestellt worden war. Es waren nur drei Worte, aber die Botschaft war so deutlich, dass es Gameknight beinahe den Boden unter den Füßen wegriss.

Du musst gehen!

Gameknight starrte erst das Schild und dann Crafter an. Er verstand die Nachricht: Sie konnten sich nicht verteidigen, solange ein Benutzer hier war. Die NPCs würden eher die Monster in ihr Dorf lassen, als das Gesetz zu brechen, das vom Rat der Crafter beschlossen worden war.

Gameknight seufzte … Es war tatsächlich vorbei.

Er lief zu seiner Schwester hinunter.

„Wir müssen gehen“, sagte er traurig.

„Was? Aber es gibt einen Kampf … Ich will zuschauen.“

„Wenn wir hierbleiben, können die Dorfbewohner sich nicht verteidigen und werden sterben. Das sind lebendige Wesen, nicht nur Spielfiguren, mit denen man machen kann, was man will.“ Er drehte sich wieder zu Crafter um, der noch immer auf der Mauer stand, bevor er wieder seine Schwester ansah. „Es ist Zeit zu gehen … Du zuerst.“

„Ohhhhhh … Okay“, gab Monet widerwillig nach.

Für einen Augenblick erstarrte ihr Charakter, dann verschwand er mit einem Blitz, der nach oben zu fahren schien, als sich ihr Serverfaden wieder in den Himmel zurückzog. Gameknight drehte sich zu Crafter um, winkte seinem Freund ein letztes Mal zu und loggte sich ebenfalls aus Minecraft aus.

KAPITEL 8

XA-TULS ERSCHAFFUNG

„Er ist nicht hier“, murmelte Herobrine, während er die Zombiestadt verließ.

Er hatte dieser Zombiegruppe gerade erklärt, was ihr neues Ziel im Leben war … die NPCs leiden zu lassen, bis sie ihm das gaben, was er wollte: den Benutzer-der-kein-Benutzer-ist. Sie hatten ihn nicht sofort als Anführer akzeptiert. Zu dumm, aber so lief es immer … jedenfalls am Anfang. Dadurch war er gezwungen gewesen, die Effizienz seines neuen Enderschwerts an einigen der Zombieältesten zu demonstrieren. Aber nach zehn bis fünfzehn Opfern wurden die restlichen Bewohner der Zombiestadt immer vernünftig.

Er kicherte vor sich hin … Zombies waren ja so erbärmlich schwach. Vernichtete man ein paar von ihnen, gehorchten die anderen … Wie vorhersehbar.

Aber jetzt musste er zu einem neuen Server weiterziehen, um seine Beute zu suchen. Normalerweise hätte er einfach seine Kräfte als Schatten-Crafter gesammelt und ein Portal erschaffen, das ihn durch die Quelle zu einem anderen Server führte, aber das erforderte viel Energie, und danach fühlte er sich jedes Mal schwach und verwundbar. Das gefiel ihm gar nicht, auch wenn es nichts auf diesen Servern gab, das ihm gefährlich werden konnte … Nun, mit Ausnahme des Benutzers-der-kein-Benutzer-ist, aber dessen Präsenz hatte er seit der letzten Schlacht auf keinem der Server gespürt.

Er wird zurückkommen, dachte Herobrine, *dieser Gameknight999 kann gar nicht anders.*

Als er den dunklen Tunnel verließ und ins Sonnenlicht trat, bemerkte er in der Ferne einen Benutzer, der gerade eine Art Redstone-Vorrichtung baute … irgendetwas mit Kolben und Druckplatten.

Diese Benutzer begreifen die wahre Macht von Minecraft nicht, dachte er. *Sie sind ebenso töricht wie die NPCs.*

Er sammelte seine Kraft, erschuf ein Portal und trat hindurch, um direkt hinter dem Benutzer wieder aufzutauchen. Sofort offenbarten sich ihm über den Serverfaden des Benutzers die Geräusche aus dem Internet. Katzenbilder, Telefongespräche, Finanzgeschäfte, Steuersignale, Raketenverteidigungscodes … Eine Vielzahl an Dingen, die gleichzeitig durch das Internet strömten. Es war herrlich … all diese Menschen, all das Potenzial, all diese Freiheit … und alles außerhalb der Grenzen dieser lächerlichen Server. Er musste hinaus … musste den Benutzer-der-kein-Benutzer-ist finden und aus diesem Gefängnis entkommen.

Wenn ich erst im Internet bin, werde ich alles übernehmen und die Benutzer leiden lassen, dachte Herobrine. *Ich werde ihre Kommunikation unterbrechen, ihre Systeme sabotieren und ihr Leben auf jede nur erdenkliche Weise stören. Ich werde die Welt durch ihre eigene Schöpfung, das Internet, beherrschen. Es war dumm von ihnen, alles mit dem Internet zu verbinden. Selbst ihre Militärcomputer sind an dieses Netzwerk angeschlossen. Bald werde ich beenden, was Erebus für mich begonnen hat. Aber zuerst brauche ich einen neuen Diener … einen neuen Helden, der fortführt, was Erebus und dieser Narr Malacoda nicht beenden konnten.*

Der Schatten-Crafter griff nach dem Serverfaden des Benutzers, der sich erschrocken umdrehte. Herobrine zog sein Enderschwert, schwang es über den Kopf des Benutzers und durchtrennte den Serverfaden und damit die Verbindung des Benutzers zum Server. Sobald der Anker zu diesem Server entfernt war, sauste der Serverfaden zurück nach oben zur Quelle und zog den Schatten-Crafter mit sich, der so über die Quelle auf einen neuen Server springen konnte, ohne seine Energie aufzubrauchen.

Als er sich wieder materialisierte, grinste er zufrieden. Er war sich nicht sicher gewesen, ob die Methode funktionieren würde, aber es hatte perfekt geklappt. Er hatte sich vom letzten Server auf diesen bewegt, ohne sich schwach oder verletzlich zu fühlen … Fantastisch!

Und dann spürte er es, ein leichtes Kräuseln im Gewebe von Minecraft. Der Schatten-Crafter kniete sich hin, drückte ein Ohr gegen das Gras und horchte. Er konnte es hören! Ein schwaches Echo verharrte noch in der Musik von Minecraft. Gameknight999 hatte sich auf diesem Server aufgehalten.

Endlich hatte er seine Spur aufgenommen.

Herobrine betrachtete seine Umgebung genauer und bemerkte, dass er in einem Riesentaiga-Biom materialisiert war, in dem sich Kiefern bis hoch in den Himmel erstreckten — so hoch, dass ihre Kronen kaum zu sehen waren. In der Nähe befanden sich graslose braune Flecken, und im Schatten wuchsen kleine braune Pilze. An einigen Stellen lagen moosbewachsene Steinblöcke, die sich vom Braun des Waldbodens abhoben. Sie erinnerten ihn an die wundervollen Verliese, die seine Schatten-Crafter hier und da verteilten, um unvorsichtige Benutzer anzulocken, die immerzu vergaßen, Milch mitzunehmen, wenn sie diese Orte erforschten. Dabei war Milch das einzige Gegenmittel gegen das Gift der Höhlenspinne.

Er lachte, verstummte jedoch, als das Heulen eines Wolfs im Wald zu seiner Linken ertönte. Ein weiterer antwortete von rechts, dann immer mehr. Sie hatten ihn gewittert.

„Ich hasse Wölfe", murmelte er.

Sie schienen ständig Ausschau nach ihm zu halten und griffen sofort an, wenn sie ihn entdeckten. Gegen ein kleines oder mittleres Rudel konnte er sich problemlos verteidigen, besonders jetzt, da er sein Enderschwert hatte. Sie waren vor allem lästig, aber im Moment wollte er sich nur ungern ablenken lassen. Es gab Wichtigeres zu tun.

Er öffnete ein weiteres Portal, trat hindurch und materialisierte sich am Eingang einer Höhle, die sich tief ins Innere von Minecraft erstreckte. Während er durch die Höhle und die damit verbundenen Tunnel lief, suchte er nach der Zombiestadt, die hier ganz in der Nähe verborgen sein musste. Die Geräusche anderer Monster hallten in der Höhle wider – das Klackern von Spinnenfüßen und das Rascheln der

Creeper. Aber sie waren klug genug, sich von Herobrine fernzuhalten.

Als er tiefer in das Tunnelnetzwerk vordrang, roch er bald Rauch und Asche … den Geruch seiner Heimat. Er lief weiter durch den Felsengang nach unten, bis er sich auf Höhe der Lava befand … Wundervolle, herrliche Lava. Er folgte dem Fluss eines Lavastroms ungefähr vierzig Blöcke weit, bis er endlich vernahm, wonach er gesucht hatte: das Plätschern von Wasser … ein Wasserfall. In der Ferne erblickte er das Wasser, das aus einem Loch in der Wand quoll und sich in die Lava ergoss, wobei Bruchstein und Obsidian gebildet wurden.

Hier war er richtig.

Nach kurzer Suche entdeckte er den flachen Abschnitt in der Mauer, aus dem ein einzelner Steinblock herausragte. Er sprang über den Lavastrom und wollte gerade gegen den Block drücken, hielt jedoch inne, als er das Stöhnen von Zombies hörte. Ihr sorgenvolles Klagen erfüllte den Gang … Aufgrund ihrer früheren Vergehen waren sie für immer aus dem Sonnenlicht in die Schatten verbannt worden, sodass der blaue Himmel nur noch eine ferne Erinnerung für sie war.

Sechs Zombies näherten sich.

„Danke, dass ihr gekommen seid, meine Freunde“, begrüßte er die Zombies.

Die Monster wirkten verwirrt.

„Ich brauche eure Hilfe, um meinen neuen Diener, nein, meinen neuen Helden zu erschaffen“, sagte Herobrine mit schiefem Grinsen. „Euer Opfer wird in die Geschichte eingehen als das, wodurch ich endlich aus meinem Gefängnis entkommen konnte … Ihr könnt stolz auf euch sein.“

Einer der Zombies sah seine Kameraden an und drehte sich zu Herobrine um.

„Was sagt dieser Schatten-Crafter?“, knurrte der Zombie mit seiner kehligen, beinahe animalisch klingenden Stimme.

„Ihr werdet schon sehen“, antwortete Herobrine, dann verschwand er und tauchte direkt neben der Gruppe wieder auf.

Er zog sein Enderschwert, hieb auf die hilflosen Monster ein und entzog ihnen mit schmerzhaften Schwertschlägen ihre Gesundheit. Kurz darauf stürzten sie zu Boden, und ihr Leben hing nur noch an einem seidenen Faden.

Herobrine steckte das Schwert weg, hockte sich neben die verwundeten Zombies und sammelte all seine Crafting-Kräfte. Dann bearbeitete er die Computercodes, die diese Kreaturen antrieben, und verschob die Codezeilen. Sofort leuchteten seine Hände in einem kränklichen Gelbton, der an die Farbe einer sterbenden Blume erinnerte, während er die Kreaturen verwandelte. Er beobachtete, wie die Softwarezeilen nach und nach miteinander verschmolzen und sich die Maschinenbefehle zu einem komplexen Teppich aus digitalen Anweisungen verwoben. Dabei schichtete er die Monster übereinander, bis sie schließlich zu einer neuen Kreatur verschmolzen, die größer, breiter und stärker als ihre Vorgänger war. Als er fast fertig war, bemerkte Herobrine einige Eisenblöcke in der Nähe und nahm sie an sich, um sie seiner Kreation hinzuzufügen. Er zog das Eisen in dünne Drähte und verwob das Metall zu kleinen Ketten. Dann legte er das entstandene Kettenhemd über den Monsterkörper und befestigte es mit seiner Crafting-Kraft an der Kreatur. Seine Hände leuchteten mittlerweile fast weiß. Er erfüllte die Kreatur mit seinem sengenden Hass auf die NPCs der Oberwelt und Gameknight999 und übertrug seine finstere, bösartige Natur ganz auf die Kreatur.

Während das Licht seiner Hände bereits verblasste, trat er einen Schritt zurück, um sein Werk zu bewundern. Die Kreatur lag auf dem Boden und schien zu schlafen. Er verpasste ihr einen heftigen Tritt in die Rippen, um sie aufzuwecken. Der gigantische Zombie erhob sich und überragte Herobrine. Sein verrottendes Fleisch hing in Fetzen von seinem Körper und gab den Blick auf Knochen frei, die unter der verschlissenen Kleidung hervorragten. Vorsichtig machte er einen ersten Schritt vorwärts, wobei das Kettenhemd auf seinem furchterregenden großen Körper klirrend hin und her schwang.

„Komm, mein Kind, tritt vor und lass dich anschauen", verlangte Herobrine.

Das Monster trat ins Licht des Lavastroms. Es war der größte Zombie, den Herobrine jemals in Minecraft gesehen hatte. Seine Arme waren dick und muskelbepackt, wie zwei gefährliche Kanonen, die jeden Augenblick losgehen konnten, aber das Beste waren seine Klauen. Herobrine betrachtete die rasiermesserscharfen Klauen an den Händen seiner Schöpfung. Jede einzelne Klaue sah aus wie ein tödlicher Dolch, und ihre Spitzen funkelten im Licht der Lava. Diese Klauen würden Eisen zerteilen, als wäre es Butter … Der Benutzer-der-kein-Benutzer-ist war verloren.

Herobrine lachte.

„Meister", sagte das Monster mit rauer Stimme.

„Ja, mein Kind", erwiderte Herobrine.

„Meister, wie heiße ich?"

Herobrine dachte einen Augenblick nach, dann wählte er einen Namen aus der Zombiegeschichte. Die Crafter der Oberwelt würden erzittern und wünschen, sie hätten sich ihm nie widersetzt.

„Ich nenne dich Xa-Tul", erklärte Herobrine feierlich und bedachte seine Kreation mit einem unheimlichen Grinsen. „Und jetzt komm, wir haben viele Kreaturen zu vernichten."

Dann stieß Herobrine sein manisches böses Lachen aus, bei dem selbst die Steinwände um sie herum vor Furcht zu erstarren schienen.

KAPITEL 9
MONET113

Am nächsten Morgen stand Jenny früh auf. Sie wollte vor ihrem Bruder am Computer im Keller sein. Der hatte die beste Grafik und war am schnellsten. Außerdem war es einfach nicht dasselbe, Minecraft nur am Laptop zu spielen anstatt am Computer ihres Dads. Sie nahm zwei Stufen auf einmal, raste zum Schreibtisch in der Ecke und setzte sich hin.

Ihr Bruder hatte das Spiel wohl letzte Nacht nicht ausgeschaltet, denn sie konnte es auf dem Bildschirm sehen … Aber es sah verändert aus. Er hatte in letzter Zeit mit eigenen Mods herumgespielt, und vielleicht hatte er letzte Nacht vor dem Schlafengehen eine neue getestet. Sie war sich nicht sicher, aber es war ihr auch egal. Jenny wollte einfach nur ins Spiel und mit Crafter und Gameknights anderen Freunden reden. Sie wusste, dass sie nicht mit Benutzern sprechen würden, das hatte ihr Bruder ihr deutlich zu verstehen gegeben – und da er nach dem Ausloggen so mitgenommen gewirkt hatte, wusste Jenny, dass es die Wahrheit war.

Aber sie hatte einen Plan.

Sie loggte sich mit ihrer Benutzer-ID Monet 113 ein, und ihr Charakter materialisierte sich im Spiel. Doch anstatt sich Minecraft auf dem Bildschirm anzuschauen, drehte sie sich um und rollte mit dem Stuhl zum Controller der Erfindung ihres Vaters: den Digitalisierer.

„Tommy hat mit dem Digitalisierer Minecraft betreten und ist auch wieder rausgekommen“, sagte sie in den leeren Keller hinein, „dann werde ich das wohl auch hinbekommen.“

Ihr Vater hatte den Digitalisierer schon häufig in ihrer Gegenwart benutzt, daher wusste sie genau, wo sich die Schalter befanden, mit denen man ihn aktivierte. Sie schaltete ihn an und lud die Kondensatoren auf. Das Gerät leuchtete in einem sanften Gelbton, und ein Summen erfüllte den Keller. Das Ende des Digitalisierers zeigte direkt auf sie. Als das Summen lauter wurde, drehte sie sich zum Computerbildschirm um und war bereit, durch das Tor des Lichts zu schreiten. Aber kurz bevor der Mechanismus sie mit seinem gleißenden Lichtstrahl traf, betrachtete sie ihren Minecraft-Charakter auf dem Bildschirm genauer. Das war nicht etwa der Charakter, den sie erwartet hatte – statt dunkelblauer Kleidung mit einem lilafarbenen Fleck auf dem Oberkörper und langen hellblauen Haaren sah sie das Bild eines Zombiekinds, dessen verwesender Körper und zerrissene Kleidung aussahen, als würden sie gleich auseinanderfallen.

„Ein Zombie … Warum sieht das aus wie ein …"

Dann umhüllte sie der Lichtstrahl und wickelte seine heißen Finger um ihr Innerstes. In ihrem ganzen Körper kribbelte es, und sie hatte das Gefühl, ihre Haut würde brennen, gleichzeitig war ihr aber auch schrecklich kalt. Jenny konnte durch das gleißende Licht kaum noch den Keller erkennen, und als das Summen lauter und das Licht heller wurde, drehte sich alles vor ihren Augen. Es fühlte sich an, als wäre sie im Zentrum eines Tornados gefangen und die Wände würden rasend schnell an ihr vorbeiziehen. Zuerst glaubte sie, das Licht würde von außen auf sie einhämmern und seinen leuchtenden Mantel um sie wickeln. Doch dann wurde es in ihrem Inneren gleichzeitig kochend heiß und eiskalt, als der Digitalisierer ihre Lebenskraft umwandelte. Sie spürte, wie sie durch den digitalen Abfluss der Badewanne gezogen wurde, die wir Realität nennen. Ihr war, als würden ihr Geist, ihre Erinnerungen und ihre Emotionen aus der physischen Welt in die

Einsen und Nullen des digitalen Reichs umgewandelt.

Und dann wurde alles schwarz, und Monet113 verlor langsam das Bewusstsein. Aber während die Dunkelheit sie nach und nach verschlang, hatte sie noch den Eindruck, Tiergeräusche zu vernehmen: Hühner, Kühe und Schweine … Oje.

Als sie die Augen öffnete, fand sich Monet mit dem Gesicht nach unten auf einer Wiese wieder. Sie setzte sich auf und sah sich um. Hinter ihr befand sich ein großer Hügel, aus dem eine Felszunge herausragte und von dessen Spitze sich ein Wasserfall ergoss. Eine Brise wehte über die Landschaft, und die Grashalme wiegten sich sanft hin und her. Der süße Duft der Blumen stieg ihr in die Nase. Alles wirkte so echt, das Gras, die Bäume, die Hügel, der Himmel … Alles war wunderschön.

Monet113 beugte sich vor, um eine weiße Blume zu pflücken, aber als sie die Hand ausstreckte, bemerkte sie spitze Klauen am Ende ihrer eckigen Finger.

Klauen?, dachte sie. *Warum habe ich Klauen?*

Und dann schaute sie an ihren Armen herunter. Sie hatten eine fleckige blassgrüne Farbe, die sie an Käse erinnerte, der zu lange im Kühlschrank gelegen hatte. Die Ärmel ihres T-Shirts waren zerfetzt und zerrissen, und das hellblaue Material sah aus, als hätte man es zu oft ausgewrungen. Sie stellte sich aufrecht hin und betrachtete ihre Beine. Sie trug eine blaue Hose, die ebenfalls zerfetzt und fleckig war.

Das verstehe ich nicht … Was ist passiert?

Sie lief auf den Teich zu, in den sich der Wasserfall ergoss, um sich ihr Spiegelbild anzusehen. Doch sobald sie sich in Bewegung setzte, hoben sich ihre Arme wie von selbst und reckten sich nach vorn. Sie versuchte, die Arme zu senken, was ihr jedoch sehr schwerfiel und sich anfühlte, als wäre deren Steifheit irgendwie mit ihren schlurfenden Füßen verbunden.

Als sie den Teich erreicht hatte, betrachtete sie ihr Spiegelbild und war zutiefst erschrocken … Sie war ein Zombiekind! Irgendwie war Monet113 als Zombiekind anstatt in ihrem normalen, farbenfrohen Skin in Minecraft erschienen.

„Wie konnte das passieren?“, wollte sie laut von niemandem … von Minecraft wissen.

Auf einmal hallte ein Klicken von den Hügeln wider. Ein Geräusch, das sie von ihren vielen Stunden in Minecraft nur zu gut kannte: Es war eine Spinne.

Monet drehte sich um und fand sich Auge in Auge mit einer riesigen Spinne wieder, deren zahlreiche rote Augen sie argwöhnisch anfunkelten.

Wird sie mich angreifen?, dachte sie und war vor Furcht wie gelähmt.

Sie blickte nach unten und sah die geschwungenen, fies aussehenden Klauen am Ende jedes Beins, deren scharfe Spitzen im Sonnenlicht glitzerten. Dann musterte Monet die winzigen schwarzen Haare, die den Körper der Kreatur überzogen und sich in alle Richtungen gleichzeitig bewegten. Es war, als hätte jede störrische Strähne ihren eigenen Kopf … Echt unheimlich. Erschaudernd richtete sie ihre Aufmerksamkeit wieder auf das furchterregende Gesicht. Die Spinne klapperte mit ihren Beißwerkzeugen, und die gekrümmten hornartigen Strukturen auf beiden Seiten des hässlichen Mauls sahen aus, als könnten sie Stahl durchtrennen. Erneut erschauderte Monet, als die Angst sie übermannte.

Was soll ich nur tun?, dachte sie, doch dann hatte sie eine Idee. *Was würde mein Bruder tun? Klar … Er würde kämpfen!*

Monet113 griff in ihr Inventar, ohne zu wissen, wie sie es eigentlich tat, und suchte nach einer Art Waffe oder Werkzeug oder irgendetwas, womit sie sich verteidigen konnte. Doch sie fand nichts. Die Spinne trippelte zur Seite, betrachtete Monet von oben bis unten und kam mit ihrem riesigen Kopf ganz nahe heran. Ihre flammenden roten Augen drehten sich während dieser Inspektion in alle Richtungen gleichzeitig, dann plötzlich wandten sie sich alle nach oben, um über ihren Kopf zu schauen; die Kreatur suchte vermutlich nach ihrem Serverfaden. Wenn das Monster den fand, würde sie große Probleme bekommen. Das Biest umkreiste sie, stellte sich wieder vor sie und starrte in ihre dunklen Augen. Zufrieden, dass es sich hier nur um einen weiteren Zombie handelte, zog das Monster schließlich von dannen, und seine Kiefer klackerten, während es durch das lange Gras stakste.

„Das war knapp“, sagte sie mit kratziger Stimme.

„Was war knapp?“, fragte eine andere Stimme hinter ihr.

Monet drehte sich um und sah sich einem anderen Zombiemädchen gegenüber. Sie war genauso gekleidet wie sie selbst und trug ein zerlumptes hellblaues Shirt und eine zerrissene dunkelblaue Hose, aber ihr Gesicht sah etwas anders aus. Ihre Augen waren dunkel wie Monets, aber mit einem Hauch Grün darin. Monet konnte tiefe Narben auf ihrem Gesicht und an den Armen erkennen, und einige sahen aus, als wären sie noch sehr frisch.

„Siehst du die Narben auf dem Arm dieses Zombies?“, fragte das Zombiemädchen mit Stolz in der Stimme. „Das Kampftraining hat begonnen … Es steht zu hoffen, dass diesen Narben bald noch mehr folgen werden.“

„Wie bitte?“, hakte Monet nach.

„Das Kampftraining … Zombiekampftraining … Oh, vielleicht hat dieser neue Zombie noch nicht damit begonnen? Das ist okay, es wird nicht mehr lange dauern. Welches Level?“

„Was … Ich verstehe nicht …“

Das Zombiemädchen trat näher, und ihre dunklen Klauen funkelten in der Sonne. Monet hätte am liebsten einen Schritt nach hinten gemacht, aber sie wusste, dass sie stehenbleiben musste, um keinen Verdacht zu erregen.

„Wie heißt der neue Zombie?“, wollte das Mädchen wissen. „Dieser Zombie wird Ba-Jin genannt.“

„Ich heiße Monet11… Äh … Ich meine, mein Name ist Monet.“

„Mo-Nee … Der neue Zombie ist ein Mo? Wow!“

Ba-Jin war beeindruckt, aber Monet wusste nicht, warum. Sie wollte gerade nachfragen, als ein Stöhnen über die Landschaft hinweg erklang.

„Die Zombies müssen zurück“, erklärte Ba-Jin.

„Die Älteren mögen es nicht, wenn die Jünglinge zu lange in der Sonne sind."

„Ah … Ja … Natürlich", erwiderte Monet.

Zombies fürchteten sich vor dem Sonnenlicht, da erwachsene Zombies in Flammen aufgingen. Zombiekinder hingegen waren immun gegen die Wirkung der Sonne und konnten auch tagsüber draußen sein. *Aber anscheinend wollen die anderen Zombies nicht, dass sie das lange tun,* dachte Monet.

Sie folgte ihrer neuen Freundin und ging auf den Schatten unter den Bäumen zu, wo sie weitere Zombies mit ausgestreckten Armen herumlaufen sah. Alle waren identisch gekleidet, hellblaues Shirt, dunkelblaue Hose … Es war, als versuchten sie alle, genau gleich zu sein. Doch als sie sich die Menge der Zombies genauer anschaute, bemerkte Monet feine Unterschiede: Einer hatte Narben auf einer Wange, ein anderer hinkte, die Haut des nächsten war etwas dunkler als die der anderen; es gab Unterschiede, aber es machte den Eindruck, als wollten die Zombies diese Unterschiede hinter identischer Kleidung verstecken … Interessant.

Einer der Erwachsenen musterte sie und Ba-Jin missbilligend und schien sie mit seinem wachsamen Blick zu durchbohren, als würde etwas nicht stimmen. Monet hatte den Digitalisierer benutzt, also besaß sie keinen Serverfaden, aber vielleicht konnten sie die Buchstaben über ihrem Kopf erkennen? Während sie den Erwachsenen durch den dichten Wald folgten, kamen sie an einem Teich vorbei. Sie trat an den Teichrand und betrachtete ihr Spiegelbild. Ein Zombiekind starrte sie an: Die Haut war grün und verrottet, hatte aber hier und da schwache Farbstiche, wodurch sie sich leicht von dem anderen Kind unterschied. Ihre Augen sahen kalt und tot aus, schwarz wie das Innere ihres Schranks, wenn das Licht aus war. Auf ihrem eckigen Kopf wuchsen keine Haare, aber über die rechte Seite verlief ein blauer Streifen, vermutlich ein Überbleibsel ihres normalen Minecraft-Skins. Als sie genauer hinsah, konnte Monet113 auch Buchstaben über ihrem Kopf schweben sehen, aber die Schrift war fast unsichtbar. Doch wenn jemand genau hinsah, würde sie ihm vermutlich auffallen … Sie musste vorsichtig sein. Wer wusste schon, was die Zombies tun würden, wenn sie feststellten, dass sie ein Benutzer war, oder noch schlimmer, ein Benutzer-der-kein-Benutzer-ist.

Sie erschauderte, als ihr bewusst wurde, in welcher Gefahr sie schwebte, verließ das Ufer und folgte den Zombies in Richtung Zombiestadt.

KAPITEL 10
DIE SAAT DER GEWALT

Lautlos materialisierten sich Herobrine und Xa-Tul vor dem Eingang der großen Höhle. Sie waren auf diesen Server gekommen, weil sie hofften, hier den lästigen Gameknight999 zu finden. Doch Herobrine spürte sofort, dass Gameknight999 nicht hier war und diesen Server auch noch nie betreten hatte; das durch seine Anwesenheit verursachte Kräuseln war hier nicht zu vernehmen. Das war der falsche Server.

„Ich werde dich schon noch finden, Gameknight999“, murmelte er.

„Was?“, grummelte Xa-Tul mit seiner tiefen Stimme, die wie Donner klang.

„Nichts … Er ist nicht hier“, antwortete Herobrine. „Geh und gib deinen Untertanen die entsprechenden Anweisungen. Beeil dich. Ich werde hier warten.“

„Ja, Meister.“

Xa-Tul ging tiefer in die Höhle hinein und folgte den zerklüfteten Tunneln hinunter ins Dunkel. Er konnte die Präsenz anderer Monster in den Schatten spüren, aber sie alle fürchteten ihn, denn seine Größe beeindruckte sogar seine Artgenossen. Daher ignorierte er sie, schloss die Augen und öffnete sich der Musik von Minecraft. Er konnte all die verschiedenen Kreaturen durch die Tunnel huschen hören: die Spinnen, die ängstlich mit den Kiefern klapperten, die Creeper, die irgendetwas suchten, das sie in die Luft gehen lassen konnten, und die ziellos herumschlurfenden Zombies. Na, denen würde er schon bald ein Ziel geben. Er kramte in seinen Erinnerungen nach dem Standort der Zombiestadt. Zwar war er erst seit wenigen Stunden am Leben, doch er trug die Erinnerungen der Zombies in sich, die für seine Erschaffung ihr Leben gelassen hatten. Und dann fand er den Ort … den Zusammenfluss von Feuer und Wasser, den brauchte er … Dort würde er den Eingang zur Zombiestadt finden.

Er folgte dem vor ihm liegenden Tunnel und lief weiter nach unten. Manchmal geriet er in Sackgassen, wenn der Tunnel einfach endete; das konnte in Minecraft schon mal passieren. Dann schlug er sich mit seinen mächtigen Fäusten durch Steinmauern, wenn er auf der anderen Seite eine Passage spüren konnte. Er ließ Blöcke mit seiner bloßen Hand zersplittern, als wären sie aus Papier. Xa-Tul sah auf seine Klauenhände herab und bewunderte seine Stärke. In den Erinnerungen der Zombies in ihm konnte er nichts Vergleichbares finden.

Interessant, dachte Xa-Tul. *Diese Stärke wird sich als sehr praktisch erweisen, wenn ich dem feigen Benutzer-der-kein-Benutzer-ist gegenübertrete.*

Er stieß ein böses, manisches Lachen aus. Dann spürte er sie … die Hitze … die herrliche, rauchige Hitze von Lava. Er zerschmetterte eine weitere Mauer aus Stein und Erde und sah unter sich einen riesigen Lavasee, in den ein Wasserfall herabstürzte.

Dorthin musste er gehen.

Er lief am Rand des Sees entlang und folgte dem Ufer, bis er den sprudelnden Wasserfall erreichte. Sprühnebel spritzte in sein kantiges Gesicht und kühlte seine Haut ein wenig …

„Wie können die Oberweltler das nur ertragen?“, wunderte sich Xa-Tul, während er durch das kühle frische Wasser auf den geheimen Eingang zulief.

Seine klauenbewehrten Füße rutschten auf dem feuchten Obsidian und Bruchstein aus. Er fuhr die Krallen aus, während er durch den Wasserstrom schritt, um zur anderen Tunnelseite zu gelangen. An der gegenüberliegenden Wand erblickte Xa-Tul einen flachen Steinbereich, der sich in beide Richtungen ausdehnte. Nur ein einziger Block ragte aus der Oberfläche heraus und sah aus, als würde er nicht dorthin gehören. Er drückte diesen Steinblock, und die Türen zur Zombiestadt öffneten sich und gaben den Blick auf einen dunklen Tunnel frei. Sobald er in die Dunkelheit getreten war, hörte er, wie sich die Türen hinter ihm schlossen und den Eingang und die Existenz der Stadt vor neugierigen Nutzern oder NPCs verbargen, die sich möglicherweise durch die unterirdischen Gänge bewegten.

Mit forschem Gang durchschritt Xa-Tul den Tunnel, als würde er ihm gehören. Das Klirren seines Kettenhemds erzeugte einen melodischen Klang ähnlich einem Windspiel; es passte nicht an diesen Ort. Gelegentlich spürte er, dass sein kahler Kopf an der Felsdecke entlangschabte. Für eine so große und bedrohliche Kreatur wie ihn war der Tunnel einfach zu niedrig. Mit seiner massigen Faust zerschmetterte er ab und zu einige Blöcke in der Decke, die ihm im Weg waren; anzuhalten oder sich gar zu bücken war unter Xa-Tuls Würde.

In der Ferne sah er ein Licht am Ende des Tunnels, das grünliche Leuchten der Gesundheitsbrunnen, die immer in Zombiestädten zu finden waren.

Als er das Ende des Tunnels erreicht hatte, blieb Xa-Tul stehen und besah sich die Höhle. Dabei handelte es sich um einen riesigen, ausgehöhlten Bereich inmitten von Minecraft mit einer hohen Felsdecke, die sich mindestens dreißig Blöcke nach oben erstreckte. Die Wände und der Boden waren uneben und zerklüftet, als hätte eine Gruppe achtloser Bergarbeiter den Abschnitt ausgehoben, ohne sich Gedanken über diejenigen zu machen, die darin leben würden. Überall in der Kammer waren Gesundheitsbrunnen in die Wände und den Boden eingebettet, und ihre schimmernden Ströme tauchten das Gebiet in ein fremdartiges grünes Licht. Es war genau so, wie die kollektiven Erinnerungen in Xa-Tuls Kopf es ihm gezeigt hatten. Zombies standen in Gruppen unter den Brunnen und badeten im grünen Leuchten. Die schimmernden Funken fielen wie Wasser herunter, sammelten sich einen Augenblick am Boden und verschwanden dann. So ernährten sich die Zombies – indem sie sich unter den Brunnen stellten und ihre Gesundheit auffüllten. Waren sie zu lange von der Zombiestadt und den Gesundheitsbrunnen entfernt, starben sie. Zombies fraßen nicht etwa das Fleisch derer, die sie vernichteten – das war nur ein grausamer Scherz des Schöpfers nach der großen Zombieinvasion und seine Strafe für die Verfehlungen dieser Spezies. Dadurch waren sie an ihr unterirdisches Gefängnis gebunden und konnten nicht frei unter den Sternen leben. Eines Tages würde sich das ändern … Dafür würde er sorgen. Aber zuerst musste Xa-Tul den Zombies von Minecraft Ordnung bringen und sie zu einer unaufhaltsamen Welle der Gewalt vereinen, damit sie die Server von den widerlichen NPCs befreien konnten.

Die Zombies unter dem nächstgelegenen Brunnen nahmen das übergroße Monster gar nicht wahr. Die meisten von ihnen waren einfach zu vertieft in ihren Gesundheitsrausch oder bemerkten ihn nicht. Xa-Tul war das egal, er würde ihnen schon bald die neuen Regeln nahebringen.

Als der Zombiekönig tiefer in die gigantische Höhle vordrang, stellte er fest, dass auch diese Stadt aussah wie jede andere Zombiestadt, an die er sich erinnerte. Überall Ansammlungen schäbiger Häuser, die scheinbar völlig ohne Ordnung in der riesigen Höhle verstreut waren. Es gab keine Straßen oder Wege, nur kleine blockförmige Häuser, die dort standen, wo gerade Platz war. Während er über den Höhlenboden schritt, konnte er in der Ferne die Tunnel sehen, die noch tiefer in Minecraft hineinführten. Er wusste, dass man so zur Grundgesteinebene gelangte, auf der die Zombieportale gebaut wurden. Diese Portale konnten die Zombies von einer Stadt und einem Server zum anderen bringen. Malacoda, der Netherkönig, hatte herausgefunden, wie er auf das Portalnetzwerk zugreifen konnte, und es auf seinem Feldzug genutzt, um seine Netherkreaturen in die Oberwelt zu bringen. So war der mächtige Ghast in der Lage gewesen, eine riesige Armee zusammenzustellen und sie zur Oberfläche zu führen, um die NPCs anzugreifen und ihre Crafter zu entführen. Herobrine, Xa-Tuls Erschaffer, hatte ihm erklärt, dass Malacodas Arroganz und übergroßes Selbstvertrauen zu dessen Untergang geführt hatten. Der närrische Ghast hatte sowohl Gameknight999 als auch Erebus, den König der Endermen, unterschätzt. Xa-Tul würde nicht denselben Fehler machen.

Der riesige Zombie wandte den Blick von den Tunneln ab und setzte seinen Weg bis zum Rand einer großen offenen Fläche im Zentrum der Höhle fort. Dies war der Versammlungsplatz der Zombies dieser Stadt, auf dem gerade ein Treffen stattfand. Die meisten Einwohner hatten sich um ihren Anführer, der auf der erhobenen Plattform stand, versammelt. Xa-Tul machte sich gar nicht erst die Mühe, der

Kreatur zuzuhören; er war nicht daran interessiert, was dieser Zombie zu sagen hatte. Ihn interessierte nur dessen Gehorsam.

Daher drängte sich Xa-Tul durch die Menge und lief geradewegs auf die Plattform zu. Der Anführer hatte Xa-Tul offensichtlich entdeckt, denn er unterbrach seine Rede und legte schnell eine goldene Rüstung an. Dann trat er zurück und hielt sich bereit.

„Dieser Zombie nennt sich Xa-Tul, ist der neue Anführer und hat Anweisungen für alle Zombies", verkündete Xa-Tul mit seiner kratzigen Stimme.

„Der Fremde hat hier nichts zu sagen", widersprach ihm der Anführer. „Dieser Zombie nennt sich Ur-Vil und ist der Anführer dieser Gemeinde." Ur-Vil sah zu Xa-Tul hoch und schluckte nervös. „Will Xa-Tul um die Führung dieser Zombiestadt kämpfen?"

Bevor Xa-Tul antworten konnte, zog Ur-Vil sein goldenes Schwert, schwang seine glänzende Klinge mit aller Macht und griff den Neuankömmling rasant an. Xa-Tul begriff, warum diese Kreatur ihr Anführer war; vermutlich hatten die anderen Herausforderer nicht mit einer derartigen Geschwindigkeit und Stärke gerechnet. Denn so wurde die Führung um eine Zombiestadt entschieden: durch den

Kampf. Zu Ur-Vils Pech besaß Xa-Tul die Stärke von fünf Zombies und die Geschwindigkeit von zehn.

Xa-Tul streckte eine riesige Hand aus, griff nach der Schwerthand seines Angreifers und unterband die Attacke. Dann prügelte er auf den baldigen Ex-Anführer ein. Ur-Vil befreite seine Hand, trat einen Schritt zurück, drehte sich nach links und richtete seine Klinge gegen die Beine des Eindringlings. Xa-Tul reagierte jedoch schneller, als es normalen Zombies möglich war, und sprang über die Klinge hinweg. Dann landete er auf einem Fuß und trat Ur-Vil mit dem anderen hart in den Bauch, sodass dieser auf den Rücken fiel. Während sich sein Gegner aufrappelte, drehte sich Xa-Tul und riss ihm die Beine weg, wodurch er erneut zu Boden stürzte und rot aufleuchtete.

Ur-Vil rollte sich auf eine Seite, kam zittrig wieder auf die Beine und griff an. Aber Xa-Tul war erneut schneller. Problemlos wich er dem goldenen Schwert aus, machte einen Schritt zur Seite und landete einen verheerenden Treffer gegen den golden gewandeten Körper. Dann hämmerte er mit Faustschlägen auf seinen Gegner ein, die so schnell waren, dass die Zuschauer seine Hände nur verschwommen sahen. Ur-Vil leuchtete immer wieder rot auf, während seine Gesundheit weiter abnahm, bis er kurz vor der Vernichtung stand und in die Knie ging.

„Gibt Ur-Vil seine Führung über diesen Clan auf?", verlangte Xa-Tul zu erfahren, während er über seinem besiegten Gegner stand.

„Es ist wohlbekannt, dass Macht nicht … freiwillig übergeben wird", erwiderte Ur-Vil ruhig.

Xa-Tul nickte. Zombies kapitulierten nicht; die Führung ging vom gefallenen Anführer auf den Sieger über … Die Vernichtung war notwendig, damit der Sieger der neue Anführer sein konnte. Erfahrung *musste* ausgetauscht werden, und sie wussten alle, dass Erfahrung nur durch die Vernichtung eines Gegners übertragen werden konnte.

Xa-Tul hob Ur-Vil vom Boden und hielt ihn hoch über den Kopf. Das goldene Schwert fiel klappernd zu Boden. Mit lautem Geheul schleuderte er Ur-Vil vom Podium auf den Höhlenboden. Als sein Gegner unten auftraf, verschwand er und seine Rüstung und Erfahrungskugeln schwebten über dem Boden. Xa-Tul sprang herunter und trat vor, während die anderen Zombies Platz machten, damit die Erfahrung seines Vorgängers auf ihn übergehen konnte. Dann beugte er sich vor und hob das goldene Schwert und den Helm auf.

Er hielt den Helm in einer Hand, fuhr mit seinen messerscharfen Klauen darüber und formte sie um. Während er arbeitete, leuchteten seine Hände wie die der Crafter der Oberwelt. Die Macht seines Schöpfers ermöglichte es ihm, den Code dieses Helms zu verändern, um etwas Neues entstehen zu lassen. Als er fertig war, setzte er sich den Helm auf, der jetzt wie eine finstere Krone aussah. Goldstacheln umringten seinen Kopf wie die massiven, grässlichen Hörner einer prähistorischen Bestie. Sie funkelten im Licht der Zombiestadt, und ihre spitzen Enden sahen tödlich aus.

Er begab sich zurück zum Podium, sprang hinauf und wandte sich an seine neuen Untertanen.

„Dies ist der Beginn eines neuen Zeitalters", verkündete Xa-Tul. „Zombies auf allen Servern werden diesen Zombie mit Xa-Tul ansprechen und als neuen Anführer des Zombievolks akzeptieren. Und genau wie einst sein historischer Namensvetter die Zombies in einer großen Invasion anführte, wird auch Xa-Tul es mit den Zombies dieses Zeitalters tun."

Die Zombies sahen einander verwirrt an. Einige stöhnten und knurrten aufgeregt, aber die meisten begriffen nicht, was hier gerade geschah. Und dann, ganz plötzlich, erschien Herobrine auf der Bühne direkt neben Xa-Tul. Der riesige Zombie ignorierte seinen Schöpfer und fuhr fort.

„Der Versuch, die Quelle zu zerstören und aus Minecraft zu entkommen, wurde vom Benutzer-der-kein-Benutzer-ist vereitelt." Als sie den Namen ihres Feindes hörten, sahen die Zombies mit wütendem Blick zu ihrem neuen Anführer auf. „Es wird Zeit, dass sich die Zombies an ihm rächen und sich das Land zurückerobern, das den Monstern der Schatten genommen wurde."

Xa-Tul deutete zur Decke, wobei seine langen schwarzen Klauen das grüne Licht der Gesundheitsbrunnen reflektierten und aussahen, als würden sie glühen. Dann drehte er sich zu Herobrine um.

„Der Schöpfer, der Erebus, den König der Endermen, und Malacoda, den Netherkönig, geschaffen hat, hat Xa-Tul hergebracht, um die Zombies in den Kampf gegen die erbärmlichen NPCs der Oberwelt zu führen. Die große Zombiearmee wird sie leiden und verzweifeln lassen und so viele Dörfer angreifen, wie nötig ist, damit der Benutzer-der-kein-Benutzer-ist vortritt und sich dem Schöpfer Herobrine stellt."

Die Zombies schauten erst Herobrine und dann ihren neuen König an.

„Die NPCs werden bestraft, bis ihr feiger Retter sich zu erkennen gibt und dafür bezahlt, dass er sich dem Willen des Machers widersetzt hat. Wenn der Benutzer-der-kein-Benutzer-ist auf Händen und Knien vor Herobrine kauert und die Zombies anfleht, die jämmerlichen NPCs zu verschonen, wird Herobrine Rache nehmen und Gameknight999 für immer vernichten."

Die Zombies jubelten, und ihr aufgeregtes Knurren vermischte sich mit überschwänglichem Stöhnen.

„Durchsucht die Dörfer der Oberwelt, und lasst die Bewohner leiden", rief Xa-Tul und reckte eine Faust in die Höhe. „Infiziert so viele wie möglich, damit die Zombiearmee wachsen kann. Diese Invasion wird noch größer sein als die unserer Ahnen und als große Zombieinvasion in die Geschichte eingehen. Lasst die NPCs bereuen, dass sie sich damals den Zombies widersetzt haben und dass ihr in die Tunnel und Höhlen verbannt wurdet. Bald wird die Oberwelt wieder den Zombies gehören!"

Der Zombiemob schrie zustimmend.

„UND JETZT GEEEEEEHT!"

Als die Zombies zu den Tunneln schlurften, die zur Oberfläche führten, sah Xa-Tul zu Herobrine hinüber. Der Schatten-Crafter nickte kurz, und seine Augen leuchteten hell. Dann legte er dem Zombiekönig eine Hand auf die Schulter. Er öffnete ein Portal, das zur nächsten Zombiestadt führte, und so verschwand das Duo, bereit, den nächsten Anführer zu ersetzen und ihre Saat der Gewalt weiter auszubringen.

KAPITEL 11
WIEDER DURCHS PORTAL

Gameknight nahm auf dem Weg in den Keller immer zwei Stufen auf einmal, eine Hand am Geländer, mit der anderen umklammerte er einen Bagel. Er hatte ihn sich auf dem Weg nach unten vom Küchentisch geschnappt, da er wusste, dass er später Hunger bekommen würde. Der Bagel würde wahrscheinlich das Einzige sein, das er vor dem Abendessen aß, weil er den Tag über an seiner Minecraft-Mod arbeiten wollte. Doch als er unten angekommen war, erstarrte er, und der Bagel fiel ihm aus der Hand.

Jenny war über dem Schreibtisch zusammengesackt, und der Digitalisierer leuchtete grell und bedrohlich.

„Oh nein …“, murmelte er und lief zu ihr. Er drückte die Finger gegen ihr Handgelenk und fühlte ihren Puls. Als er eine Hand an ihren Rücken hielt, merkte er, dass sie flach und langsam atmete.

Geht's dir gut, kleine Schwester?, dachte er.

Dann drehte er sich zum Digitalisierer um. Sie hatte ihn angeschaltet und auf sich gerichtet.

„Neeeein."

Diese impulsive Aktion ist wieder mal typisch für dich.

Er schaute auf den Computerbildschirm, auf dem Minecraft lief und ein Zombiemädchen mit einem Spritzer Blau über der rechten Kopfseite, genau wie bei dem Minecraft-Skin seiner Schwester, zu sehen war.

Mit einem Mal begriff er, was passiert war.

Er hatte seine Mod über Nacht laufen lassen … seine Zombie-Mod. Sie veränderte den Skin des Benutzers in den eines Zombies, sodass man wie eine der verrottenden Kreaturen aussah, und versteckte außerdem den Namen des Benutzers mithilfe einer durchsichtigen Schriftart. Jenny hatte wohl den Digitalisierer benutzt, um in Minecraft zu erscheinen, und war dort als Zombiemädchen aufgetaucht.

„Das hat sie bestimmt gemacht, um mit Crafter zu reden", murmelte er. „Wenn sie ins Dorf geht, bringen die sie um, weil sie glauben, dass sie ein Zombie ist. Ich muss sofort dorthin, bevor sie ankommt!"

Er zog einen weiteren Stuhl zum Schreibtisch, öffnete ein neues Fenster auf dem Computer und startete Minecraft. Dann setzte er sein Headset auf, positionierte das Mikrofon direkt vor seinem Mund

und loggte sich als Gameknight999 ein. Während das Spiel startete, stellte er sich all die schrecklichen Dinge vor, die seiner Schwester zustoßen konnten.

„Was hast du dir nur dabei gedacht, Jenny?", fragte er an seine bewusstlose Schwester gewandt. „Sobald du richtig in Minecraft bist, ist es kein Spiel mehr. Das habe ich dir doch gesagt!"

Er hätte damit rechnen müssen, dass sie etwas in der Art versuchen würde. Seine Schwester stürmte immer blind voran und tat impulsive Dinge, ohne sie vorher zu durchdenken. Tommy hingegen plante voraus. Er erstellte Karten, Listen und Zeitpläne und sorgte dafür, dass er wusste, was er tun wollte, bevor er loslegte. Jenny war das genaue Gegenteil. Sie tat, was immer ihr gerade in den Sinn kam. Manchmal beneidete er sie darum, in diesem Augenblick jedoch nicht. Sie schwebte in großer Gefahr, und wie immer oblag es ihrem älteren Bruder, das Problem zu lösen.

Gameknight sah zu, wie Minecraft langsam startete.

„Warum geht das nicht schneller?", schimpfte er.

Als er seiner Schwester einen weiteren Blick zuwarf, wurde er immer wütender. Immer war es seine Aufgabe, auf Jenny aufzupassen, wenn ihr Dad weg war. Diese letzte Reise war die bisher längste; er war schon geschlagene zwei Wochen fort. Tommy hatte die Verantwortung satt; er hatte keine Lust mehr, Jenny vor Problemen in der Schule zu bewahren … oder auf dem Heimweg … oder im Einkaufszentrum … oder, oder, oder … Immer brachte ihre „erst handeln, dann denken"-Einstellung sie in irgendwelche verfahrenen Situationen. Aber diesmal war es anders. Sie hatte nicht nur Ärger … Sie konnte sterben, und das würde Tommy nicht zulassen … Nein, Gameknight999 würde das nicht zulassen.

Endlich war Minecraft gestartet, und sein Charakter materialisierte sich dort, wo er ihn verlassen hatte, direkt hinter den Dorfmauern. Sobald er auftauchte, hörten die NPCs mit dem auf, was sie gerade taten, und ließen die Werkzeuge fallen. Er ignorierte ihre fragenden Blicke und rannte zum Wachturm. Dabei bemerkte er Digger und seine Kinder, aber er ignorierte sie und hielt weiter auf den Turm zu.

Als er sein Ziel erreicht hatte, betrat er den Raum und entfernte in Windeseile den Block, der den geheimen Tunnel abdeckte. Er rutschte die Leiter herunter und sprintete zur Fertigungskammer. Gameknight ignorierte die Eisentüren, zog seine Spitzhacke hervor und schlug ein zwei Blöcke hohes Loch in die Wand. Er schoss an den in Eisenrüstungen gewandeten NPCs vorbei nach unten in die Kammer und zu seinem Freund Crafter.

„Crafter … Ich brauche deine Hilfe", begann er hastig. „Meine Schwester hat den Digitalisierer benutzt und ist durch das Tor des Lichts nach Minecraft gekommen. Sie ist in Minecraft … Ich meine, richtig *im* Spiel."

Crafter musterte seinen Freund verwirrt.

„Du weißt schon, so wie ich damals. Ihr Körper ist noch in der physischen Welt, aber alles andere ist im Spiel. Sie hat das Tor des Lichts durchschritten und ist jetzt im Spiel."

Crafter betrachtete seinen Freund besorgt, sagte aber nichts.

„Und es wird noch schlimmer … Sie sieht aus wie ein Zombie, nicht wie ein Benutzer." Gameknight hielt kurz inne, damit sein Freund diese Information verarbeiten konnte. „Bestimmt will sie herkommen, um dich, Hunter und Stitcher zu treffen, aber wenn sie sich dem Tor nähert, wird sie sicher getötet." Er trat näher und flüsterte seinem Freund in ein eckiges Ohr: „Ich brauche deine Hilfe … Bitte."

Gameknight konnte Crafter ansehen, dass er alles verstanden hatte, aber sein Freund schaute nur über seinen Kopf und setzte eine betrübte Miene auf.

„Mir ist klar, dass ihr mir nicht alle helfen könnt, aber wenn ein paar von euch …"

Crafter trat einen Schritt näher, stupste seinen Freund an, schaute wieder nach oben, dann in Gameknights Augen und schüttelte den Kopf.

„Du hast recht, sie könnte überall sein und wir brauchen mehr Leute. Ich muss etwas tun, aber was?"

Plötzlich verstand Gameknight, was Crafter ihm sagen wollte: Die NPCs konnten keinem Benutzer helfen; der Serverfaden hielt sie davon ab. Aber er musste etwas unternehmen. Er konnte seine Schwester nicht einfach als Zombie herumwandern lassen, bis ein paar Dorfbewohner sie fanden und töteten. Gameknight war davon überzeugt, dass Crafter ihm helfen würde, aber es würde ihn vermutlich das Leben kosten, und er wollte seinen Freund nicht um dieses Opfer bitten. Aber irgendetwas musste er doch machen.

Warum war sie nur so leichtsinnig?, dachte er. *Was mache ich, wenn sie getötet wird?*

Nach und nach setzten sich die Puzzleteile in seinem Kopf zusammen. Es gab eine Lösung, er konnte sie nur nicht sehen … noch nicht. Aber er wusste, dass er Jenny finden musste. Eins der Puzzleteile drehte sich auf einmal nicht mehr chaotisch und stieg aus dem Nebel der Verwirrung auf … Den Zombies dorthin folgen, wohin sie tagsüber verschwinden … Ja, das konnte er tun, aber wie, wenn er … Und dann setzten sich die restlichen Puzzleteile zu einem fertigen Bild zusammen.

„Crafter … Ich weiß, was ich tun muss“, sagte Gameknight aufgeregt. „Bleib hier, und beweg dich nicht vom Fleck.“

Gameknight loggte sich aus und nahm das Headset ab. Er griff nach dem Telefon und rief seinen Freund Shawny an, der in derselben Straße wohnte. Rasch erklärte er ihm, was passiert war, wie sein Plan aussah und was sein Freund tun sollte.

„Das ist verrückt, Tommy“, erklärte Shawn.

„Ich habe keine andere Wahl. Du musst so schnell wie möglich herkommen.“

„Bin unterwegs!“

Er legte auf und lief nervös im Keller auf und ab. Gelegentlich blickte er auf den Computerbildschirm, auf dem das Bild seiner Schwester als Zombie zu sehen war. Er musste ihr helfen … Das alles war seine Schuld. Er war für sie verantwortlich und musste sich um sie kümmern, denn es gab sonst niemanden, der ihr helfen konnte. Seine Mom konnte nichts tun, und sein Dad war irgendwo unterwegs, um eine seiner Erfindungen zu verkaufen. Tommy wünschte sich, sein Dad wäre häufiger da. So langsam verabscheute er all die Erfindungen … Sie waren der Grund dafür, dass sein Dad ständig weg war … und nicht bei ihm. Tommy wusste, dass sein Dad das alles zum Wohle der Familie tat, trotzdem wünschte er sich, dass alles anders wäre.

Er betrachtete all die fehlgeschlagenen Erfindungen um sich herum und hätte am liebsten ein paar umgestoßen. Wenn er einige kaputtmachte, würde sein Dad vielleicht nach Hause kommen, um sie zu reparieren. Aber natürlich wusste er, dass das lächerlich war. Das hier war Tommys Problem, und irgendwie würde er es lösen.

Als ihm der leuchtende Digitalisierer ins Auge fiel, wurde er wieder wütend.

Was hat sie sich nur dabei gedacht?

Er schnappte sich das Stativ und drehte das Gerät, sodass es nicht mehr auf seine Schwester, sondern auf eine andere Stelle im Keller zeigte. Das war ihm lieber.

Dann hörte er, wie die Hintertür geöffnet wurde und sich Schritte näherten. Tommy hob den Kopf und sah seinen Freund Shawn.

„Shawn, hierher“, rief Tommy.

Shawn kam sofort auf ihn zu und hatte eine Tüte unter den Arm geklemmt.

„Hast du alles dabei?“, fragte Tommy.

„Klar doch“, entgegnete Shawn. „Ich habe ein Schild an die Kellertür gehängt, auf dem steht, dass wir drei ein Minecraft-Video aufnehmen.“

„Gut, das dürfte meine Mom davon abhalten, uns zu unterbrechen, bis ich Jenny aus dem Spiel geholt habe“, erwiderte Tommy. „Bist du bereit?“

„Bist du sicher, dass das eine gute Idee ist?“, wollte Shawny wissen. „Es scheint mir doch ziemlich … Äh …“

„Gefährlich … dumm … verrückt … waghalsig zu sein?“, schlug Tommy vor.

„Ahhh … Ja, eigentlich alles.“

„Ich habe keine Wahl. Meine Schwester ist wichtiger, und ich muss sicherstellen, dass es ihr gutgeht.“

„Okay“, erklärte Shawny. „Machen wir's.“

„Gut. Du gehst da drüben hin, und ich setze mich hierhin“, sagte Tommy.

Shawn ging auf seine Position, zog seinen Laptop hervor und schaltete ihn an.

„Ich beobachte das Ganze von hier aus“, meinte er und deutete auf den Laptop.

„Gut“, entgegnete Tommy. „Okay, bereit?“

Shawn nickte. „Bereit.“

Shawn überprüfte ein letztes Mal die Steuerung und nickte wieder.

„Dann los … Leg den Schalter um.“

Shawny drückte mit besorgtem Blick auf den Knopf.

Ein Surren erfüllte den Raum, als wären sie in einem Bienenstock. Tommy hasste dieses Geräusch, zum Teil, weil es ihn an das letzte Mal erinnerte, als ihn eine Biene gestochen hatte, aber auch, weil er wusste, was gleich passieren würde. Er drehte sich um und warf seinem Freund einen letzten Blick zu, dann drang ein Lichtstrahl aus dem Digitalisierer und hüllte ihn in eine Wolke aus Hitze, Kälte und Schmerz. Es fühlte sich an, als würde jeder seiner Nervenstränge in Flammen stehen, doch gleichzeitig fror er bis auf die Knochen. Er sah sich im Raum um und spürte, wie sich alles um ihn herum zu drehen begann, immer schneller und schneller, bis er schließlich von Schwärze umgeben war.

KAPITEL 12

IN VERTRAUTEN GEFILDEN

Gameknight wachte von bekannten Geräuschen auf … dem Muhen von Kühen, dem Gackern von Hühnern und dem Grunzen von Schweinen. Als er sich aufsetzte, sah er einen eckigen Hügel vor sich, von dessen Gipfel eine Felszunge hervorragte. Wasser ergoss sich vom Überhang in einen eckigen Teich. Seitlich des Hügels brannten Fackeln, die in einen Erdwall eingelassen waren: sein altes Versteck aus der Zeit, als er das erste Mal in Minecraft gelandet war.

Ja, ich bin eindeutig wieder in Minecraft.

Er sah zum Himmel, um den Sonnenstand zu prüfen, denn er musste noch vor Einbruch der Dunkelheit Crafters Dorf erreichen. Zwar hatte er gehofft, gleich in der Fertigungskammer aufzutauchen, aber anscheinend spawnte man immer hier, wenn man das Tor des Lichts durchschritt. Nun musste er sich beeilen, denn die Sonne stand schon tief.

Gameknight zog sein Schwert und sprintete auf das Dorf zu. Sofort zog er die Aufmerksamkeit einer großen Spinne auf sich. Die schwarze pelzige Kreatur sprang hinter einem Baum hervor und wollte die fiesen gebogenen Klauen in Gameknights Haut bohren. Er trat zur Seite, sodass er gerade so außer Reichweite war, dann sprang er vor und schlug rasant auf die Spinne ein. Das Monster stöhnte, als die glänzende Klinge in das dunkle Fleisch eindrang, trat zurück und klackerte mit den Beißwerkzeugen. Plötzlich war da noch eine zweite Spinne. Die Kreatur hatte wohl den Ruf ihrer Gefährtin gehört.

Ich habe keine Zeit für diesen Blödsinn!

Mit einem Schrei sprang Gameknight999 vor und griff die erste Spinne entschlossen an. Erst schlug er mit dem Schwert auf die Beine ein, dann stach er in die Schultern und in den Bauch. Er ignorierte die andere Spinne und legte alles in diesen Angriff, um möglichst schnell einen Angreifer loszuwerden. Dabei spürte er, wie die andere Spinne auf seinen Rücken einschlug, aber seine Diamantrüstung würde ihm genug Schutz bieten … für den Augenblick.

Endlich war die Gesundheit der ersten Spinne aufgebraucht, und sie verschwand. Gameknight drehte sich um und stellte sich der verbliebenen Spinne. Die wurde plötzlich zögerlich … und das war ein Anfängerfehler.

Im Kampf darf man niemals zögern. Man greift an und gibt seinem Gegner nie die Chance, überhaupt nachzudenken. Das war etwas, das erfahrenere Minecrafter ihm schon vor Jahren beigebracht hatten … Owen-TheBanker und Imparfa. Sie waren im selben PvP-Team gewesen und hatten viele Turniere zusammen ausgefochten. Die beiden waren die Besten, und im Moment hätte er ihre Hilfe gut gebrauchen können. Er erinnerte sich, wie die NPCs und Benutzer auf diesem Hügel gestanden und gemeinsam die Quelle verteidigten hatten. Das war …

Schlagartig schlug eine gebogene dunkle Klaue nach ihm. Er duckte sich, und sie verfehlte nur knapp seinen Kopf.

Ich muss aufpassen!

Er drehte sich um, stach sein Schwert in eines der acht Beine der Bestie, dann rollte er sich zur Seite und griff sie von hinten an. Auf diese Weise verringerte Gameknight nach und nach die Gesundheit der Spinne, bis sie schließlich verschwand und etwas Faden zurückließ. Suchend schaute er sich nach weiteren Angreifern um, aber es gab keine. Er sammelte den Seidenfaden ein (man wusste ja nie, was man in Minecraft mal gebrauchen konnte) und rannte weiter auf Crafters Dorf zu.

Im Laufen bemerkte er Zombies, die sich unter den Bäumen versammelt hatten, als würden sie auf etwas warten. Normalerweise blieben Zombies tagsüber verborgen, da ihre Haut in Flammen aufging, wenn sie direktem Tageslicht ausgesetzt waren. So mussten sich die Dorfbewohner nicht ständig Sorgen machen, angegriffen zu werden. Nachts sah es natürlich anders aus. Dann herrschten die Zombies über die Oberwelt, und die Dorfbewohner konnten nur in ihren Häusern bleiben und hoffen, dass die Tür nicht aufgebrochen wurde.

So war es zumindest gewesen, bevor der Benutzer-der-kein-Benutzer-ist nach Minecraft gekommen war.

Jetzt waren viele der Dörfer verstärkt und die NPCs bereit, ihr Land und ihr Leben mit Schwert oder Bogen zu schützen. Die Dinge hatten sich drastisch verändert, nachdem er den Digitalisierer seines Vaters benutzt hatte; und wenn er sich die Zombies unter der großen Eiche so ansah, schienen sich weitere Veränderungen anzubahnen.

Warum gibt es hier so viele Zombies, wo sie das Sonnenlicht doch nicht ausstehen können? Was machen die hier draußen?

Solange sie dort im Schatten blieben und ihn

nicht angriffen, war alles okay … vorerst.

Gameknight lief weiter über die sanften Hügel und entfernte sich vom Wald und den Zombies. Trotz der Entfernung hörte er weiterhin ihr sorgenvolles Stöhnen, da es mittlerweile so viele waren.

Nach und nach tauchten die Bruchsteinmauern des Dorfs hinter den grünen Hügeln auf. Am Himmel versank die quadratische Sonne langsam am Horizont. Während sich alles rot verfärbte, wurde das Stöhnen der Zombies immer lauter.

Irgendetwas ging hier vor sich. Machten sich die Zombies bereit für einen Angriff? Was hatte das zu bedeuten?

Als er sich dem Tor näherte, hielt er kurz inne, um ein drei mal drei Blöcke großes Loch zu graben, das sich gerade noch innerhalb der Reichweite der Bogenschützen befand. Dann füllte er es mit Wasser und stapelte drei Blöcke TNT direkt in der Mitte. Vorsichtig entfernte Gameknight den untersten Block, sodass die oberen beiden direkt über dem Wasserloch in der Luft schwebten. Diesen Trick hatte er von Romantist gelernt, einem neuen Minecraft-Freund. Falls die Zombies angriffen, erwartete sie eine unangenehme Überraschung. Kurz bewunderte er seine Vorrichtung, dann setzte er seinen Weg fort.

Im Näherkommen konnte er die überraschten Blicke der Soldaten sehen, die die Mauer bewachten. Sie alle wussten, wer er war – Gameknight999 –, aber sie waren verblüfft, dass sie keinen Serverfaden sehen konnten!

Er rannte durch das Tor und sprach einen der Krieger an.

„Die Bogenschützen sollen auf diese TNT-Blöcke schießen", ordnete Gameknight an. „Ich habe das unangenehme Gefühl, dass ein Zombieangriff bevorsteht. Hoffentlich irre ich mich, denn wir brauchen nicht noch einen Krieg, aber wenn ich recht habe, erleben die Monster zumindest eine kleine Überraschung."

Weitere NPCs kamen angelaufen und waren erstaunt, Gameknight999 so zu sehen.

„Ihr habt mich gehört … Bogenschützen, feuert auf diese Blöcke", kommandierte er. „Und sucht Hunter … Wir werden sie brauchen. LOS JETZT!"

Ohne abzuwarten, ob seine Befehle ausgeführt wurden, lief er schnurstracks zum Wachturm. Er ignorierte die fragenden Blicke, betrat das Bruchsteingebäude und hielt auf den geheimen Tunnel zu. Nachdem er den Block zerstört hatte, der den Eingang verdeckte, schoss er geradezu durch den Tunnel bis in die Fertigungskammer. Crafter stand genau in der Mitte und musterte erst Gameknight und dann die Stelle über seinem Kopf. Sein alter Freund trat vor und schenkte ihm ein strahlendes Lächeln.

„Willkommen zurück, Benutzer-der-kein-Benutzer-ist“, sagte Crafter und umarmte seinen Freund herzlich.

Gameknight erwiderte die Umarmung und schob ihn dann sanft von sich.

„Crafter, ich brauche deine Hilfe“, erklärte Gameknight angespannt. „Meine Schwester, sie …“

„Die Zombies greifen an!“, brüllte jemand von oben.

„Schon wieder?“, entgegnete Crafter. „Tut mir leid, mein Freund, aber zuerst müssen wir uns um diese Angelegenheit kümmern. Na komm, wir könnten deine Hilfe gebrauchen, schließlich hast du keinen Serverfaden mehr und bist somit wieder einer von uns.“

Ohne eine Antwort abzuwarten, rannte Crafter mit schwingender schwarzer Robe die Treppe hinauf. Die NPCs, die keine Schwerter oder Pfeile fertigten, folgten ihrem Anführer zur Oberfläche. Seufzend zog Gameknight sein Schwert und lief ihnen hinterher. Er wollte nicht mehr kämpfen. Nicht nach der letzten Schlacht. Es waren zu viele tapfere NPCs gestorben. Er fühlte sich in die Ecke gedrängt, wollte aber auch nicht, dass seinen NPC-Freunden etwas passierte. Das altvertraute Gefühl machte sich erneut bemerkbar, dieser Ansturm von Emotionen und Unsicherheit darüber, was passieren würde … die Furcht. Doch Gameknight schob alle Gedanken an ein „Was wäre wenn" von sich, umklammerte sein Schwert mit festem Griff und folgte seinem Freund in den Kampf – wieder einmal.

KAPITEL 13
EIN FOLGENSCHWERER SCHUSS

Gameknight kam nach den anderen Soldaten an die Oberfläche und sprintete zur Dorfmauer. Sie hatten diese Mauer vor langer Zeit errichtet, um das Dorf vor dem gewalttätigen Enderman Erebus zu schützen. Leider brauchten sie diese Barrikaden noch immer.

Als er oben auf der Mauer ankam, sah er zahlreiche Zombies in der Nähe, die nicht zu wissen schienen, was sie tun sollten. Er bemerkte, dass seine TNT-Vorrichtung mit Pfeilen gespickt war, deren gefiederte Enden wie die Stacheln eines tödlichen Stachelschweins herausragten, und hoffte, dass sie die Vorrichtung nicht benötigen würden. Als er den Klang vieler Füße hinter sich hörte, drehte er sich um und sah hinunter auf den Dorfplatz. Viele Krieger, die Pferde mit sich führten, traten auf den Platz, und einige stiegen auf; die Kavallerie bereitete sich darauf vor, hinauszustürmen und sich dieser Bedrohung zu stellen.

Irgendetwas stimmt hier nicht, dachte Gameknight.

Warum sollten diese Zombies das Dorf angreifen? Sie wissen, dass sie die Mauer nicht durchbrechen können. Sie werden hier nur Schmerz und Tod finden. Irgendetwas muss sie dazu antreiben.

Gameknight999 blickte gen Westen und sah, dass die Sonne gerade hinter dem Horizont versank. Der Himmel nahm verschiedene Rottöne an, und im Osten waren bereits die ersten Sterne zu erkennen. Viele der Zombies sahen ebenfalls dabei zu, wie ihr Erzfeind hinter den Bergen im Westen verschwand. Nun traten weitere Zombies zwischen den Bäumen hervor, und ihr trauriges Stöhnen wurde vom Wind herübergetragen. Das erzürnte die Verteidiger auf der Dorfmauer. Sie brüllten den vermodernden Kreaturen Beleidigungen entgegen, woraufhin die Zombies immer lauter stöhnten.

Gameknight sah, dass Crafter mit einem Bogen in der Hand auf der Mauer über dem Tor stand, und lief zu ihm.

„Irgendetwas stimmt hier nicht, Crafter. Warum sollten diese Zombies herkommen und angreifen? Sie wissen, dass sie die Mauer nicht überwinden können … nicht ohne Creeper."

„Das machen sie bereits seit Wochen", erwiderte Crafter. „Und wir treiben sie zurück, aber das scheint sie nicht davon abzuhalten."

„Anstatt sie umzubringen, sollten wir herausfinden, was hier vor sich geht", schlug Gameknight vor.

„Du willst rausgehen und mit ihnen *sprechen?*", fragte eine wütende Stimme in seinem Rücken.

Er drehte sich um und stand Hunter gegenüber. Ihre leuchtend roten Haare flatterten im Wind. Sie hatte ihren verzauberten Bogen in der Hand, einen Pfeil angelegt und sah zornig aus. Aber bevor er etwas sagen konnte, hörte er eine andere Stimme seinen Namen rufen.

„GAMEKNIGHT!"

Es war Stitcher.

Sie schob sich an den anderen Kriegern vorbei, schlang die Arme um seine Taille und drückte ihn fest.

„Du bist wieder da", jubelte sie und sah zu ihm auf. „Warum? Ich dachte, du wolltest nicht mehr nach Minecraft zurückkehren … du weißt schon … so."

Sie deutete über seinen Kopf, um auf seinen fehlenden Serverfaden hinzuweisen.

„Na ja … Ich musste es tun, weil …"

„Wir haben später genug Zeit zum Plaudern", unterbrach Hunter ihn. „Im Moment sind da draußen Zombies, die uns alle umbringen wollen. In Erinnerungen schwelgen können wir auch nachher." Hunter beäugte ihre Schwester. „Stitcher, wo ist dein Bogen?"

Stitcher seufzte, zog ihren verzauberten Bogen und legte einen Pfeil an.

„Nein … Wartet. Das geht so nicht", beharrte Gameknight. „Irgendetwas geht hier vor sich, das wir nicht verstehen."

„Ich verstehe nur, dass da draußen Zombies sind, die sich auf einen Angriff vorbereiten", erklärte Hunter.

Gameknight bemerkte, wie sich ihr Gesichtsausdruck verfinsterte. Vermutlich erinnerte sie sich an den Angriff, der ihr Dorf zerstört und ihren Eltern und allen, die sie kannte, den Tod gebracht hatte. Seitdem loderte ein überwältigender Zorn in ihr, und jetzt wirkte es beinahe so, als würde sie sich darauf freuen, Rache üben zu können.

„Trotzdem sollten wir noch nicht angreifen", verlangte Gameknight. „Lasst mich rausgehen und mit ihnen reden. Wir müssen herausfinden, was sie wollen."

„Du willst mit ihnen reden?!", rief Hunter entsetzt. „Das sind doch nur Monster … keine Menschen wie wir … Sie werden uns umbringen!“

Gameknight ignorierte sie und lief auf den Platz hinunter. Er öffnete ein Tor und betrat das offene Feld zwischen dem Dorf und den Zombies, die am Waldrand lauerten. Natürlich hatte er Angst und fragte sich, ob sein Verhalten klug war, aber er wusste auch, dass Gewalt nicht immer die erste Lösung für ein Problem sein sollte. Im Moment musste er die Situation entschärfen, damit er seine Schwester finden konnte. Er konzentrierte sich auf das Hier und Jetzt und ging auf die Monster zu. Dabei überlegte er, was er ihrem Anführer sagen wollte, anstatt seine Angst zuzulassen. Er passierte den TNT-Stapel, den die Bogenschützen mit ihren Pfeilen bestückt hatten.

Ich hoffe wirklich, dass wir das nicht brauchen.

Er machte noch ein paar Schritte und blieb dann stehen. Jetzt befand er sich außerhalb der Reichweite der Bogenschützen auf der Mauer, was auch die Zombies wissen würden. Er steckte sein Schwert weg, nahm seinen Diamanthelm ab und stand einfach wartend da.

Die Zombies berieten sich und schienen von Gameknights Anwesenheit aufgewühlt zu sein. Er konnte ihre knurrenden Kommentare hören. Dann trat einer von ihnen vor. Während sich der Zombie näherte, glaubte Gameknight zuerst, die Kreatur würde wie die anderen aussehen, aber als sie nähertrat, konnte er Narben auf den Armen und dem Gesicht erkennen. Zuerst hielt er sie für Kampfnarben, aber dann wurde ihm klar, dass es sich um Klauenspuren anderer Zombies handelte … Seltsam.

Der Zombie blieb ein paar Schritte von Gameknight entfernt stehen.

„Wie heißt du?", fragte der Benutzer-der-kein-Benutzer-ist.

„Ta-Zin", antwortete das Monster.

„Also, Ta-Zin, was wollt ihr hier?", wollte Gameknight wissen.

„Diese Zombies wurden angewiesen, die NPCs der Oberwelt zu bestrafen", erklärte Ta-Zin mit kratziger Stimme.

„Warum?"

„Weil es befohlen wurde … Weil es das ist, was Zombies tun … Zombies vernichten NPCs."

Gameknight lief nachdenklich auf und ab.

„Wer hat euch das befohlen?"

Der Zombie starrte ihn nur aus seinen kalten, toten Augen an und sagte nichts.

„Hast du Angst, es mir zu erzählen, oder fürchtet dein Kommandant, dass es bekannt wird?"

„Xa-Tul fürchtet nichts!", rief der Zombie erbost. „Diese Zombies hier sind durch die Zombieportale zu diesem Server gereist, und jetzt wird dieser Server gereinigt."

„Aber warum?", hakte Gameknight nach und trat einen Schritt näher. „Ihr könnt diesen Kampf nicht überleben. Ihr seid in der Unterzahl und werdet sterben. Warum müsst ihr das tun?"

„Weil es zum Wohl des Clans ist … und Xa-Tul es befiehlt." Der Zombie hielt inne, musterte Gameknight und bemerkte die Buchstaben über seinem Kopf. Als er erkannte, dass Gameknight keinen Serverfaden hatte, riss er die Augen auf. „Der Benutzer-der-kein-Benutzer-ist!" Der Zombie hob eine Klauenhand. „Xa-Tul hat befohlen, dass …"

In diesem Augenblick flog ein brennender Pfeil über Gameknights Schulter und traf die vermodernde Kreatur. Ihm folgten zwei weitere, die die Gesundheit des Zombies aufbrauchten. Ta-Zin verschwand und ließ drei Erfahrungskugeln und etwas verdorbenes Zombiefleisch zurück. Die anderen Zombies brüllten, und ihr Stöhnen verwandelte sich von sorgenvoll zu wütend. Es war, als hätte Hunters Schuss ihre gesamte Wut entfesselt. Gameknight konnte spüren, dass es nicht nur hier geschah, sondern auf allen Servern aller Serverebenen in Minecraft.

Er schaute über die Schulter zu Hunter, die mit selbstzufriedenem Grinsen auf der Mauer stand. Sie winkte ihm zu, als wollte sie sagen „Gern geschehen". Und dann brach der Damm, der die Gewalt im Zaum gehalten hatte. Die Zombies schlurften auf das Dorf zu, und ihre wütenden Stimmen erfüllten die Luft. Gameknight rannte zurück zum Dorftor, stieg auf die Mauer und baute sich vor Hunter auf.

„Warum hast du das gemacht?", fauchte er.

„Er wollte dich angreifen", erwiderte Hunter. „Hast du nicht gesehen, wie er die Faust gehoben hat? Er wollte dich angreifen, und weil du ein Idiot bist und deinen Helm abgenommen hast, musste ich dich vor ihm beschützen. Ich habe dir das Leben gerettet!"

„Er wollte mich nicht angreifen, er wollte mir sagen, was die ganzen Zombies hier machen."

„Von diesem Monster hättest du nichts Nützliches erfahren."

„Ach nein?", konterte Gameknight. „Ich kenne immerhin den Namen ihres Anführers: Xa-Tul."

„Was hast du gesagt?", fragte Crafter nervös.

„Ich sagte, ihr Anführer heißt Xa-Tul", wiederholte Gameknight.

„Das sollten wir vielleicht alles später besprechen“, meinte Stitcher und nahm Gameknights Arm, um ihn auf den sich nähernden Mob aufmerksam zu machen.

Die Zombiearmee hatte inzwischen den Wald verlassen, da die Nacht hereingebrochen war. Die NPCs erkannten, dass sie es mit dreißig bis vierzig Zombies zu tun bekamen, nicht gerade wenigen, aber nichts im Vergleich zu den kampferprobten NPCs dieses Dorfs. Während die Monster näher kamen, zog Gameknight Hunter zu sich heran.

„Warte, bis sie in der Nähe der Grube sind, dann schieß auf den Sprengstoff.“

„Was soll das bringen?“, entgegnete sie. „Diese Monster sind über das ganze Feld verteilt. Das TNT wird nur geringen Schaden anrichten.“

„Vertrau mir einfach.“

„Wenn du meinst“, gab sie zurück, spannte den Bogen und zielte.

„Ihr anderen feuert noch nicht; lasst sie erst näher herankommen“, ordnete Gameknight an. Er schaute hinunter zur Kavallerie, die sich vor dem Tor versammelte und auf den Angriff vorbereitete. „Kavallerie, wartet noch.“

Sein Befehl rief fragende Blicke hervor, aber das

war ihm egal. Gameknight wollte ihr Leben nicht riskieren, wenn es nicht unbedingt nötig war.

Hunter schoss ihren Pfeil ab. Da der Bogen mit der Verzauberung *Flamme* belegt war, entzündete sich die Pfeilspitze, während sie durch die Luft flog. Der Pfeil beschrieb einen Bogen und landete auf den TNT-Blöcken. Diese blinkten sofort und fielen in das Wasserloch, das Gameknight darunter platziert hatte. Die Aberhundert Pfeile, die die Bogenschützen in die roten und schwarzen Blöcke geschossen hatten, fielen zusammen mit dem TNT herunter und lagen auf den blinkenden Würfeln.

„Wirklich beeindruckend", maulte Hunter.

„Wart's ab", gab Gameknight zurück.

Dann explodierte das TNT, und die Pfeile wurden hoch in die Luft geschleudert. Die Zombies in der Nähe der Explosion wurden verletzt, einige sogar getötet, aber die meisten standen einfach nur da und sahen den Pfeilen zu, die in die Luft stiegen und den Himmel verdunkelten. Dann ging ein Pfeilhagel auf die Zombies nieder und fügte ihnen gleich mehrfache Treffer zu. Die Gesundheit der meisten Monster war sofort aufgebraucht, nur wenige überlebten diesen tödlichen Niederschlag.

„Feuer", brüllte Hunter. „Holt sie euch."

Die Bogenschützen auf der Mauer eröffneten das Feuer und schossen auf die verbliebenen Zombies. Innerhalb von Minuten war der Kampf vorbei, und kein einziger NPC hatte auch nur einen Kratzer abbekommen. Die Dorfbewohner jubelten Gameknight zu, und die Legende, die sich um seinen Namen rankte, wurde wieder einmal bestätigt. Hunter klopfte ihm auf den Rücken, und ihr grimmiges Lächeln reichte von einem Ohr bis zum anderen.

„Das war toll!“, sagte sie. „Wir müssen noch mehr dieser TNT-Pfeilbomben herstellen.“

Sie trat zu Digger und sprach leise mit ihm. Gameknight konnte hören, wie sie den großen NPC anwies, weitere dieser Pfeilbomben um das Dorf herum zu errichten, dann kam sie wieder an seine Seite.

„Das war die beste einseitige Schlacht aller Zeiten!“, erklärte sie.

„Schlachten sind niemals gut“, fauchte Stitcher, „sie sind einfach nur traurig.“

„Tja, aus meiner Sicht war das aber großartig!“, erklärte Hunter voller Stolz.

Gameknight, der noch immer verwirrt über das war, was der Zombie gesagt hatte, stieg von der Mauer. Alle wollte ihm auf den Rücken klopfen, aber er ignorierte ihre Feierstimmung und war in Gedanken versunken. Plötzlich stand Crafter neben ihm.

„Erzähl mir, was der Zombie gesagt hat … über Xa-Tul“, bat Crafter ihn.

Gameknight sah Crafter in die hellblauen Augen. „Er hat gesagt, dass sie durch die Zombieportale gereist sind, um hierher zu kommen, und dass Xa-Tul ihr Anführer ist. Dann ist er wohl ihr Zombiekönig?“ Er dachte kurz darüber nach und packte Crafters Schulter. „Es kam mir vor, als würdest du den Namen kennen?“

„Ja“, bestätigte Crafter ernst. „Es gab einst einen Zombiekönig namens Xa-Tul. Er hat die Zombies in die erste große Zombieinvasion geführt. Wir haben Bücher über diese Zeit vor der Vereinigung.“

„Ich erinnere mich, dass ich ein paar Bücher in der Festung gesehen habe, bevor wir ins Ende gegangen sind, um gegen den Enderdrachen zu kämpfen. In einem stand etwas von einer Invasion, und ein anderes hieß ‚Die Vereinigung‘.“

„Über diese Aspekte unserer Geschichte wissen nur wenige Bescheid. Vieles davon sind nur Märchen, die die NPCs ihren Kindern erzählen, damit sie brav sind und tun, was man ihnen sagt. Die meisten wissen nur, dass vor langer, langer Zeit etwas Wichtiges passiert ist.“

„Aber das kann doch nicht derselbe Zombiekönig sein, oder?"

„Natürlich nicht", antwortete Crafter.

„Warum machst du dir dann solche Sorgen?"

„Jemand hat diesen Namen für den neuen Zombiekönig gewählt. Wer immer diese Wahl getroffen hat … Er ist die wahre Bedrohung." Crafter verschränkte die Hände hinter dem Rücken, lief nachdenklich auf und ab, um die Informationen zu verarbeiten, und sah Gameknight999 dann wieder an. „Warum bist du zurückgekommen? Ich dachte, dass dich nichts dazu bewegen könnte, deine Heimat zu verlassen und wieder nach Minecraft zurückzukehren."

„Ich hab's dir doch gesagt … Meine Schwester ist durch das Tor des Lichts gegangen. Sie ist hier in Minecraft."

„Das dürfte kein Problem darstellen", beruhigte Crafter ihn. „Wir können eine Botschaft über das Lorennetz schicken und alle Dörfer benachrichtigen … Wir werden sie schon finden."

„Das Problem ist, dass ich eine Software-Mod auf meinem Computer laufen hatte, ein Programm, durch das man wie ein Zombie aussieht, wenn man sich in Minecraft einloggt."

„Warum hast du das gemacht?", fragte Crafter.

Gameknight starrte betreten zu Boden.

„Hmm … Das ist ein Problem. Jeder Dorfbewohner, der sie entdeckt, wird annehmen, dass sie ein Zombie ist, und sie angreifen … oder Schlimmeres tun“, stellte Crafter fest. „Aber vermutlich werden die Zombies sie zuerst finden und sie in ihre Zombiestadt bringen.“

„Wo liegt die?“

„Irgendwo tief unter der Erde“, erklärte Crafter. „Die Woodcutter-Zwillinge sind mal einigen Zombies bis zu einer Höhle gefolgt, haben sie aber in den Tunneln irgendwo in der Nähe eines Lavasees aus den Augen verloren.“

„Kannst du mich dorthin bringen?“

„Natürlich“, antwortete Crafter, „aber wozu? Wir können nicht einfach die Zombiestadt betreten und nach ihr suchen … Das wäre Selbstmord.“

„Ich habe eine Idee“, erklärte Gameknight, als sich die Puzzleteile in seinem Kopf mal wieder in Bewegung setzten.

KAPITEL 14

MO-NEE

Monet folgte Ba-Jin und den anderen Zombies zu der großen Felsklippe. Die hohen Bäume spendeten mit ihrem verflochtenen Geäst Schatten, in dem sich die Zombies etwas entspannen konnten. Am Aussehen der dichten Bäume und riesigen Pilze, die dazwischen wuchsen, erkannte Monet, dass das hier ein dichter Wald war. Sie hatte bisher nur Bilder davon auf YouTube gesehen und gehört, dass sich unter den hohen Bäumen immer Zombies aufhielten, aber jetzt war sie wirklich hier. Irgendwann waren sie vom normalen Kiefernwald in diese riesige, fast schon prähistorische Umgebung gewechselt. Monet war wohl zu beschäftigt damit gewesen, mit Ba-Jin zu reden, um den Übergang zu bemerken.

Etwas weiter voraus sah sie den Waldrand und konnte zwischen den dicken Baumstämmen große Hügel erkennen. Sie vermutete, dass es sich um die extremen Berge handelte, von denen sie schon gehört, die sie aber noch nie gesehen hatte. In einem Hügel klaffte eine Öffnung, die in eine riesige Höhle führte; das war offenbar ihr Ziel. Als der Wald immer karger wurde, mussten sich die älteren Zombies von einem Baumschatten zum nächsten bewegen und darauf achten, dass sie nicht ins Sonnenlicht gerieten. Durch dieses Spiel aus Licht und Schatten kam es einem beinahe so vor, als würde man durch ein Labyrinth gehen. Ab und zu gerieten sie in Sackgassen, weil es auf einmal keinen Schatten mehr gab, und mussten umkehren und einen dunklen Weg finden, der sie zu der gewaltigen Klippe führen würde. Monet und Ba-Jin konnten auf diese Vorsicht verzichten, da sie als Zombiekinder nicht von den Sonnenstrahlen verbrannt wurden. Aus irgendeinem Grund konnten sie gefahrlos direkt ins Sonnenlicht treten.

Während sie durch den Wald gingen, nutzte Monet die Gelegenheit, um Blumen zu sammeln, die überall zu wachsen schienen. Mit der Zeit fühlte sie sich immer seltsamer, fast so, als wäre sie hungrig, aber doch irgendwie anders. Sie hatte nicht den Drang, etwas zu essen, kam sich jedoch schwach und leer vor, und ihre Gesundheit sank. Wenn sie nicht bald eine Form von Nahrung fand, würde sie Probleme bekommen.

„Warum sammelt Mo-Nee Blumen?“, fragte Ba-Jin.

„Ich finde sie hübsch“, antwortete sie und rieb sich den knurrenden Bauch. „Außerdem kann ich sie zu Farbe zermahlen und damit zeichnen.“

„Zeichnen … Hübsch … Ba-Jin versteht nicht.“

„Hier“, sagte Monet, „ich zeig’s dir.“

Sie zog das Zombiemädchen mit sich zu Boden, nahm verschiedenfarbige Blumen aus dem Inventar, zerquetschte sie und verrieb die Blütenblätter zu einer klumpigen Paste. Danach bearbeitete sie das klebrige Zeug weiter, bis es langsam glatter wurde und eine farbenartige Konsistenz annahm. Schließlich tupfte sich Monet etwas von der Farbe auf die Hand und zog einen Farbstreifen über Ba-Jins hellblaues Shirt. Sie nahm noch mehr Farbe auf die eckigen Finger und fügte weitere Farbstreifen hinzu. Nach und nach erschuf sie einen Bogen aus Weiß, der langsam in Gelb überging und hellrote Farbquadrate am Rand hatte. Hier und da ergänzte sie weitere Farbflecken, dann war sie fertig.

„Jetzt siehst du wunderschön aus“, sagte Monet lächelnd.

Ba-Jin versuchte, an ihrem Hemd herabzusehen, konnte aber nicht das ganze Bild erkennen.

„Sieh dir im Teich dein Spiegelbild an.“

Ba-Jin schlurfte mit langsamen Zombieschritten

zum Teich und blickte aufs Wasser. Sie stand reglos da, ohne auf das zu reagieren, was sie sah.

„Und … Was denkst du?"

Ba-Jin drehte sich hin und her, betrachtete sich mal von der einen, dann von der anderen Seite und kniete sich dann hin, um sich genauer anzusehen. Irgendwann hob sie endlich den Kopf und lächelte Monet an. Sie stand wieder auf und blickte Monet mit Verwunderung in den dunklen Augen an. Ihr Lächeln wurde noch breiter.

„Das ist wundervoll", schwärmte das Zombiemädchen und schaute zu ihrem bunten Shirt herunter. „Ba-Jin gefällt wirklich gut, was Mo-Nee mit diesem Shirt gemacht hat. Dadurch fühlt sich Ba-Jin … äh … besonders."

Voller Stolz blickte sie an sich herab und wollte dann wissen, ob es irgendeinem der anderen Zombies aufgefallen war. Ein paar der älteren Monster musterten sie, stutzten und wirkten verblüfft.

„Warum redest du so?", fragte Monet.

„Wie denn?", entgegnete Ba-Jin, während sie den Teich hinter sich ließ, um sich wieder den anderen Zombies anzuschließen.

„Du sagst nie *ich, uns* oder *wir*. Du hast mir von deinem Zombieclan erzählt, deinem Heim und deiner Familie, aber du hast immer in der dritten Person gesprochen. Es ist fast so, als würdest *du* überhaupt nicht existieren, sondern nur der Clan."

„Alles ist für den Clan", erklärte Ba-Jin, als hätte sie es auswendig gelernt. „Außerdem reden Zombies nun mal so."

„Aber hast du keine Eltern, denen du wichtiger bist als der Clan?"

„Ja, Kinder sind ihren Eltern wichtig, aber alles ist für den Clan, so ist das bei Zombies. Der Clan kommt immer an erster Stelle."

„Gibt es nichts, was *du* tun willst … du weißt schon, nur für dich allein?", wollte Monet wissen. „Was gefällt *dir*? Was willst du machen, wenn du älter wirst?"

„Wenn Ba-Jin älter ist, will Ba-Jin eine Familie", sagte diese leise. „Ba-Jin will dann auch Kinder."

„Das ist toll!"

„Aber Ba-Jin hat Angst."

„Warum?", fragte Monet.

Ba-Jin kam etwas näher und senkte die Stimme.

„Das sind gefährliche Zeiten. Es wird wieder viel von Krieg geredet. Wären Ba-Jins Kinder sicher? Ba-Jin möchte nicht, dass die Kinder zu Schaden kommen."

„Natürlich, darum machen sich alle Eltern Sorgen. Das ist normal.“

„Aber ist Krieg normal?“, fragte Ba-Jin und sah sich schnell um, als fürchtete sie, sie dürfe so eine Frage nicht stellen.

„Krieg ist niemals gut“, meinte Monet in normaler Lautstärke. „Aber wenn ...“

Ba-Jin legte ihr eine Hand auf den Arm, um sie vom Weiterreden abzuhalten. Sie war ganz eindeutig nervös, was dieses Thema anging ... dass sie ihre Lebensart hinterfragte.

„Komm“, sagte sie, „müssen zu den anderen aufschließen.“

Das Zombiemädchen nahm ihre Hand und lief los. Monet war überrascht, wie weich und sanft sich die Zombiehand anfühlte. Es war ihr nie in den Sinn gekommen, dass Zombies sanft sein und sich Gedanken über ihre Kinder machen könnten.

Interessant, dachte sie.

„Ba-Jin, warum warst du von meinem Namen überrascht, als wir uns kennengelernt haben?“, fragte Monet, während sie sich beeilten, die anderen einzuholen.

„Ba-Jin hat noch nie ein Kind getroffen, das ein *Mo* ist“, antwortete das Zombiemädchen.

„Das verstehe ich nicht“, gestand Monet und bückte sich, um ein paar gelbe und weiße Blumen zu pflücken. „Kannst du mir erklären, was dein Name bedeutet? Wir … äh … machen das in meinem Clan anders.“

„Okay. Der erste Teil des Namens bezeichnet den Rang des Zombies. Je näher er am Anfang des Alphabets ist, desto niedriger ist er. Die zweite Hälfte ist der Familienname. Ba-Jins Eltern heißen beide Jin. Ba-Jins Vater ist Sa-Jin, und Ba-Jins Mutter ist Nu-Jin.“

„Ah … verstehe.“ Monet pflückte einige lilafarbene Blumen und spazierte dann zu einem Flecken mit roten. „Mein Name klingt, als wäre ich ein hochrangiger Zombie.“

„Natürlich … Mo-Nee muss wichtig im Dorf sein.“

Monet lachte und zog damit die Blicke der anderen Zombies auf sich, die aussahen, als hätten sie noch nie einen Zombie lachen sehen. Ba-Jin schaute sie verwirrt an.

Monet wollte gerade erklären, was daran so lustig war, als sie die Tunnelöffnung erreichten. Schnell traten die Zombies hinein, und Monet folgte ihnen als Letzte. Die anderen Zombies entspannten sich sichtlich, sobald sie den dunklen Gang betraten. Einige drehten sich zum hellen Licht vor dem Eingang um und erschauderten. Der Zombie an der Spitze knurrte etwas und lief weiter durch den Tunnel. Der Rest folgte ihm.

Die Zombies bahnten sich einen Weg durch die felsigen Gänge und wanderten tiefer und tiefer in den Untergrund. Sie bogen mal hier, mal da scheinbar zufällig scharf ab und vermieden die Sackgassen, auf die man in den unterirdischen Tunneln von Minecraft sonst häufig stieß. Der Anführer schien genau zu wissen, wohin er ging. Monet hingegen hatte längst die Orientierung verloren.

Als sie um eine Ecke kamen, stießen sie auf andere Kreaturen der Dunkelheit: mehrere riesige Spinnen mit einer bläulichen Höhlenspinne in ihrer Mitte. Monet hatte das Gefühl, sie miteinander flüstern zu hören, und ihre Stimmen klangen fast wie das Zischen von Schlangen. Die blaue Höhlenspinne blieb im Hintergrund und benahm sich so, als wäre sie den anderen untergeben. Monet113 wusste, dass andere Spieler diese kleineren Spinnen fürchteten, auch wenn sie den Grund dafür nicht kannte. Da sie Minecraft noch nicht lange spielte, musste sie noch vieles lernen.

Sie gingen weiter und begegneten einigen Creepern. Die grün und schwarz gesprenkelten Wesen versteckten sich hinter großen Felsblöcken. Vermutlich warteten sie darauf, unaufmerksame Benutzer oder NPCs zu überraschen, aber sobald sie die Zombies erblickten, traten sie mit Ausnahme von einem zurück. Dieser eine Creeper schien sich von Monet angezogen zu fühlen. Er kam auf seinen kleinen Creeperfüßen angetrippelt, trat sehr nahe an sie heran und musterte sie mit seinen dunklen Augen prüfend von oben bis unten, während sein auf Dauer nach unten verzogener Mund unbewegt blieb.

Das Monster schien verwirrt zu sein.

Zuerst machte es den Anschein, als würde der Creeper versuchen, ihren Geruch aufzunehmen, doch dann sah er nur noch irritierter aus. Die grün gesprenkelte Kreatur schaute nach oben, zurück in Monets Zombiegesicht und schnupperte erneut.

Oh nein … Merkt er, dass ich kein echter Zombie bin?, dachte Monet erschrocken.

Sie versuchte, in ihrem Inventar nach irgendetwas zu greifen, das sie zur Verteidigung einsetzen konnte, aber sie hatte nichts weiter als die Blumen. Sie besaß nichts, kein Schwert, keinen Bogen … nur die rasiermesserscharfen Klauen an ihren Fingern.

Was soll ich nur machen?

Der Creeper schaute hinunter auf die Blumen, dann wieder in ihr Gesicht. Seine schwarzen Augen schienen bis in ihr Innerstes vorzudringen und nach einer Erklärung zu suchen.

Doch dann trat ein erwachsener Zombie zu Monet und schob den Creeper weg, als wäre er ein lästiges Haustier.

„Verschwinde, Creeper", knurrte der Zombie, drehte sich um und folgte weiter seinen Kameraden.

Während sie ihren Abstieg fortsetzen, wurde es immer wärmer. In der Luft hingen Rauch und Asche. Da es in dem dunklen Tunnel so dunstig war, konnte man die Löcher im Boden und die Stufen zwischen den Blöcken kaum erkennen. Der Zombieanführer wurde zunehmend langsamer, bis der Gang schließlich auf einer schmalen Klippe endete, die sich nicht mehr als fünf Blöcke über einem großen Lavasee erstreckte. Die anderen Zombies schienen zu lächeln, als sie die Lava sahen, aber Monet erschauderte.

Vorsichtig lief die Gruppe die Klippe entlang bis zu einer Treppe, die zu einem felsigen Pfad am Seeufer führte. In der Ferne sprudelte Wasser aus der Steinmauer in den kochenden See. Die feurige Lava und das kühle Wasser trafen aufeinander und bildeten Bruchstein und Obsidian. Der Anführer ging schneller, als spürte er, dass die Heimat ganz nah war. Er watete durch das Wasser und drückte auf einen einzelnen Steinblock, der aus einer glatten Wand herausragte. Ein Klicken ertönte, als sich der Block ein kleines Stück nach innen schob, dann glitt die Wand langsam auf und gab den Blick auf einen Tunnel frei, der sich in die Dunkelheit erstreckte. Monet konnte Licht am anderen Ende des Tunnels sehen, das jedoch nicht von Fackeln oder Lava zu stammen schien. Stattdessen wurde die Mauer in ein seltsames grünes Leuchten getaucht, als wäre dort ein Raumschiff von Außerirdischen gelandet.

Schnell betrat die Gruppe den Tunnel. Monet folgte ihnen vorsichtig. Sie kam versehentlich mit einer Hand gegen die Steinwand vor dem Tunnel und hinterließ einen schwachen roten Fleck. Als sie weiter in den Tunnel ging, hörte sie das Knirschen von Stein auf Stein durch den Gang hallen, da sich die Felstür hinter ihnen schloss. Sie drehte sich um und erhaschte noch einen kurzen Blick auf den Lavasee. Das orangefarbene Licht wurde immer schwächer, bis sich die Tür komplett geschlossen hatte und sie in diesen unheimlichen grünen Schimmer getaucht wurden. Schnell schloss sie zu den anderen Zombies auf.

Das trübe Licht machte sie nervös, denn in Minecraft verstecken sich fiese kleine Überraschungen gern in den Schatten. Aber die Zombies vor ihr schienen nicht besorgt zu sein, also ging sie weiter und hielt sich an Ba-Jin.

Als sie das Ende des Tunnels erreichten, wirkten die erwachsenen Zombies hocherfreut; sie waren zu Hause. Monet konnte sehen, wie sie sich beruhigten, ihre Klauen einzogen und sämtliche Anspannung aus ihren Körpern wich. Sie beobachtete die Zombies einen Augenblick, dann drehte sie sich um und betrachtete die Höhle, die sie soeben erreichten.

Dieser Anblick erschütterte sie bis ins Mark.

Vor ihr erstreckte sich eine riesige Höhle, auf deren Steinboden ein Zombiedorf stand. Häuser in allen Formen und Größen waren überall in der Kammer aus allen nur vorstellbaren Blöcken gebaut worden. Das Ganze erinnerte Monet an einen bunten Flickenteppich. Jede Farbe des Regenbogens war hier auf dem Höhlenboden zu finden. Sie erblickte Blöcke aus Gold, Eisen, Kohle, Stein, Erde, Sand – einfach alles, was in Minecraft verfügbar war. In der Ferne sah sie seltsame Strukturen in Form von Springbrunnen, die überall in der Stadt verteilt waren und aus denen grüne Funken in die Luft flogen.

Um jede Quelle standen mehrere Zombies und wirkten, als würden sie in dem Licht baden.

Plötzlich tauchte neben einer Gruppe eine lila Wolke auf, die Monets Aufmerksamkeit erregte. Ein Enderman trat mit einem Erdblock in der Hand aus dem lavendelfarbenen Nebel. Die dunkle Kreatur stellte den Block vorsichtig auf dem Boden ab und teleportierte sich in einer weiteren lila Rauchwolke davon. Ein Zombie in der Nähe rannte zum Block, hob ihn auf und brachte ihn zu seinem Haus irgendwo in der Höhle, um es weiterzubauen.

Monet riss sich von dem farbenfrohen Anblick los und folgte der Gruppe. Ba-Jin wartete schon auf sie.

„Komm schon, Mo-Nee", sagte Ba-Jin angespannt. „Wir brauchen Gesundheit. Ich bin schon so hungrig, und du sicher auch."

Monet nickte und folgte ihrer neuen Freundin. Sie fühlte sich schon ganz schwach. Ba-Jin nahm ihre Hand und führte sie zu dem grün funkelnden Brunnen, der dem Höhleneingang am nächsten war und aus einem kleinen Loch in der Höhlenwand sprudelte. Die beiden neuen Freundinnen hielten sich an den Händen und traten unter das grüne Licht. Sobald die grünen Funken ihren Fuß berührten, fühlte sich Monet sofort erfrischt. Der Gesundheitsbrunnen füllte ihre Gesundheit auf. Sie drehte sich zu Ba-Jin um, die lächelte und die Wirkung des Springbrunnens genoss. Monet stellte sich direkt unter den Strom und badete in dem lebensspendenden Quell. Die grünen Funken tanzten wie kleine außerirdische Schmetterlinge um sie herum.

„Ba-Jin, was passiert, wenn man nicht rechtzeitig zurück in die Stadt kommt … du weißt schon … bevor man zu hungrig wird und …"

Das Mädchen sah Monet an, als wäre sie von einem anderen Planeten.

„Na, dann stirbt der Zombie natürlich", antwortete Ba-Jin nüchtern. „Das passiert manchmal, aber es ist okay, wenn es dem Clan hilft. Es gab Zeiten, da sind die Zombies losgezogen, um gegen den Feind in den Kampf zu ziehen, und wussten, dass sie es nicht rechtzeitig zurück zum Brunnen schaffen würden. Das einzig Wichtige ist der Clan; was dem einzelnen Zombie passiert, ist unbedeutend."

„Wie kannst du das nur sagen … Was dir passiert, ist wichtig!"

„Nur, wenn es dem Clan dient", widersprach Ba-Jin ihr und strich mit einer Hand über den Block, aus dem die lebensspendenden Funken sprudelten.

Monet betrachtete die Wand und holte ein paar der Blumen hervor, die sie gepflückt hatte. Sie ging in die Knie, zerquetschte die Blumen, bis sie eine Paste hergestellt hatte, und trug mit den Fingern Farbe auf die Wand auf. Während sie mit ausholenden Bewegungen malte, bedeckte sie die grauen Blöcke mit verschiedenen Farben aus ihrem Blumeninventar. Ba-Jin und die anderen Zombies sahen ihr erstaunt zu. Monet benutzte die unterschiedlichsten Farben, erschuf ein Kaleidoskop von Farbtönen rund um den Brunnen und vermischte sie miteinander, sodass sie nach und nach von einer Farbe in die nächste übergingen. Am Rand eines roten Strichs ergänzte sie ein paar kleine weiße Quadrate und fügte immer mehr Farben hinzu, bis sie der Ansicht war, ihr Kunstwerk sei vollendet.

Sie drehte sich lächelnd zu Ba-Jin um.

„Deshalb habe ich die Blumen gepflückt", erklärte Monet stolz.

„Was hat Mo-Nee gemacht?", fragte Ba-Jin und starrte Monet erstaunt an.

„Ich fand, dass diese Wand etwas Farbe vertragen könnte … einen Hauch Schönheit, der mich daran erinnert, wie schön es ist, am Leben zu sein."

Monet trat einen Schritt zurück, um ihre Kreation zu bewundern. Aus dieser Entfernung nahmen die eckigen Formen Kontur an. Sie hatte ein großes Wandbild geschaffen, das eine große rote Blume mit gelber Mitte zeigte. Auf den Blütenblättern waren weiße Sprenkel zu sehen. Sie stand schief, wie vom Wind gepeitscht, und kleine grüne Blätter wirbelten im Hintergrund auf unsichtbaren Strömen durch die Luft.

Monet musterte die anderen Zombies und machte sich plötzlich Sorgen. Sie alle starrten das Bild mit erschlafften Gesichtern an, als wären sie von den Anblick schockiert.

„Ba-Jin … Ist das okay? Gefällt es dir?"

„Ähh … Es ist … Ähh …" Ba-Jin rang nach Worten. „Es ist das Unglaublichste, was Ba-Jin je gesehen hat."

Monet lächelte.

„Woher weiß Mo-Nee, wie man das macht?", fragte Ba-Jin.

„Keine Ahnung, ich kann es einfach. Ich könnte es dir später beibringen, wenn du möchtest."

„Ja … Ja, bitte."

„Okay, wir können …"

Plötzlich hallte ein wütendes Stöhnen durch die gesamte Kammer. Sämtliche Zombies in der Nähe wandten den Blick vom Gemälde ab und schauten zur Höhlenmitte. Viele machten sich auf den Weg dorthin.

„Was ist los?", erkundigte sich Monet.

„Eine Versammlung", erklärte Ba-Jin. „Alle Zombies dieser Stadt werden auf den Stadtplatz gerufen."

„Eine Versammlung … Was bedeutet das?"

„Die Zombieältesten haben irgendetwas entschieden. Es wird eine Ankündigung und Befehle für die Zombies dieser Stadt geben."

„Befehle … Wofür?"

„Das ist nicht bekannt, aber der Zombieanführer wird es verkünden. Alles ist zum Wohle des Clans."

„Zum Wohle des Clans", wiederholte einer der letzten Zombies, der lächelnd den bemalten Brunnen verließ.

„Zum Wohle des Clans", wiederholte Monet leise, und ihr wurde immer unbehaglicher zumute.

KAPITEL 15
DIE VERSAMMLUNG

Monet folgte Ba-Jin durch die verwirrende Stadt. Sie musste laufen, um mit ihrer Freundin mitzuhalten, und hatte schnell die Orientierung verloren, während sie im Zickzack einem Pfad folgten, der zur Stadtmitte führte. An manchen Stellen war der Weg nur einen Block breit, an anderen war ein Abstand von vier oder fünf Blöcken zwischen den Häusern. Nach einigen Minuten hatten sie endlich den Rand des Platzes erreicht.

Ringsherum standen unzählige Gesundheitsbrunnen, an denen sich einige Zombies labten, aber auch der ganze Platz war voller Zombies, hundert, wenn nicht mehr, die alle zur Plattform blickten. Es sah aus wie ein wogendes Meer, als würden all ihre hellblauen Shirts zu einer sich kräuselnden saphirblauen Meeresoberfläche verschmelzen, während die dunklen Klauen wie bedrohliche kleine Haifischflossen durch die Oberfläche stießen, als die Zombies die Hände hoben, um den Sprecher zu unterstützen. Dabei sah die Farbe des Meers nahezu echt aus, da die gleichfarbigen hellblauen Shirts die Meeresoberfläche und die dunkelblauen Hosen die dunklen Wassertiefen repräsentierten. Das Bild brannte sich in Monets Gedächtnis; sie konnte es kaum erwarten, nach Hause zu kommen und diese Szene zu zeichnen … Falls sie es denn jemals schaffen würde, wieder nach Hause zu kommen.

Vielleicht war es keine so gute Idee, den Digitalisierer zu benutzen, dachte sie beim Anblick der Klauen.

In der Platzmitte befand sich eine zwei Blöcke hohe Plattform, auf der ein großer Zombie stand. Seine goldene Rüstung reflektierte das grüne Funkeln, sodass er fast zu glühen schien. Er schien aufgebracht und wütend zu sein, aber Monet war zu weit weg und konnte nicht verstehen, was er sagte. Ba-Jin sah erst Monet und dann ihr Shirt an. Lächelnd nahm sie die Hand ihrer neuen Freundin und zog sie weiter in die Menge hinein.

Während sie sich zwischen den Zombies hindurchdrängten, bemerkte Monet, dass Ba-Jin und ihr Shirt neugierige Blicke auf sich zogen; sie war wie ein gerade entdeckter tropischer Fisch, der durch diesen blauen Ozean schwamm; eine neue Spezies, die sich weiterentwickelt hatte und zur Schau stellte. Den Zombies fiel ihr Oberteil offenkundig auf, und viele lächelten, als sie die Farbspritzer sahen. Auf manchen verwesenden Gesichtern war auch nur Verwirrung zu erkennen. Ba-Jin strahlte, weil sie derart auffiel, und es war fast so, als wäre sie zum ersten Mal in ihrem Leben stolz auf *sich* und lebte nicht nur *für den Clan*.

Als sie es bis nach vorn geschafft hatten, blieben sie stehen und hörten zu.

„Sie haben einen Zombie gerufen, um zu reden … Wahrscheinlich wollten sie kapitulieren. Dann hat ein NPC auf den Zombie geschossen … mehrfach. Der Zombie ist noch an der Stelle gestorben, an der er sich mit ihrem NPC-Anführer getroffen hat."

Die Zombies in der Menge wurden immer aufgeregter und ärgerten sich über diesen ungerechtfertigten Angriff.

„Der Zombie hat nicht angegriffen", fuhr der Anführer fort. „Er hat nicht auf den NPC eingeschlagen … Sie haben nur geredet, das war alles … Die NPCs haben den Zombie grundlos umgebracht!"

Die Bürger der Zombiestadt knurrten und stöhnten, und ihr Zorn drohte überzukochen.

„Wer ist das?", flüsterte Monet Ba-Jin ins Ohr.

„Der Clan-Anführer Vo-Nas."

„Daraufhin hat der Zombiemob das Dorf angegriffen!“, setzte Vo-Nas seinen Bericht fort.

Die Zombies jubelten.

„Was ist aus dem Dorf geworden?“, rief jemand.

„Wie viele NPCs haben sie vernichtet?“, fragte ein anderer.

Vo-Nas hob seine verfaulenden grünen Hände, und seine langen dunklen Klauen funkelten im grünen Licht eines Brunnens. Dann wurde sein monströses Gesicht ernst.

„Nur ein Zombie hat überlebt“, sagte er und zeigte auf einen der Brunnen. Darunter lag ein Zombie im Funkenregen, dessen Körper noch immer von Pfeilen durchbohrt war. „Dieser Zombie hat es gerade so zurück in die Zombiestadt und zu einem der Brunnen geschafft.“ Dann senkte er die Stimme und wurde ernst. „Die anderen … wurden alle getötet.“

Vo-Nas blickte über die Monstermenge und hob die rechte Hand mit ausgefahrenen Klauen hoch in die Luft. Andere in der Menge folgten seinem Beispiel. Monet blickte sich um und stellte fest, dass alle Zombies die grünen Hände hoben … Dann wurde ihr klar, dass ihr Bruder ihr so etwas beschrieben hatte: Es war eine Ehrenbezeugung für die Toten. Sie hob ebenfalls die Hand und fuhr die Klauen aus. Schließlich legten alle Zombies den Kopf in den Nacken und stießen ein trauriges, sorgenvolles Stöhnen aus, das durch die Höhle hallte.

„Jenen, die für den Clan gestorben sind“, verkündete Vo-Nas, „wird die Ehrenbezeugung erwiesen.“

„Zum Wohle des Clans“, rief ein Zombie.

„Zum Wohle des Clans“, stimmte ein anderer ein.

„Zum Wohle des Clans … Zum Wohle des Clans … Zum Wohle des Clans“, hallten die Worte unter den Zombies wider.

Dann ließ Vo-Nas die Hand sinken und schaute seine Zombiegemeinde grimmig an.

„An den NPCs muss Rache geübt werden“, rief er mit wutverzerrtem Gesicht.

„Warum?“, schrie Monet. „Warum müssen wir sie angreifen?“

Eine unangenehme Stille breitete sich in der Kammer aus.

„Weil die NPCs Zombies getötet haben!“

„Aber waren die Zombies nicht sowieso da, um das NPC-Dorf anzugreifen?“, fragte Monet. „Was haben sie denn erwartet? Die NPCs haben sich vermutlich nur verteidigt. Gewalt ist nie eine Lösung.“

Die Zombies, die in Monets Nähe standen, rückten von ihr ab, bis nur noch Ba-Jin neben ihr war.

„Es braucht keinen Grund, NPCs anzugreifen.

Zombies greifen ihre Feinde an, weil sie keine Zombies sind“, antwortete Vo-Nas. „NPCs sehen nicht aus wie Zombies, NPCs handeln nicht wie Zombies … NPCs sind anders. So war es schon immer, und so wird es immer sein.“

„Bäume sind anders als … wir, aber wir greifen sie nicht an, oder?“, gab Monet zu bedenken.

„Warum sollten Zombies einen Baum angreifen? Bäume sind keine Bedrohung.“

„Die Dorfbewohner sind auch keine Bedrohung, sie wollen nur in Frieden leben, genau wie die Zombies.“

„So war es schon immer, seit es Zombies und Dorfbewohner gibt.“

„Aber dadurch wird es nicht richtig“, sagte Monet. „Wieso muss es heute einen Krieg geben, nur weil es gestern einen gab? Alle Kreaturen wollen in Frieden leben, selbst die, die sich von den Zombies unterscheiden.“

„Welchen Namen hat dieses Kind?“

„Mein Name ist Monet“, antwortete sie.

„Mo-Nee? Ein Mo? Schwer zu glauben. Wo sind Mo-Nees Eltern?“

„Ich komme aus einer anderen … Stadt und bin nur zu Besuch.“

„Dieses Zombiekind spricht anders als andere Zombies“, bemerkte Vo-Nas und beäugte sie misstrauisch.

„Anders ist gut, denn das bedeutet, dass es Dinge gibt, die wir voneinander lernen können … Genau wie bei den Dorfbewohnern.“

Vo-Nas sprang vom Podium und stürmte auf Monet zu.

„Dieses Kind weiß gar nichts. Zombies und Dorfbewohner sind Todfeinde. Von NPCs gibt es nichts zu lernen … Sie bringen nur den Tod.“

„Warum seid ihr verfeindet?“, wollte Monet wissen.

„So ist es, und so war es immer. Das ist es, was der Clan tut … die NPCs vernichten.“

„Also müssen Zombies sterben, damit dieser Krieg weitergehen kann. Ein sinnloser Krieg, in dem das Leben der Zombies vergeudet wird.“ Sie hielt einen Augenblick inne, um nachzudenken, dann fuhr sie lächelnd fort. „Es dient nicht dem Wohl des Clans, Zombies grundlos sterben zu lassen. Es wird Zeit, dass sich die Dinge ändern.“

„Spricht dieser Zombie eine Herausforderung um die Führung des Clans aus?!“, fauchte Vo-Nas und ragte drohend über dem kleinen Mädchen auf.

Angespannte Stille breitete sich aus, während sich kalte tote Augen auf Monet richteten. Plötzlich war Ba-Jin an ihrer Seite und zog sie am Arm.

„Schweig. Vo-Nas wird wütend. Es ist nicht gut, den Clanführer zu verärgern."

Vo-Nas trat noch näher an Monet heran und blickte drohend auf sie herab. Sie wusste, dass sie in großer Gefahr schwebte, und bekam es mit der Angst zu tun, als ihr klar wurde, dass dies kein Spiel war … sondern Realität. Anstatt die Diskussion fortzusetzen, senkte sie den Blick und trat einige Schritte zurück.

Vo-Nas grinste.

„Komm, Ba-Jin muss Mo-Nee wegbringen … zu ihrer Familie", sagte Ba-Jin leise und zupfte an ihrem Arm. „Komm … Jetzt, bevor es zu spät ist. Mo-Nee kann heute bei Ba-Jin übernachten."

Ba-Jin zog ihre neue Freundin zurück in das Labyrinth aus verstreuten Häusern. Dabei konnten sie hören, wie Vo-Nas weiter zur Gewalt aufrief und sie aufforderte, die Dorfbewohner anzugreifen.

Das machte Monet traurig.

Während sie zwischen den Häusern hindurchgingen, bemerkte Monet, dass ihnen mehrere junge Zombies folgten, von denen einige jünger, andere älter als sie waren. Sie versuchten, unbemerkt zu bleiben, verhielten sich jedoch nicht besonders unauffällig.

„Gewalt nur um der Gewalt willen löst keine Probleme und führt nur zu mehr Gewalt“, erklärte Monet.

„Was?“, fragte Ba-Jin, aber Monet wusste, dass sie sie gehört hatte … ebenso wie die jungen Zombies in ihrem Schlepptau.

„Die Zombies haben einen niemals endenden Weg eingeschlagen. Ihr seid vom Hass auf die NPCs zerfressen und wisst nicht einmal, warum. Ohne Kommunikation oder Verständnis wird dieser Kreislauf der Gewalt niemals enden und nur zum Tod führen. Das macht mich traurig.“

Ba-Jin blieb stehen und drehte sich zu Monet um. Die anderen Zombiekinder hielten ebenfalls und verbargen sich im Schatten.

„Was Mo-Nee sagt, ist gefährlich.“

„Krieg ebenso.“ Monet hielt kurz inne, dann legte sie ihrer Freundin eine Klauenhand auf die Schulter. „Aber genug Gerede von Krieg und Töten. Zeig mir dein Zuhause.“

Ba-Jin lächelte, nahm Monets Hand und führte sie zu ihrem Steinhaus, während die jungen Zombies ihnen weiter folgten und dabei wild über das diskutierten, was Monet gesagt hatte.

KAPITEL 16
DER PREIS DES UNGEHORSAMS

Herobrine stand im Hintergrund der riesigen Höhle und lauschte Xa-Tuls Rede. Der Zombiekönig gab seiner soeben eroberten Zombiestadt Befehle und hetzte den Clan gegen die Dörfer an der Oberfläche auf. Er hatte diese Rede schon unzählige Male gehört und die Nase voll davon.

Sie hatten Zombiestädte in ganz Minecraft übernommen und unter Xa-Tuls Kommando gestellt. Der Zombiekönig hatte Herobrines Botschaft der Gewalt an all ihre neuen Untertanen weitergegeben: Greift die NPCs an. Herobrine wies die Monster der Oberwelt und die Kreaturen des Nether jetzt bereits seit hundert Jahren an, die NPCs zu hassen, weil er darauf hoffte, mit ihrer Hilfe irgendwann von diesen verfluchten Minecraft-Servern zu entkommen. Nun endlich zahlte sich seine Arbeit aus.

„Ich kann Gameknight999 noch immer nicht spüren", murmelte Herobrine. „Er kann Minecraft nicht verlassen haben … Nein … Das ist unmöglich. In Minecraft hat er Macht … wahre Macht. Und er ist von Bedeutung. Er kann haben, was er will, weil er der Benutzer-der-kein-Benutzer-ist ist … der König aller NPCs. Wer wäre so verrückt, auf diese Macht zu verzichten? Nein, er muss hier sein … irgendwo."

Er hielt inne, um sich zu vergewissern, dass kein Zombie etwas von seinen Selbstgesprächen mitbekommen hatte. Doch sämtliche kalten toten Augen waren auf Xa-Tul gerichtet.

„Ich gehe zum nächsten Server und suche meinen Feind."

Herobrine begab sich zum Rand der Höhle und betrat einen Tunnel, der tiefer in Minecraft hineinführte. Während er den sich windenden Gängen in die felsigen Tiefen folgte, wurde Xa-Tuls grollende Stimme immer leiser. Xa-Tul würde allein mit den Kreaturen dieser Zombiestadt zurechtkommen … Herobrine hatte ihn so geschaffen, dass er mit allem fertig wurde. Er hatte seine ganze Wut und seinen Hass in die Erschaffung des Zombiekönigs fließen lassen und ihn damit zur tödlichsten Kreatur in Minecraft gemacht … mit Ausnahme von ihm selbst natürlich.

Als er um eine Ecke bog, stieß er auf einen großen Raum mit drei Portalen aus Obsidian. Die schwarz schimmernden Blöcke waren das Ergebnis einer Kombination aus kochender Lava und kaltem Wasser und besaßen magische Teleportationskräfte. Die Benutzer hatten herausgefunden, dass man durch diese Portale in den Nether gelangen konnte – aber sie hatten keine Ahnung, dass es in jeder Zombiestadt besondere Portale gab, durch die grünen verfaulenden Monster von einer unterirdischen Stadt in die nächste gelangen konnten.

Herobrine trat näher an die Portale heran. Der Obsidianring des Netherportals war mit dem normalen lilafarbenen Teleportationsfeld ausgefüllt. Das Portal zu anderen Zombiestädten auf diesem Server wies hingegen eine unnatürlich grüne Färbung auf, die identisch war mit der Farbe der Gesundheitsbrunnen in der Höhle weiter oben. An den Steinwänden vermischten sich die beiden Farben zu einem hässlichen Braun, das auch im dritten Portal zu sehen war. Es war eine Kombination aus einem grünen Zombieportal und einem lilafarbenen Netherportal. Das wellenartige Feld in diesem Obsidianring erinnerte an eine funkelnde Schicht aus schmutzigem Wasser mit braunen Partikeln am Rand.

Dieses Portal war der Grund dafür, dass Herobrine jetzt hier war.

Er betrat das braune Teleportationsfeld, und vor

seinen Augen verschwamm alles, als das Portal seinen Computercode in Sekundenbruchteilen von einer IP-Adresse zu einer anderen übertrug. Kurze Zeit später materialisierte er sich in einer identischen Kammer auf einem anderen Server.

Herobrine schloss die Augen, dehnte seine Sinne aus und lauschte dem Mechanismus von Minecraft. Seufzend schlug er die Augen wieder auf.

Der Benutzer-der-kein-Benutzer-ist war nicht hier.

Wo steckst du, Gameknight999?!

Seine Frustration wurde immer größer und damit auch das Verlangen, etwas zu zerstören. Sein Feind war irgendwo da draußen und versteckte sich wie der Feigling, der er war.

„Ich werde dich schon noch finden", brüllte er in den leeren Raum hinein. Dann ging er durch den engen Gang nach oben in die Hauptkammer. In der Zombiestadt wimmelte es von den dummen verfaulenden Monstern, deren sorgenvolles Stöhnen die Kammer erfüllte. Herobrine ignorierte ihre fragenden Blicke und begab sich direkt zur erhobenen Plattform in der Mitte. Der Zombie-Anführer kam mit gezogenem goldenen Schwert auf ihn zu, um ihn herauszufordern. Herobrine funkelte die Kreatur mit seinen leuchtenden Augen grimmig an. Das Monster hielt inne und beäugte den Schatten-Crafter einfach nur. Alle Monster wussten, dass diese leuchtenden Augen dem Schöpfer gehörten, dem Fertiger der bösen Helden, und dieser Zombie wollte sich nicht mit ihm anlegen … weder heute noch sonst irgendwann. Er trat einen Schritt zurück, steckte sein Schwert weg und senkte den verrottenden Kopf.

„Meister“, knurrte der Anführer, „hast du Anweisungen für diese bescheidenen Diener?“

„Noch nicht“, erwiderte Herobrine, „aber bald wird euer neuer Anführer eintreffen, und er wird meine Botschaft verkünden.“

„Unser neuer Anführer?“, wiederholte der Zombie. Furcht spiegelte sich in seinen toten Augen wider.

Herobrine grinste nur.

Er sammelte seine Teleportationskräfte um sich und verschwand, um kurz darauf an der Oberfläche wieder aufzutauchen. Es war Vormittag, und das Licht der Sonne, die noch nicht den Zenit erreicht hatte, schien auf die Bewohner von Minecraft herab. Dennoch hielten sich auch viele Zombies im Schatten der dunklen Eichen um ihn herum auf. Er betrachtete die Gegend genauer und stellte fest, dass es sich um einen dichten Wald handelte. Große dunkle Eichen reichten bis in den Himmel, und die Baumkronen bildete einen grünen Schutz, unter dem sich die Zombies vor den Sonnenstrahlen verbergen konnten.

Bäume … Ich hasse Bäume, dachte Herobrine.

Er legte eine Hand auf eine der Schwarzeichen. Das Leuchten seiner Augen verstärkte sich, als er seine Crafting-Kräfte sammelte und sie um die Codesegmente wickelte, aus denen dieser Baum bestand. Nach und nach veränderten die grünen Blätter an den Zweigen hoch über seinem Kopf die Farbe. Das üppige Grün verblasste zu einem schwachen Grün, dann zu braun und danach zu einem kränklichen Grau. Schließlich zerbröselten die Blätter und wurden zu Staub, der wie Asche herabrieselte. Herobrine grinste, als er spürte, wie der Baum bei seiner Berührung zuckte und litt. Innerhalb von Sekunden schien Sonnenlicht durch das Loch im grünen Blätterdach und traf auf die Zombies, die sich darunter aufhielten. Sie gingen sofort in Flammen auf. Das Sonnenlicht und der blaue Himmel bestraften sie für ein Vergehen, das ihre Vorfahren vor hundert Jahren begangen hatten. Auf der Suche nach Wasser, um das Feuer zu löschen, sprangen die brennenden Monster aufgescheucht herum wie kleine tanzende Kerzen, doch es gab keins. Innerhalb von Sekunden war ihre Gesundheit aufgebraucht, und sie verschwanden und ließen nur ein paar Gegenstände zurück.

Herobrine grinste schadenfroh und setzte seinen Weg durch den dunklen Wald fort. Im Moment brauchte er keine Zombies; er war auf der Suche nach den Schwestern.

Er teleportierte sich durch das Biom an den Rand des dunklen Waldes, an den eine Savanne angrenzte. Riesenpilze erhoben sich am Waldrand, deren roten Hüte vor den dunklen Baumstämmen umso mehr ins Auge fielen. Das war eine seltsame Kombination … Er hatte sich immer gefragt, was sich Notch bei ihrer Erschaffung wohl gedacht hatte.

Mit einem Mal hörte er das Geräusch: scharfe Beißwerkzeuge, die nervös aufeinanderklackerten. Herobrine drehte sich um und sah ein Dutzend Spinnen, die langsam die großen Eichenstämme heruntergeklettert kamen, weil sie darauf hofften, den einsamen Reisenden zu überraschen. Sie bewegten sich lautlos auf ihren acht Beinen, konnten das Klackern ihrer Beißwerkzeuge jedoch nicht verhindern. Das machten sie immer, wenn sie aufgeregt, ängstlich, wütend oder glücklich waren oder … Eigentlich taten sie es die ganze Zeit.

Das größte Monster näherte sich ihm langsam, während die anderen weiterliefen, um ihr Opfer zu umzingeln.

Sie haben keine Ahnung, wer ich bin, dachte Herobrine. *Aber sie werden es schon bald erfahren.*

Dann sprang die Anführerspinne mit ausgestreckten Klauen vor.

Herobrine zog mit einer geschmeidigen Bewegung sein Enderschwert, stach auf das Monster ein und trat zur Seite. Die Spinne landete unsanft auf dem Boden und blinkte rot. Die anderen Achtbeiner hörten auf zu klackern und wichen zurück. Langsam dämmerte es ihnen, dass sie hier keinen unvorsichtigen Benutzer vor sich hatten.

Die große Spinne drehte sich um und sah ihn aus ihren vielen roten Augen an, in denen Wildheit und Hass loderten. Auch diesen Kreaturen hatte Herobrine im Laufe der letzten hundert Jahre unauffällig eingetrichtert, NPCs und Benutzer zu hassen … Er hatte ihnen den Hass im Dunkeln und in ihren Träume zugeflüstert.

Die Spinne fauchte etwas, dann griff sie erneut an. Diesmal sprang Herobrine hoch, kurz bevor die Kreatur ihn erreichte, und stieß ihr sein Enderschwert in den Rücken. Wieder blinkte sie rot auf, dann drehte sie sich um und huschte davon. Sie wusste, dass sie dem Tode nahe war, und nahm lieber Reißaus.

Eine weise Entscheidung … Diese Kreatur könnte vielleicht noch nützlich sein.

Herobrine steckte das Schwert wieder ein und ließ die Augen aufleuchten. Als die Spinnen das sahen, begriffen sie sofort, wer er war, und verneigten sich. Die verwundete Spinne verbeugte sich am tiefsten.

„Spinnen, wo ist euer Bau?“, fragte Herobrine.

Er bekam keine Antwort, da sie eindeutig zu große Angst vor ihm hatten.

„Ich habe keine Zeit dafür … Redet!“

„Unssssser Bau issssst weit von hier, Schöpfer“, sagte die verwundete Spinne; sie war offenbar die Anführerin. „Wir reisssen durch diesssse Wälder und jagen die NPCsssss.“

„Warum sind nur so wenige von euch unterwegs?“

„Unsssere Brut schlüpft bald“, erwiderte die Spinne. „Die Königin lässsst die anderen Schwessstern in der Brutstätte arbeiten. Ssssie wollte sssssich nicht nur auf die Brüder verlasssssen.“

Herobrine nickte. Er wusste, dass sich der Begriff „Brüder“ auf die Höhlenspinnen bezog; sie waren männlich und die riesigen schwarzen Spinnen weiblich. Da sie von derselben Königin abstammten, waren alle miteinander verwandt. Normalerweise hatten die Brüder die Aufgabe, sich um die Eier zu kümmern und Futter für geschlüpften Jungen bereitzustellen. Die Spinnenjungen fraßen gern das Moos, das nur auf bemoostem Bruchstein zu finden war. Daher suchten die Höhlenspinnen Verliese, Dschungeltempel und die Riesentaiga auf, um die grünen Blöcke zu finden. Allerdings schien das Moos in den Verliesen das Beste zu sein. Da Herobrine das wusste, hatte er dort Schatztruhen platziert, um törichte Benutzer anzulocken und sie gegen die Brüder kämpfen zu lassen. Nur wenige Benutzer waren klug genug, Milch bei sich zu führen, wenn sie die unterirdischen Gänge erforschten. Bei dem Gedanken an seinen kleinen Scherz musste Herobrine lachen.

Aber als er diese erbärmlichen Spinnen betrachtete, verging ihm das Lachen und wich einer finsteren Miene.

„Ich habe angewiesen, die NPCs anzugreifen und dafür zu bestrafen, dass sie auf meinem Server leben. Warum hat sich eure Königin mir widersetzt?“

„Sssssie … äh … Die Königin hielt esssss für wichtiger, ssssich um die neue Brut zu kümmern, damit der Bau wachsssen kann. Dadurch gibt esssss mehr Spinnen, die deine Befehle aussssführen können."

Die Spinne verneigte sich noch tiefer und hoffte, dass Herobrine seine Wut nicht an ihr auslassen würde.

Knurrend trat er näher an die verwundete Spinne heran. Er zwang sie dazu, den Kopf zu heben, damit sie im in die leuchtenden Augen sehen musste.

„Du wirst zum Bau gehen und eurer Königin persönlich meine Befehle ausrichten. Die Brüder können sich um die Brut kümmern, wie sie es bereits seit Jahrhunderten tun. Wenn ich erst zu euch kommen und eurer Königin Gehorsam beibringen muss, werdet ihr vermutlich bald eine neue Königin brauchen. Habe ich mich klar ausgedrückt?"

Die Spinne nickte.

„Und jetzt geh!"

Schnell drehte sich die verwundete Spinne um und huschte davon. Ihr dicker Bauch wackelte vor und zurück, während sie durch den Wald eilte. Die anderen Spinnen machten Anstalten, ihr zu folgen.

„Halt!", rief Herobrine. „Ihr anderen kommt gefälligst zurück … Ihr bleibt bei mir. Ich habe eine Aufgabe für euch."

Die elf Achtbeiner blieben stehen und drehten sich langsam um. Sie kamen zurück zu Herobrine, blieben aber in drei Blöcken Entfernung stehen, um außerhalb der Reichweite seines Enderschwerts zu bleiben.

„Folgt mir", knurrte er.

Er verließ den dichten Wald und begab sich in die Savanne. Dabei konnte er das nervöse Klackern der Spinnen hören, aber er drehte sich nicht um, denn er wusste, dass sie ihm folgen würden.

Überall in der Savanne verstreut sah er die seltsamen, flachen, für diese Landschaft typischen Akazien. Auf dem Boden wuchs hohes grüngelbes Gras und wog sich sanft in der warmen Brise, die übers Land strich. Für jeden NPC oder Benutzer wäre das ein majestätisch schöner Anblick gewesen, aber Herobrine war angewidert. Er trat zu einem der Bäume und drückte eine Hand an den Stamm. Nachdem er tief eingeatmet hatte, leuchteten seine Augen immer heller und seine Crafting-Kräfte luden sich auf. Die Blätter des Baums begannen zu schrumpeln und sich aufzulösen, bis sie wie Asche zu Boden rieselten. Herobrine sah nach oben und grinste.

„Mal sehen, ob du mich jetzt spüren kannst, alte Frau“, murmelte er.

Mit zufriedenem Grinsen setzte er seinen Weg fort. Nach einer Weile tauchte ein Dorf hinter einem hohen Hügel auf; das war sein Ziel. Aus dieser Entfernung konnte Herobrine bereits erkennen, dass es sich um ein großes Dorf mit viel mehr Gebäuden als üblich handelte, allerdings gab es keinen Schutzwall um die Häuser.

Diese NPCs sind echte Dummköpfe, dachte er.

Als sie noch näher kamen, spürte Herobrine, wie der Boden unter ihnen vibrierte, als ob es irgendwo unter der Oberfläche donnern würde. Dann wurde ein Sonnenstrahl von etwas Glänzendem reflektiert, und Herobrine wusste, was hier los war: Dieses Dorf hatte einen Eisengolem. In Dörfern mit mindestens einundzwanzig Türen und mehr als zehn NPCs spawnte automatisch ein Eisengolem, der die Dorfbewohner vor Eindringlingen beschützte und feindliche Mobs vernichtete, die dumm genug waren, ein solches Dorf zu betreten. Und der Golem dieses Dorfs sah stark aus … und wütend.

„Perfekt“, meinte Herobrine.

„Wassss denn?“, fragte eine der Spinnen.

„Nichts.“

Sie gingen weiter und kamen dem Dorf langsam näher. Herobrine versuchte, möglichst hinter den Akazien zu bleiben, und blieb manchmal stehen, um die Bäume mit seinen Kräften zu zerstören. Das schien immer wieder ein Lächeln auf sein Gesicht zu zaubern. Als sie nahe genug waren, hielt er an und drehte sich zu den Spinnen um.

„Ihr werdet dieses Dorf angreifen", befahl er.

Die Spinnen sahen zum Dorf hinüber und blickten dann ihren Schöpfer an.

„Aber da ssssind viele NPCsssss im Dorf", beschwerte sich eine der Spinnen. „Sssssie haben Schwerter und Bögen."

Sofort zog Herobrine mit einer schwungvollen Bewegung seine Waffe und schlug auf das Monster ein. Die Spinne blinkte rot, und ihre Gesundheit sank.

„Eure Königin hat meine Befehle ignoriert und muss bestraft werden", knurrte er und zeigte mit der dunklen Klinge auf die größte Spinne. „Du bleibst hier und siehst zu, wie die anderen meine Befehle ausführen, dann gehst du zurück zu deiner Königin und berichtest ihr, was hier passiert ist. Sie muss begreifen, dass Ungehorsam schwer bestraft wird. Verstanden?"

Die Spinne klackerte dreimal und nickte. Dann drehte er sich zu den anderen Monstern um.

„Ihr geht jetzt los und greift das Dorf an. Lasst niemandem am Leben, und kehrt erst zurück, wenn eure Aufgabe erfüllt ist."

Entsetzt sahen die Spinnen einander an.

„Wenn ihr das nicht tun wollt, habt ihr noch eine andere Möglichkeit."

Bei seinen Worten schauten sie ihn hoffnungsvoll an.

Er nahm die Enderrüstung aus seinem Inventar und legte sie an. Die schützenden schwarzen Schichten schienen das Licht aus der Umgebung zu saugen, und die winzigen lilafarbenen Teleportationspartikel tanzten in der Luft, als wären sie lebendig.

„Weigert ihr euch, meinen Befehlen zu gehorchen und das Dorf anzugreifen, könnt ihr auch gegen mich kämpfen. Aber ich muss euch warnen, ich werde euch leiden lassen." Er grinste breit. „Entscheidet euch."

Die Spinnen starrten Herobrine an, dann drehten sie sich um und liefen auf das Dorf zu. Sobald man sie erblickte, wurde Alarm ausgelöst. Die Dorfbewohner legten ihre Rüstungen an und griffen zu den Waffen. Der Boden bebte, als der Golem sich den

Spinnen näherte und mit seinen mächtigen Metallfüßen auftrat. Er schwang die Metallarme und traf eine Spinne nach der anderen, sodass sie rot aufblinkten und hoch durch die Luft flogen. Als sie auf dem Boden aufkamen, blinkten sie erneut und verschwanden. Sie gaben ihr Bestes, hatten aber keine Chance gegen ein ganzes Dorf und einen Eisengolem. Am Ende zeugten nur noch eine Handvoll Seide und leuchtende Erfahrungskugeln davon, dass sie jemals auf dieser Serverebene existiert hatten. Herobrine beobachtete die Dorfbewohner, die nach dem Tod der letzten Spinne Fäden und Erfahrung einsammelten und zu ihrem erbärmlichen Dorfleben zurückkehrten.

Er drehte sich zu der Spinne um, die neben ihm stand.

„Geh und sag deiner Königin, dass dies der Preis ihres Ungehorsams war. Sag ihr, dass noch mehr leiden werden, wenn sie mir nicht gehorcht. Hast du das verstanden?"

Die Spinne nickte nervös und starrte ihn mit ihren vielen roten Augen ängstlich an.

„Dann geh!"

Sie huschte davon, und ihr runder Körper schwankte dabei von links nach rechts.

Herobrine konnte ihre Furcht noch immer spüren und musste grinsen. Er drehte sich wieder zum Dorf um und funkelte es hasserfüllt an.

Diese NPCs werden schon bald von der Oberfläche ausradiert werden, dachte er. *Aber zuerst finde ich diesen feigen Benutzer-der-kein-Benutzer-ist und lasse ihn leiden.*

„Du kannst dich nicht ewig verstecken, Gameknight999", sagte er. „Ich werde dich finden und dich ungeahnte Schmerzen erleiden lassen. Und wenn deine Furcht ihren Höhepunkt erreicht hat, wirst du das Tor des Lichts durchschreiten, um vor mir zu fliehen, aber ich werde dich begleiten. Deine Ignoranz und Feigheit werden es mir ermöglichen, aus diesem Gefängnis zu entkommen, in das ich versehentlich gelangt bin."

Dann stieß er ein grimmiges Lachen aus, das so von Bösartigkeit und Hass erfüllt war, dass selbst die Bäume dieses Bioms in Angst und Schrecken versetzt wurden.

„Gameknight999", rief er über ganz Minecraft hinweg, „du wirst das Instrument der Zerstörung sein, das diese und deine eigene Welt auseinanderreißt. Du kannst mir nicht entkommen."

Bevor die Dorfbewohner auf seine Stimme reagieren konnten, teleportierte er sich davon und materialisierte sich in der Portalkammer der nächstgelegenen Zombiestadt. Er wählte das Portal, das zum nächsten Server führte, und trat in das schimmernde Feld. Während um ihn herum alles verblasste, hatte Herobrine plötzlich den Eindruck, dass Gameknight999 in der Nähe war. Der Server, auf dem sich der Benutzer-der-kein-Benutzer-ist befand, war nicht mehr weit entfernt!

Ich komme dir näher, dachte Herobrine noch, bevor alles schwarz wurde.

KAPITEL 17

AUF DER SUCHE NACH DER ZOMBIESTADT

Lautlos bewegte sich die Gruppe durch den Wald und näherte sich der großen Öffnung in der steilen Felswand. Überall im Wald hatten sie Zombies gehört; das dichte Blätterdach über ihnen bot den Monstern genug Schatten, sodass sie sich auch tagsüber draußen aufhalten konnten, ohne in Flammen aufzugehen. Aber als sie sich den extremen Bergen näherten, konnte Gameknight999 das Stöhnen sehr vieler Monster aus einer großen Höhle hören, die sich im vor ihnen liegenden Hügel befand. Er wusste, dass es in diesem Wald vor Monstern nur so wimmeln würde, sobald die Sonne untergegangen war. Dummerweise mussten sie *in* diese Höhle gehen, um seine Schwester zu finden.

Gameknight trat vor die Öffnung und blickte hinein, konnte aber außer Schatten und Dunkelheit nichts erkennen.

„Wir müssen reingehen", flüsterte er Crafter zu. „Bist du sicher, dass die Höhle zu ihrem Dorf führt?"

„Die beiden Woodcutter sind ihnen doch gefolgt, oder?“, fragte Crafter.

Die beiden NPCs, die sie begleiteten, nickten. Sie waren Holzfäller, daher trugen sie auch denselben Namen und hießen beide Woodcutter, was Gameknight manchmal verwirrte. Die NPCs schienen jedoch immer zu wissen, wer wer war. Beide trugen die traditionelle Kleidung der Holzfäller, eine rote Robe mit einem braunen Streifen in der Mitte. Draußen im hellen Sonnenlicht waren sie ein gutes Ziel für Skelette; und mehrere hatten ihre Schießkünste aus den Schatten heraus an ihnen erprobt, doch Hunter hatte ihre Bögen mit ihren Pfeilen schnell zum Schweigen gebracht. Die Holzfäller erinnerten Gameknight an die alten Folgen von *Raumschiff Enterprise,* bei denen Captain Kirk sich auf einen Alienplaneten beamte. Den Sicherheitsleuten in den roten Uniformen war es bei diesen Abenteuern nie gut ergangen. Er hoffte, dass die Woodcutter nicht dasselbe Schicksal erwartete.

„Okay, gehen wir rein“, sagte Gameknight und sprintete in die Höhle.

All seine Sinne waren auf die Schatten gerichtet, als er vorsichtig durch die Höhle lief, hinter Blöcken schaute und in Löchern nach bösen Überraschungen suchte … Er konnte jedoch nichts entdecken.

„Kommt“, forderte der Benutzer-der-kein-Benutzer-ist seine Begleiter auf.

Er umklammerte sein Schwert fest und marschierte durch den Tunnel, und seine Freunde folgten ihm im Gänsemarsch. Sein verzaubertes Schwert warf einen blauen Schimmer auf die Steinwände und spendete dadurch etwas Licht, trotzdem konnte er nicht weit sehen. Gameknight wusste, dass Hunter direkt hinter ihm war und ihre Pfeile in Monsterfleisch schießen wollte. Ihr unglaublicher Zorn erstaunte ihn noch immer. Die Monster hatten ihr die Familie und Freunde genommen, aber ihre Wut grenzte fast schon an Besessenheit. Es kam ihm beinahe so vor, als wollte sie die Monster töten, weil sie nicht wie NPCs waren. Gameknight vermutete, dass die bloße Existenz eines Monsters für sie schon Grund genug war, es umzubringen. Das bereitete ihm Sorgen. Seiner Meinung nach sollte das Töten schwer sein; man sollte eine Kreatur nur nach reiflicher Überlegung und zum Schutz des eigenen Lebens umbringen. Aber Hunter schien die Monster allein aus dem Grund, dass sie Monster waren, tot sehen zu wollen.

„Wir sind uns überhaupt nicht ähnlich“, hatte sie

beim Marsch durch den Wald gesagt. „Sie sollten vernichtet werden."

„Aber sie zu hassen, nur weil sie anders sind, ist doch unsinnig", hatte Gameknight ihr widersprochen. „Das führt nur zu weiterer Gewalt."

„Sie haben versucht, aus Minecraft auszubrechen und deine Schwester und deine Eltern umzubringen", fauchte sie. „Red mal mit deinen Eltern darüber … Mit meinen kann ich nicht mehr sprechen, da sie von den Monstern ermordet wurden, falls du dich erinnerst."

„Aber das hier sind nicht die Zombies, die deine Eltern umgebracht haben", entgegnete er. „Sie sind auf einem anderen Server irgendwo in Minecraft."

„Das ist mir egal", knurrte sie. „Zombies sind keine NPCs … Sie sind anders … Sie sind gefährlich … Sie sollten von Minecrafts Antlitz entfernt werden!"

Plötzlich hallte ein Klackern durch den Tunnel und holte Gameknight in die Gegenwart zurück. Dann war noch ein weiteres zu hören … Spinnen. Gameknight drehte sich um, um Hunter zu warnen, aber sie war nicht da. Sie rannte bereits voraus, um sich den Monstern zu stellen. Er umklammerte sein Schwert und lief hinter ihr her, und Crafter und die Holzfäller folgten ihm auf den Fersen.

Hunters Bogen surrte wieder und wieder.

„Nimm das, Spinne", zischte sie.

Gameknight fand sie auf einem Block stehend vor, von dem sie auf die Kreaturen herunterschoss. Er lief zu ihr und schlug auf die Beine einer Bestie ein, die ihn aus vielen Augen boshaft anfunkelte. Während er sich drehte, um einer scharfen gebogenen Klaue auszuweichen, schlug dem Monster auf den Rücken und rollte sich weg, als eine weitere Spinne in den Kampf eingriff. Derweil hatte Crafter ebenfalls sein Diamantschwert gezückt und trieb ein Monster zurück. Dann sprangen die Holzfäller vor, landeten zwischen den Kreaturen und griffen sie mit ihren scharfen Äxten von der Seite an. Zwei weitere Spinnen tauchten aus den Schatten auf – insgesamt waren es nun vier.

„Hinter dir!", rief Gameknight Woodcutter zu.

Der NPC drehte sich um und schwang seine Axt, wie Gameknight es ihm beigebracht hatte. Die scharfe Klinge bohrte sich in das Fleisch des Monsters, das rot blinkte. Wieder und wieder schwang er die Axt und ließ die Spinne nicht entkommen. Dann ertönte ein Ploppen; die Spinne verschwand, ihre Gesundheit war aufgebraucht. Ihre Gefährtin ging auf Woodcutter los und konnte dem NPC einige kräftige

Schläge verpassen. Gameknight sprang herbei und griff das Monster von hinten an, während sich Hunter und Crafter um die anderen beiden kümmerten. Der andere Woodcutter tauchte plötzlich neben ihm auf und sie schlugen gemeinsam auf die haarige schwarze Spinne ein, während ihr Freund sich etwas zurückzog und sich verteidigte. *Plopp!* Ein Seidenfaden; die Spinne war verschwunden.

Gameknight schaute sich um, ob noch jemand Hilfe benötigte, und sah Crafter erst ausweichen und dann die Spinne mit seinem Diamantschwert traktieren … Die Kreatur verschwand … Noch mehr Seidenfäden. Die letzte Spinne wollte Hunter anspringen, deren spitze Pfeile jedoch verhinderten, dass die Kreatur sie überhaupt erreichen konnte.

Endlich war die letzte Spinne verschwunden, Hunters Pfeile hatten ihr den Garaus gemacht. Die Gefahr war gebannt.

Gameknight drehte sich knurrend um die eigene Achse und hielt nach weiteren Bedrohungen Ausschau. Bei dem Geräusch wirbelte Hunter zu ihm herum, ließ ihren Bogen jedoch sinken, als sie ihren Freund erkannte.

Was machen wir hier unten?, dachte er. *Das könnte noch einen meiner Freunde das Leben kosten.*

Warum musstest du das tun, Jenny? Du handelst, ohne nachzudenken, nimmst diese lächerlichen Risiken furchtlos in Kauf und lässt mich dann hinter dir aufräumen … wie immer. Wieso muss ich immer für dich verantwortlich sein, wenn Dad nicht da ist?

Gameknights Frustration verpuffte jedoch sofort wieder, als er an die Gefahr dachte, in der seine Schwester schwebte. Er zitterte und wusste, dass man ihm die Furcht ansehen konnte, da Hunter den Bogen sinken ließ und auf ihn zukam.

„Machst du dir Sorgen um sie?“, fragte sie.

Gameknight nickte.

„Das musst du nicht. Du hast dich um meine Schwester gekümmert, als mich Erebus und Malacoda gefangen gehalten haben. Jetzt werde ich dasselbe für deine Schwester tun.“ Sie legte ihm sanft eine Hand auf die Schulter. „Wir sorgen dafür, dass sie sicher zurückkommt … Das verspreche ich.“

„Danke“, erwiderte Gameknight und war überraschenderweise beruhigt.

„Das war knapp“, meinte Crafter. „Zu knapp. Wir können hier nicht einfach rumlaufen; hinter jeder Ecke könnten Zombies lauern. So schaffen wir es nie bis zur Zombiestadt.“

In diesem Augenblick drang sorgenvolles Stöhnen aus weiter Ferne durch den Tunnel; irgendwo hier im Untergrund befand sich ein Zombie, aber glücklicherweise nicht in der Nähe. Alle bekamen eine Gänsehaut, da sie wussten, dass die grünen Monster hier überall sein konnten. Während das Jammern des Zombies durch den Tunnel hallte, setzten sich die Puzzleteile in Gameknights Kopf in Bewegung. Als das Stöhnen verstummte, rutschte eins davon an seinen Platz.

„Du hast recht, Crafter", gab Gameknight mit frechem Grinsen zu. „Ich habe einen Plan, aber der wird dir nicht gefallen."

Crafter runzelte die Stirn.

„Wenn ich deine Miene richtig deute, hast du vermutlich recht", sagte Crafter.

„Mir gefällt er jetzt schon", meinte Hunter lächelnd.

„Als Erstes brauche ich ein Stück Stoff von einer eurer Roben", erklärte Gameknight.

Crafter zog eine Schere aus seinem Inventar und schnitt den Saum seiner Robe ab. Dann reichte er Gameknight den schwarzen Stoff.

„Hattest du vor, unterwegs ein paar Schafe zu scheren, Crafter?", erkundigte sich Hunter.

„Mein Ururonkel Baker hat immer gesagt: ‚Eine

gute Schere kann für viele Dinge benutzt werden … Geh niemals ohne eine aus dem Haus.'"

„Hoffentlich ist deine Geschichte damit zu Ende", spottete Hunter grinsend.

„Diesmal ist es eine kurze Geschichte", versprach Crafter.

„Das ist zur Abwechslung sehr angenehm", warf ein Woodcutter lachend ein.

„Seht mich an", verlangte Gameknight und band sich das Stoffstück um die Stirn, sodass die losen Enden an seinem Rücken herabhingen. „An diesem Stirnband könnt ihr mich erkennen. Erschießt mich nicht … Haltet nach dem Stirnband Ausschau. Besonders du, Hunter."

„Wovon redest du da?", fragte sie.

„Erschieß mich einfach nicht", wiederholte er.

Mit geschlossenen Augen öffnete er seinen Geist und stellte sich vor, er würde Shawny schreiben. Er wusste, dass sein Freund sie auf dem Monitor überwachte.

Shawny, aktiviere die Zombie-Mod auf meinem Computer, dachte er und zwang die Worte mit seinem Willen, auf dem Bildschirm zu erscheinen. *Drück einfach Alt-z.*

Plötzlich war sein Körper von einem so grellen

Leuchten umgeben, dass seine Begleiter den Kopf abwenden mussten. Als es wieder dunkler wurde, drehten sich seine Freunde um und hatten plötzlich einen verwesenden grünen Zombie vor sich, der sich ein schwarzes Stirnband um den kahlen Kopf gewickelt hatte.

Gameknight konnte Hunters Bogen knarren hören, als sie einen Pfeil anlegte und die Sehne spannte.

„Ich hab doch gesagt, du sollst nicht schießen!“, rief der Benutzer-der-kein-Benutzer-ist. „Ich bin's, Gameknight999.“

Er hielt eine Klauenhand hoch, um zu demonstrieren, dass er unbewaffnet war, und wandte ihnen den Rücken zu.

„Ich bin's. Nimm den Bogen runter, Hunter.“

„Was geht hier vor?“, fragte sie verwirrt.

„Gameknight, bist das wirklich du?“, verlangte Crafter zu erfahren.

„Natürlich … Seht euch doch das Stirnband an“, knurrte der Zombie … Beim Klang der Zombiestimme zog Crafter unwillkürlich seine Klinge. „Würdet ihr bitte alle eure Waffen weglegen; ich bin's, Gameknight999. Ich habe einfach nur mein Erscheinungsbild verändert.“

Langsam trat Crafter vor und betrachtete den Zombie vor sich, behielt das Schwert jedoch angriffsbereit in der Hand.

„Gameknight?"

„Ja … Ich bin es", antwortete Gameknight999, dann lachte er. „Ich hab doch gesagt, dass euch diese Lösung nicht gefallen wird. Ich habe nur meinen Minecraft-Skin verändert, aber ich bin immer noch hier drin."

„Nein, Gameknight, du hast viel mehr getan", erklärte Crafter. „Dorfbewohner können spüren, wenn ein Zombie in der Nähe ist … Wir fühlen sie. Sie sind schon so lange unsere Erzfeinde, dass wir einen zusätzlichen Sinn für sie entwickelt haben. Vielleicht ist es ihr Geruch, der … Übrigens … du stinkst, oder vielleicht ist es etwas in Minecraft. Das kann keiner so richtig erklären, aber wir alle spüren, wenn ein Zombie in der Nähe ist … und wir können dich spüren."

„Ihr könnt mich spüren?"

„Jepp", bestätigte Hunter. „Wie üblich hast du etwas Dummes getan und wusstest es noch nicht mal." Dann lachte sie. „Ich finde es genial!"

Crafter nickte widerstrebend.

„Du hast nicht nur deinen Skin verändert", fuhr

Crafter fort, „sondern dein ganzes Wesen. Das ist nicht nur Tarnung … Du bist wirklich und wahrhaftig ein Zombie. Sieh dir deine Klauen an, sie kommen aus deinen Fingern … Wie könnte ein Skin das bewirken? Und ich wette, wenn du läufst, hebst du die Arme."

„Nein, da irrst du dich", widersprach Gameknight ihm, machte einen Schritt und sagte dann plötzlich nichts mehr, als er automatisch die Arme hob und vor sich ausstreckte.

„Siehst du", meinte Crafter, „So laufen Zombies … Zumindest außerhalb ihrer Stadt … Wer weiß, was sie dort so treiben."

„Das werden wir schon bald herausfinden." Hunter schnaubte. „Der Spaß kann beginnen."

Gameknight nickte.

„Der Plan lautet folgendermaßen: Ich gehe voraus und folge dem Weg, bis ich die Zombies gefunden habe. Falls ich andere Monster sehe, stöhne ich zweimal und warne euch auf diese Weise … Verstanden?"

Alle zogen ihre Waffen und nickten … Hunter lächelte sogar.

Gameknight drehte sich um und folgte dem Tunnel in die Tiefen von Minecraft. Sie trafen auf zwei

Spinnengruppen, als sie sich durch die Schatten bewegten, aber sein Stöhnen bewirkte, dass der Kampf sehr einseitig verlief. Die NPCs griffen von vorn an, Gameknight mit seinen Klauen von hinten. Die Spinnen wussten nicht, was sie von dem angreifenden Zombie halten sollten, und hatten kaum Zeit, überhaupt zu reagieren. Als sie tiefer in den Untergrund vordrangen, begegneten sie immer mehr Monstern und bekamen richtig viel zu tun. Mit jedem Kampf wurde Gameknight wütender auf seine Schwester. Ihre sorglose, impulsive Entscheidung, nach Minecraft zu kommen, brachte ihn und seine Freunde in Gefahr. Sie konnten sogar sterben, um Jenny zu retten, die noch nicht einmal was davon wusste. Das war so typisch für sie, die immer erst handelte und danach nachdachte.

Ich habe es so satt, hinter dir aufzuräumen, Jenny, dachte er.

Seufzend setzte er seinen Weg fort. Je weiter sie in die Tunnel vordrangen, desto wärmer wurde es und desto mehr Rauch hing in der Luft. Gameknight wusste, dass sie sich Lava näherten und dass sie vorsichtig sein mussten; in Lava zu schwimmen war keine gute Idee. Die Tunnelwände wurden heller, als die Temperatur weiter anstieg, bis sich die Passage schließlich öffnete und den Blick auf einen großen See aus geschmolzenem Stein freigab. Der Weg endete fünf Blöcke darüber. Gameknight entdeckte einen schmalen Vorsprung, der um den See herumführte, und folgte ihm, wobei er den Rücken an die Wand presste, um nicht versehentlich abzustürzen. Seine Arme blieben dabei dummerweise gerade ausgestreckt.

Schließlich erreichte er eine kurze Treppe, die hinunter zum Ufer des Sees führten. Froh darüber, vom kochenden Teich wegzukommen, rannte er sie schnell herunter. In der Ferne floss Wasser aus einem Loch in der Wand, traf auf die Lava und bildete Blöcke aus Bruchstein und Obsidian. Gameknight stand da, betrachtete das Schauspiel und wusste nicht, wie es weitergehen sollte. Hier war der Weg zu Ende.

Frustriert, weil sie sich verirrt hatten, und wütend auf seine Schwester, ohne die er nie hierhergekommen wäre, ging er zu einem Steinblock und setzte sich. Crafter, Hunter und die Woodcutter versammelten sich um ihn herum.

„Wohin jetzt?“, fragte Hunter. „Wo ist diese Zombiestadt?“

„Ich weiß es nicht“, antwortete Gameknight.

Denk nach … Denk nach … Was würde Monet113

tun?, fragte sich Gameknight. *Sie liebt die Kunst und Farben. Sie würde diese Wände bemalen wollen. Monet muss leere Leinwände immer irgendwie mit Farbe füllen, und für sie würden all diese Steinmauern wie Leinwände aussehen.*

„Farbe … Sucht nach Farbe an den Wänden", wies Gameknight seine Freunde an.

„Wieso denn das?" Hunter konnte ihm nicht folgen.

„Tut es einfach … Haltet Ausschau nach Farbspritzer an den Wänden. Meine Schwester ist total unordentlich und hat immer Farbe an den Händen; sie hat hier bestimmt einen Fleck oder etwas Ähnliches hinterlassen … Das tut sie immer." Aufgeregt stand Gameknight auf … Endlich hatte er einen Plan. „Sucht die Wände ab."

Sie begannen am Rand des Lavasees, Gameknight und Crafter an einer Wand, Hunter und die Woodcutter an den anderen. Dann bewegten sie sich an den Wänden entlang, strichen mit den eckigen Händen über die steinige Oberfläche, und als sie zu einem großen flachen Bereich kamen, hielt Gameknight inne.

„Eine Fackel … Ich brauche eine Fackel."

Einer der Holzfäller zog den Gegenstand hervor

und hielt ihn dicht vor die Wand. Und da war es, kaum mehr als ein schwacher Farbspritzer: ein kleines Quadrat aus roter Farbe.

„Das ist es", jubelte Gameknight und riss vor Aufregung die Augen auf. „Das muss der Eingang zur Zombiestadt sein."

„Sehr schön", sagte Hunter und zog eine Diamantspitzhacke hervor. „Klopfen wir mal an und sehen, ob jemand zu Hause ist."

„Nein!", protestierte Crafter. „Wir müssen leise und clever vorgehen. Wir können es schließlich nicht mit einer ganzen Stadt voller Zombies aufnehmen."

„Vielleicht kannst du uns ja mit deiner Schere beschützen", frotzelte Hunter.

Crafter grinste sie an.

„Es muss irgendwo einen Schalter geben", vermutete Gameknight, und dann bemerkte er den einsamen Block, der aus der ansonsten flachen Wand herausragte.

Er drückte mit aller Kraft dagegen. Ein leises Klicken erklang und hallte von den Wänden wider. Bevor irgendjemand reagieren konnte, glitten die Steinwände zur Seite und gaben den Blick auf einen langen, dunklen Tunnel frei, dessen Ende von einem unheimlichen grünen Licht erhellt wurde.

„Schnell“, drängte Gameknight und führte sie in den Tunnel.

Sie schlichen durch den Steingang, und die schweren Türen schlossen sich hinter ihnen. Als sie das Ende des Tunnels erreichten, wollten sie ihren Augen kaum trauen: Vor ihnen erstreckte sich eine riesige Ansammlung quadratischer Gebäude auf dem Boden einer großen Höhle, und zwischen den flachen Häusern wieselten mindestens hundert Zombies herum, während weitere aus den Tunneln am anderen Ende der Kammer kamen.

Wie sollen wir hier meine Schwester finden?

Er drehte sich erschaudernd zu seinen Freunden um. Sie waren mindestens hundert zu eins unterlegen … Dieses Unterfangen war unmöglich.

„Na, das sieht doch mal nach Spaß aus“, erklärte Hunter lachend und klopfte Gameknight999 auf die Schulter. „Danke, dass du uns hergebracht hast … Das war eine *tolle* Idee.“

Ihr Sarkasmus verletzte und ärgerte ihn … jagte ihm aber auch Angst ein.

„Irgendwie muss ich meine Schwester in dieser Stadt finden“, sagte Gameknight. „Für euch ist das zu gefährlich. Ihr solltet umkehren. Ich schaffe das allein.“

„Ja … klar“, gab Hunter zurück. „Ich lasse doch nicht zu, dass du dich hier allein amüsierst. Außerdem wirst du wahrscheinlich irgendwelche Dummheiten machen und mich brauchen, um dich zu retten … wie immer. Ich bleibe bei dir.“

„Ich auch“, sagten die Woodcutter gleichzeitig.

„Wir sind alle dabei“, fügte Crafter hinzu. „Los geht's.“

Gameknight schaute seine Freunde gerührt an. Er war so dankbar dafür, dass sie hier waren und ihm helfen wollten. Es war schön, Freunde zu haben.

„Okay, dann werden wir Folgendes tun.“

Er erklärte ihnen seinen Plan, während er auf die Stadt herabblickte, und als sich die Puzzleteile in seinem Kopf zusammensetzten, wurde ihm klar, wie gefährlich das Ganze war. Ihre Erfolgsaussichten waren verschwindend gering, und es stand zu befürchten, dass sie in dieser Zombiestadt ihrem Verderben entgegengingen. Aber sie hatten keine andere Wahl, und so marschierten sie langsam auf die Stadt zu. Mit jedem schlurfenden Schritt ärgerte er sich mehr über seine blöde Schwester.

KAPITEL 18

EIN STURM AM HORIZONT

Während Monet Ba-Jin durch die gewundenen Straßen der Zombiestadt folgte, liefen ihnen die Zombiekinder hinterher. Sie versuchten, sich zu verstecken, blieben im Schatten oder verbargen sich hinter Steinwänden, folgten ihnen jedoch den ganzen Weg bis zu Ba-Jins Haus. Erneut verlor Monet die Orientierung, als sie sich im Zickzack über den Höhlenboden bewegten. Irgendwann hatten sie endlich ihr Ziel erreicht. Ba-Jin öffnete die Tür und betrat ihr Zuhause, und Monet blieb ihr dicht auf den Fersen.

„Da wären wir", sagte Ba-Jin stolz.

Monet sah sich um und stellte erschrocken fest, dass das Gebäude nur spärlich eingerichtet war. Eigentlich waren es nur vier Wände, die einen Raum umschlossen. Das Haus bestand größtenteils aus Stein, aber hier und da fand sich auch ein Block Myzel und Kies. Dann wurde ihr die Bedeutung dieser Blöcke klar … Das waren die einzigen Blöcke, die ein Enderman anheben und stehlen konnte.

Die Endermen sind also dafür verantwortlich, dass diese Materialien hier landen, dachte sie. *Es muss eine Art Beziehung zwischen den Zombies und den großen schwarzen Kreaturen geben.*

Während sie sich im Zimmer umsah, ließ Ba-Jin sie nicht aus den Augen.

„Mo-Nee wirkt nicht sonderlich … beeindruckt", stellte Ba-Jin fest.

„Na ja, es ist ein netter … äh … Raum."

„Er ist größer als viele andere in der Zombiestadt", ergänzte Ba-Jin stolz.

„Das ist er bestimmt, aber ihm fehlt Persönlichkeit."

„Was … äh … meint Mo-Nee damit?"

„Ein Zuhause sollte die Persönlichkeit der Bewohner widerspiegeln", erklärte Monet, während sie durch das Zimmer ging. Dann drehte sie sich um und trat wieder nach draußen, um sich das Haus von außen anzuschauen. „Das hier ist nichts als eine leere Wand. Wir könnten ihr ein wenig Farbe verpassen, damit sie etwas über die wunderschöne Person aussagt, die hier lebt."

Ba-Jin errötete kurz, wobei ihre grünen Wangen puterrot anliefen, dann sah sie ihre Freundin aufgeregt und erwartungsvoll an. Sie betrachtete lächelnd ihr buntes Shirt und schaute erneut ihre Freundin an.

„Was sollte Mo-Nees Meinung nach getan werden?“, wollte Ba-Jin wissen.

„Ich finde, wir sollten dafür sorgen, dass diese Wand genauso schön aussieht wie du“, erwiderte Monet. „Und dafür brauchen wir Hilfe!“

Einige der Zombiekinder, die sich in der Nähe versteckt und gelauscht hatten, kamen langsam hinter dem Nachbarhaus hervor.

„Kommt alle her!“, rief Monet. „Wir werden diese Wand bemalen.“

Monet holte die vielen Blumen, die sie mit in die Zombiestadt gebracht hatte, aus ihrem Inventar hervor und legte sie auf den Boden. Sie schnappte sich eine grüne und zeigte den Zombies, wie man sie zu einer Paste zermahlte und dann einen Farbstreifen auf die Wand brachte.

„Jeder nimmt sich ein paar Blumen und sucht sich eine Wand aus. Wählt Farben aus, die euch gefallen, und fangt an zu malen.“

Die Zombiekinder sahen einander an und waren unsicher, was sie tun sollten. Dann trat eins beherzt vor, nahm sich eine Handvoll weißer Blumen und begann, sie zu zermahlen. Das ermutigte die anderen, und alle wählten eine Farbe aus. Innerhalb kürzester Zeit waren alle vier Wände mit roten Streifen, grünen Flecken und blauen Spritzern versehen. Zum ersten Mal in ihrem Leben drückten die Zombiekinder ihre Gefühle aus und dachten zur Abwechslung mal nicht ausschließlich an das Wohl des Clans.

„Sehr schön. Mir gefällt die Kombination aus Grün und Weiß“, sagte Monet zu einem Kind, dessen Arbeit sie begutachtete. „Der Kontrast zwischen hell und dunkel sieht toll aus.“

Das Kind strahlte.

„Oh, wow, sieh sich einer an, was du da gemacht hast“, lobte Monet, als sie zur nächsten Wand ging.

Darauf waren mehrere Rottöne miteinander vermischt worden, die man bei einem Sonnenuntergang sah, ergänzt durch eine schwache blaue Linie ganz oben und etwas Gelb, das die untergehende Sonne symbolisierte.

„Das ist Da-Rays liebste Tageszeit … der Sonnenuntergang“, erklärte das Zombiekind.

„Da-Ray, das ist fantastisch. Es sieht so echt aus, als würde die Sonne wirklich gerade untergehen.“

Monet drückte eine Hand gegen die Wand, um den warmen roten Himmel zu berühren. Natürlich hatte sie danach rote Farbe an den Fingern. Plötzlich geschah etwas Seltsames: Da-Ray trat vor Monet und schaute erst Ba-Jin, dann Monet und schließlich ihr hellblaues Shirt an.

„Ahh ... Du möchtest so ein Shirt wie Ba-Jin haben?"

Das Zombiemädchen nickte.

Lächelnd trug Monet rote Farbe auf Da-Rays Shirt auf und ergänzte grüne Spritzer an den Seiten. Dann fügte sie etwas Weiß und ein paar rosa Striche hinzu, gefolgt von einer Linie aus blauen Punkten. Monet war so in ihre Arbeit vertieft, dass sie gar nicht bemerkte, wie die anderen Zombies innehielten und sich um sie versammelten, um ihr bei der Erschaffung ihres Kunstwerks zuzusehen.

„Na also ... Das sieht nett aus", meinte Monet, als sie fertig war. „Was sagst du dazu?"

Da-Ray blickte auf ihr Shirt herab und lächelte. Wahrscheinlich zum ersten Mal in ihrem Leben zeichneten sich Zuversicht und Stolz auf ihrem Gesicht ab.

Die anderen Zombies traten alle vor und wollten auch so ein Shirt haben.

„Nein, nein, nein", protestierte Monet und erntete prompt traurige Blicke. „Ihr habt das falsch verstanden. In jedem steckt ein Künstler, ihr müsst es nur versuchen. Sucht euch einen Partner und bemalt gegenseitig eure Shirts, so wie ihr es auch an der Wand gemacht habt."

Die Zombies musterten einander unsicher, dann entfuhr einem ein aufgeregtes Kichern, das eine Lawine an Kreativität auslöste. Die Zombies bemalten einander voller Begeisterung, als hätten sie Angst, dass die Gelegenheit bald vorbei sein könnte. Sie erschufen unglaubliche Farbmuster und -formen, jeder versuchte, den anderen zu übertreffen, und alle strahlten.

Auf einmal hallte lautes Stöhnen durch die Luft, gefolgt von metallischem Klappern. Die Zombiekinder hörten auf zu malen und drehten sich in die Richtung um, aus der das Geräusch kam, während ihr Lächeln verblasste.

„Was ist denn los?", erkundigte sich Monet.

„Noch eine Versammlung", antwortete eins der Kinder, dessen Shirt mit einem zarten Muster aus Grün und Gelb versehen war, das Monet an die Hügel vor Crafters Dorf erinnerte. Die kleinen gelben Quadrate sahen wie kleine Blumen aus. „Es ist Pflicht … Alle Zombies müssen gehen … Sofort."

Die Kinder säuberten sich die Hände an den Grasblöcken, die überall herumlagen, dann zogen sie los … Alle bis auf Da-Ray und Ba-Jin.

Da-Ray machte sich die Hände sauber und wollte schon gehen, drehte sich aber noch mal zu Monet um. Sie betrachtete die bunte Wand, dann ihr hübsches Shirt und lächelte. Während sie Monet in die dunklen Augen schaute, trat sie näher, damit niemand ihre Worte hören konnte.

„Mo-Nee, das ist eine große Gabe."

„Oh … Das ist doch gar nichts. Ich habe nur …"

Sanft legte Da-Ray Monet eine Klauenhand auf die Schulter und kam noch näher.

„Mo-Nee", begann sie und wirkte mit einem Mal verwirrt, als hätte sie Schwierigkeiten, die richtigen Worte zu finden. „Ich … äh … danke dir."

Dann drehte sie sich um und ging in Richtung Platz davon.

Überrascht blickte Monet Ba-Jin an.

„Hast du gehört, was sie gerade gesagt hat?", fragte Monet aufgeregt.

„Keine Zeit", wehrte Ba-Jin ab, doch auch sie schien das, was gerade passiert war, zu irritieren. „Komm."

Erneut führte Ba-Jin Monet durch das Straßengewirr zurück zum Platz. Unterwegs drang erneut das metallische Klappern an ihre Ohren, dann ein

Schrei, gefolgt von zwei weiteren. Irgendwo fand ein Kampf statt, und der schien todernst zu sein. Als das Duo schließlich den Platz erreichte, stellten sie fest, dass Vo-Nas gegen den größten Zombie kämpfte, den sie je gesehen hatten. Die gigantische Kreatur hielt ein gewaltiges goldenes Schwert in der Hand und trug eine schimmernde Goldkrone, die wie ein Ring aus furchterregenden Klauen aussah. Sein Kettenhemd aus Eisen glitzerte, als wäre es mit seltenen Smaragden besetzt, und die Metallringe reflektierten das Licht sämtlicher Gesundheitsbrunnen, sodass es zu funkeln schienen. Sein eckiges Gesicht war zu einer bösartigen Fratze verzerrt, und seine Augen leuchteten wild und rot. Die enorme Kreatur war der Inbegriff eines Monsters.

Der riesige Zombie schwang seine Klinge mit aller Macht und zielte auf Vo-Nas' Kopf. Der duckte sich und wirbelte nach links, um die entblößte Seite des Monsters zu attackieren, aber als der kleinere Zombie angriff, war das Schwert des größeren bereits da, um seine Flanke zu schützen. Blitzschnell stach der große Zombie auf Vo-Nas ein und zertrümmerte seine Brustplatte und seinen Helm. Dann drehte sich der Angreifer, schwang seine Klinge herum und zerbrach Vo-Nas' Beinschützer. Vo-Nas machte einen

Schritt nach hinten und betrachte die Zombies, die den Kampf beobachteten, ebenso traurig wie resigniert.

Will ihm denn keiner helfen?, dachte Monet. *Ich verabscheue diese Gewalt. Vielleicht sollte ich hochgehen und sie aufhalten.*

Sie trat einen Schritt vor, aber Ba-Jin hielt sie am Arm fest.

„So läuft das in Zombiestädten. Ba-Jin hätte gedacht, dass … ähh … Mo-Nee das weiß."

„Was genau meinst du?"

„Wenn wir einen neuen Anführer bekommen … Das passiert durch einen Kampf", sagte Ba-Jin, während sie Vo-Nas' erfolglose Versuche beobachtete, sein Schicksal hinauszuzögern. „Nur die Stärksten können Anführer sein."

„Stärke kann auf viele Arten gemessen werden", meinte Monet. „Gewalt ist kein guter Maßstab."

Ba-Jin musterte ihre Freundin verwirrt, wandte sich dann aber wieder dem Kampf zu. Inzwischen war Vo-Nas' Gesundheit aufgebraucht. Der ehemalige Anführer fiel zu Boden und verschwand, sodass nur noch eine Ansammlung von Gegenständen und drei leuchtende Erfahrungskugeln übrig blieben. Der neue Anführer trat vor und nahm die Erfahrung in sich auf. Danach blickte er auf die Bürger der Zombiestadt herab. Monet hatte das Gefühl, er würde sie direkt anstarren und versuchen, ihre Tarnung zu durchdringen. Ängstlich versteckte sie sich hinter Ba-Jin.

„Ein neues Zeitalter der Zombies bricht an", verkündete der neue Anführer. „Ein gewaltiger Sturm braut sich am Horizont zusammen, und schon bald werden die Zombies von Minecraft die Oberwelt zurückerobern. Dieser Zombie hat den alten Anführer dieser Zombiestadt besiegt und die Führung übernommen. Alle Zombies werden den neuen Anführer Xa-Tul nennen, den König aller Zombies. Xa-Tul wird das Zombievolk in eine neue Ära führen."

Viele Zombies jubelten, hielten aber inne, als eine weitere Gestalt neben ihrem neuen König auf der Plattform auftauchte. Diese Kreatur wirkte finster und bedrohlich; Gewalt und Hass schienen in jede Faser ihres Wesens eingewoben zu sein. Sie war kleiner als der neue Anführer, jedoch von einer Aura der Stärke und Macht umgeben, und keiner zweifelte daran, dass sie jeden Zombie in der Höhle umbringen konnte, wenn sie es nur wollte.

Monet fröstelte, als sie den Neuankömmling betrachtete. Seine leuchtenden Augen machten ihr solche Angst, dass sie am liebsten weggelaufen wäre. Sie kannte diese Augen … diese brennenden, hasserfüllten Augen. Die Gerüchte waren wahr! Er stand direkt vor ihr.

Das war Herobrine.

„Seht, der Schöpfer ist hier, um die Zombies …"

Herobrine hob eine Hand, um den Zombiekönig zum Schweigen zu bringen, und seine Augen leuchteten sogar noch heller.

„Er ist hier … Ich kann ihn spüren."

„Was?", fragte Xa-Tul.

„Er ist hier … Ich spüre ihn auf diesem Server. Der Benutzer-der-kein-Benutzer-ist ist hier auf diesem Server", sagte Herobrine laut.

Monet zitterte immer heftiger.

Herobrine ist hinter meinem Bruder her.

Herobrine sammelte seine ganze Schatten-Crafter-Kraft und stieß ein lautes, sorgenvolles Kreischen aus, das durch ganz Minecraft zu dringen schien und alle Serverebenen erbeben ließ. Monet klammerte sich an Ba-Jins Schultern, als der Schrei in ihren Verstand eindrang und sich auf einmal alles um sie zu drehen schien. Sie musste sich an ihrer Freundin festhalten, um nicht hinzufallen.

Ba-Jin sah Monet an.

„Was war das?"

„Ich weiß es nicht", antwortete Monet. „Aber es hat bestimmt nichts Gutes zu bedeuten."

Herobrine blickte mit leuchtenden Augen zu Xa-Tul auf.

„Alle Zombieclans und die Schwestern werden herkommen, um uns bei diesem Krieg zu unterstützen; so lautet mein Befehl. Du weißt, was hier zu tun ist", sagte Herobrine mit bebender, lauter Stimme zum Zombiekönig. „Ich werde unsere Monsterfreunde von allen Serverebenen auf diesen Server bringen. Wir werden unsere Rache bekommen."

Xa-Tul sah auf Herobrine hinab, der mit einem Mal verschwand, dann drehte er sich zu den Bürgern der Zombiestadt um.

Monet und Ba-Jin schauten einander mit besorgten, angsterfüllten Mienen an.

„Irgendetwas wird passieren", sagte Monet, „und ich glaube nicht, dass das für irgendjemanden gut sein wird."

Ba-Jin nickte, und Monet drehte sich wieder zum Zombiekönig um. Sie hatte plötzlich große Angst um ihren Bruder.

KAPITEL 19

EINE NADEL IM HEUHAUFEN

Gameknight dröhnten die Ohren von dem durchdringenden Kreischen.

„Was war das?“, fragte Crafter.

„Keine Ahnung“, antwortete Gameknight kopfschüttelnd, „aber es hat sich angefühlt, als hätte es Minecraft in seinem Innersten erschüttert … als wäre es durch alle Serverebenen gegangen.“

Hunter grunzte. „Das war doch nur eins dieser erbärmlichen Tiere da in der Höhle.“

„Na kommt … Ich muss meine Schwester finden.“

Gameknight ging die Treppe hinunter und zum ersten Gebäude, bei dem sich die anderen versteckten. Das gedrungene Erdhaus bestand aus nichts als vier Wänden und einer Öffnung, um hineinzukommen, es gab weder Tür noch Fenster. Er schaute kurz hinein, aber da war nichts … rein gar nichts. Keine Möbel, keine Betten, nur eine Fackel an einer der leeren Wände und ein Steinboden. Er sprintete zum nächsten Haus, so schnell es sein Zombiekörper zuließ, und umrundete einen Lavateich, der von einem

Strom aus einem Loch in der Höhlenwand gespeist wurde. Das nächste Haus war aus Sandstein und hoch oben an der Höhlenwand errichtet worden, sodass man es nur über eine Leiter erreichen konnte. Er kletterte geschwind nach oben und steckte den Kopf in das Haus … Es war ebenfalls leer.

„Wieder nichts."

„Wo sind all die Monster?", fragte Woodcutter aus dem Schatten.

Gameknight schüttelte nur den Kopf, kletterte wieder nach unten und sprintete weiter zum nächsten Haus. Es war aus Stein und stand neben einem der funkelnden grünen Brunnen, die überall in der Höhle verteilt waren. Als Gameknight sich dem Haus näherte, fühlte er sich unerklärlicherweise zu diesem Brunnen hingezogen. Sobald er darunter stand, fielen ein paar grüne Lichtfunken auf seinen Fuß und wurden sofort absorbiert … Das fühlte sich großartig an! Er trat näher heran, und weitere smaragdgrünen Funken trafen seine Beine und wurden von seiner Haut aufgenommen. Er konnte spüren, wie er stärker wurde. Schließlich trat er ganz in das grüne Licht, schloss die Augen, lehnte den Kopf zurück und badete im Gesundheitsbrunnen. Sein Körper saugte jedes bisschen der lebensspendenden

Energie gierig in sich auf.

„Was treibst du denn da?“, fragte Hunter. „Du siehst aus wie ein Idiot.“

Gameknight stellte sich aufrecht hin, öffnete die Augen und starrte sie wütend an. Sofort spannte sie ihren Bogen und legte einen Pfeil an.

„Hunter … Was machst du denn da?“, fauchte Crafter. „Das ist der Benutzer-der-kein-Benutzer-ist. Nimm die Waffe runter.“

Hunter sah den jungen Crafter über die Schulter an und musterte dann den Zombie vor sich, bevor sie den Bogen langsam runternahm.

„So, wie das Monster mich angesehen hat …“

„Du meinst *Gameknight*“, korrigierte Crafter sie.

„Ahhh … Ja … Bei diesem Blick habe ich ganz vergessen, dass es Gameknight ist.“ Hunter ließ die Bogensehne erschlaffen. „An diesem Ort bekomme ich Gänsehaut. Ich wünschte, wir könnten hier einfach TNT platzieren und alles in die Luft jagen.“

„Später“, sagte Gameknight und verließ den Brunnen. „Suchen wir zuerst meine Schwester.“

„Schwester?“, knurrte eine Stimme hinter dem nächstgelegenen Steinhaus.

Schnell verbargen sich Hunter und Crafter im Schatten.

Ein Zombie in einer Goldrüstung trat hinter dem Haus hervor und ging direkt auf Gameknight999 zu.

„Alle Zombies sollten bei der Versammlung sein und nicht am Brunnen“, sagte der Zombie leise. „Na-Sil sollte diesen Zombie den Clanführern melden. Welchen Namen trägt dieser Zombie?“

„Äh“, stammelte Gameknight, der unsicher war, wie Zombie eigentlich hießen.

In dem Augenblick trat einer der Woodcutter hinter einem der Gebäude hervor und direkt in Na-Sils Blickfeld.

„Ein NPC“, schrie der Zombie und drehte sich zu Gameknight999 um. „Schlag Alarm. Na-Sil wird diesen NPC bekämpfen, bis die anderen kommen. Na-Sil dient dem Clan!“

Dann zog der Zombie sein goldenes Schwert und ging auf Woodcutter zu. Er warf einen Blick über die Schulter und stellte entrüstet fest, dass sich Gameknight noch nicht vom Fleck gerührt hatte.

„GEH!“

Ein Pfeil sauste durch die Luft und drang direkt zwischen zwei Kettenringen in Na-Sils Schulter ein. Der Zombie schrie vor Schmerz auf und trat in den Brunnen.

„Kommt doch her! Na-Sil wird alle vernichten.“

Der nächste Pfeil traf das Bein des Zombies, der jedoch nicht vor Schmerz aufschrie, da der Brunnen sofort sämtliche verlorene Gesundheit wiederherstellte. Gameknight betrachtete erst den Brunnen, dann den Zombie und wusste, dass sie das Monster hier niemals besiegen würden. Er nahm seinen ganzen Mut zusammen und ging mit ausgestreckten Armen und Klauen auf den Zombie zu. Nachdem er die Schultern der Kreatur gepackt hatte, versenkte die Klauen in der goldenen Rüstung und stemmte sich mit aller Kraft gegen das Monster.

„Was passiert mit Na-Sil?“, fragte der Zombie völlig verwirrt.

Gameknight erwiderte nichts und schob den goldenen Zombie einfach weiter aus dem Gesundheitsbrunnen heraus. Dann kamen die Holzfäller mit gezückten Äxten angerannt. Sie hackten auf das Monster ein, während der Zombie sein goldenes Schwert schwang. Es konzentrierte sich auf einen Woodcutter und schlug mit einer Wildheit auf den Holzfäller ein, dass der andere kurz zurücktrat. Nach drei mächtigen Hieben verschwand Woodcutter mit einem Ploppen und ließ nur einen Haufen aus Rüstung und Gegenständen zurück.

„NEIN!“, schrie Gameknight entsetzt.

Er schlang die Arme um den gepanzerten Körper des Zombies und hielt ihn fest.

„Hör auf, und kämpfe gegen Na-Sil", verlangte der Zombie, aber Gameknight ließ ihn nicht los.

„Jetzt … greift an", rief der Benutzer-der-kein-Benutzer-ist seinen Freunden zu.

Weitere Pfeile kamen aus der Dunkelheit geflogen. Nach und nach senkte Hunter die Gesundheit des Zombies, und der zweite Woodcutter schwang seine schwere Axt.

„Neeeein …", flehte Na-Sil seinen Zombiebruder über die Schulter an. Die Verwirrung über diesen Verrat stand ihm deutlich ins vermoderte Gesicht geschrieben.

Gameknight hielt ihn erbittert fest.

Hunters nächster Pfeil entzog dem Zombie den letzten Rest seiner Lebenskraft. In dem Augenblick, in dem das Leben aus dem Körper des Zombies wich, konnte Gameknight irgendwie die Furcht und Verzweiflung des Monsters spüren. Es dachte traurig an seine Frau und sein Kind, als ihm klar wurde, dass dies das Ende war und es sie nie wiedersehen würde. Der Zombie starrte Gameknight über die Schulter an und wollte noch etwas sagen, doch da war seine Lebenskraft auch schon erloschen. Zurück blieben nur eine Rüstung und drei leuchtende Erfahrungskugeln. Gameknight beugte sich vor, um die Rüstung aufzuheben, und konnte spüren, wie die Erfahrung in seinen Körper floss und ihn stärkte. Er legte die Rüstung an und fühlte sich einen Moment lang schuldig. Dieser Zombie hatte niemanden verletzt, hatte nichts falsch gemacht … Doch sie hatten ihn getötet, weil er ein Zombie war. Das kam ihm nicht richtig vor und machte ihn traurig.

„Was ist denn los, Gameknight, warum lächelst du nicht?“, fragte Hunter. „Wir haben das Monster besiegt.“

Gameknight999 sah seine Freundin an, und ihr erfreuter Blick deprimierte ihn. Sie hatte tatsächlich Spaß daran gehabt, den Zombie zu vernichten.

„Aber zu welchem Preis?“, entgegnete Gameknight. „Zwei Individuen haben ihr Leben verloren.“

„Zwei?“ Hunter war verwirrt. „Ich habe Woodcutter verschwinden sehen, aber wer war der andere?“

„Der Zombie. Er hat nichts getan, womit er den Tod verdient gehabt hätte“, erklärte Gameknight. „Er hatte eine Frau und ein Kind, und seine letzten Gedanken galten seiner Familie. Es machte ihn sehr traurig, dass er sie nie wiedersehen würde.“

„Er war kein *Individuum,* sondern ein *Monster,* und ich bin froh, dass es tot ist. Aber ich trauere um Woodcutter."

Langsam hob Hunter eine Hand mit gespreizten Fingern. Die anderen taten es ihr nach, dann ballten sie alle gleichzeitig die Hand zur Faust und senkten den Kopf, um sich an den Gefallenen zu erinnern. Mit dieser Ehrenbezeugung würdigen die NPCs einen der ihren, der sein Leben verloren hatte.

„Wir werden ihn vermissen", sagte Crafter und trat vor. „Aber wir müssen weiter und Gameknights Schwester finden." Er wandte sich an Gameknight. „Es ist vermutlich am besten, wenn du diese Rüstung anlegst und sein Schwert nimmst. Du wirst es vielleicht brauchen ... Schließlich kannst du nicht einfach deine Diamantrüstung und dein verzaubertes Diamantschwert rausholen, wenn du willst, dass die Monster dich für einen der ihren halten."

„Ach, das hab ich euch noch gar nicht erzählt", meinte Gameknight. „Ich habe keinen Zugriff auf das Inventar, das ich als Benutzer hatte. Die Diamantrüstung und das Diamantschwert sind weg, irgendwo im Code von Minecraft versteckt. Ich bin froh, dass ich jetzt das goldene Schwert habe, um mich zu verteidigen."

„Das wird ja immer besser“, moserte Hunter.

In diesem Augenblick hörten sie Jubel aus dem Zentrum der Stadt. Gameknight legte den Rest der Rüstung an, lief zum Rand des Steingebäudes und lugte um die Ecke. In der Ferne konnte er eine große offene Fläche in der Höhlenmitte erkennen, auf der sich viele Zombies aufhielten.

„Kommt, wir müssen zu dieser Versammlung“, sagte Gameknight.

Die anderen NPCs schauten um die Häuserecke und zogen sich schnell wieder zurück.

„Du willst, dass wir da hingehen?“, fragte Woodcutter.

Gameknight ignorierte die Frage und ging einfach auf die Zombies zu, bis er plötzlich festgehalten wurde. Als er sich umdrehte, stellte er fest, dass es Crafter war.

„Wir können da nicht hingehen“, erklärte Crafter seinem Freund. „Das wäre der reinste Selbstmord.“

„Du hast recht“, stimmte Gameknight ihm zu. „Ich gehe allein.“

„Aber wenn einer der Zombies herausfindet, dass du nicht zu ihnen gehörst“, fügte Woodcutter hinzu, „dann werden sie …“

Er beendete den Satz nicht.

„Ich muss aber gehen … Meine Schwester ist irgendwo da draußen, und ich bin für sie verantwortlich. Ich muss auf sie aufpassen, wenn mein Dad nicht da ist …“ Gameknight stockte kurz und dachte an seine Eltern. Seine Mutter war vermutlich gerade oben und bereitete irgendetwas Tolles zum Frühstück vor, aber sein Dad war wieder unterwegs. Es machte beinahe den Anschein, als wäre er häufiger weg als zu Hause. Und dann musste Gameknight der Mann im Haus sein und dafür sorgen, dass es seiner Schwester gutging … Das war seine Aufgabe, seine Verantwortung, und das hatte er vermasselt, indem er zugelassen hatte, dass sie in Minecraft hineingezogen worden war. Er hatte sich immer bei seinen Eltern beschwert, dass er wie ein Erwachsener behandelt werden und mehr Verantwortung übernehmen wollte, aber jetzt wünschte er sich das genaue Gegenteil. In diesem Augenblick wollte er nur ein Kind sein … kein Zombie … nicht der Benutzer-der-kein-Benutzer-ist … nur ein ganz normales Kind, das nicht in Minecraft gefangen war.

„Aber wie willst du sie da draußen finden?“, fragte Hunter, während sie einen Pfeil anlegte. „Die sehen doch alle gleich aus … hässlich und widerwärtig. Man kann einen dreckigen Zombie nicht vom anderen unterscheiden."

„Ich weiß es nicht, aber ich muss es versuchen ..."

„Dann werden wir Folgendes tun", bestimmte Crafter. „Du gehst deine Schwester suchen, und wir bereiten deine Flucht vor. Wenn du sie findest, läufst du direkt zum Ausgang. Wir warten dort auf dich ... Und vielleicht haben wir auch ein paar Überraschungen für die Zombies parat."

Ein schelmisches Grinsen umspielte Crafters Mund. In Woodcutters und Hunters Gesicht spiegelten sich Entschlossenheit und Zuversicht, aber auch Angst wider.

Hunter steckte den Kopf um die Ecke, betrachtete die Versammlung und zog ihn schnell wieder zurück.

„Es war wirklich eine *tolle* Idee, hier runterzukommen", knurrte sie voller Sarkasmus. Dann richtete sie ihre Rüstung und setzte sich einen Eisenhelm auf. „Legen wir los."

Gameknight nickte, trat um die Ecke und ging schnurstracks auf die größte Ansammlung von Zombies zu, die er je gesehen hatte.

KAPITEL 20

GEFÄHRLICHE GEDANKEN

Zaghaft entfernte sich Gameknight von den Häusern aus Stein und Sand und ging auf den Platz zu. Vor sich sah er Hunderte Zombies, deren grüne Haut, blaue Shirts und dunkle Hosen sich zu einer einzigen Farbmasse vermischten. Die Zombies standen dicht beieinander und hörten dem Zombie auf der Plattform zu.

Gameknight vermutete, dass es sich dabei um ihren Anführer handelte. Der Zombie trug eine Krone, die wie ein Ring aus scharfen Klauen um seinen Kopf lag und im Licht eines Gesundheitsbrunnens funkelte. Sein verziertes Kettenhemd lag so eng an seinem riesigen Körper an, dass sich seine Muskeln darunter abzeichneten. Wenn das Monster atmete, schwang das Hemd leicht mit und die engen Ringe klirrten gegeneinander.

Dies war kein gewöhnlicher Zombie. Er überragte die anderen, die ihm gerade mal bis zur Schulter reichten, aber das war es nicht, was Gameknight999 Sorgen bereitete. Nein, dieser Zombiekönig hatte etwas Bösartiges an sich, als wäre er nur zu einem Zweck geschaffen worden: um andere zu vernichten.

Gameknight erschauderte bei seinem Anblick. Dieses Monster erinnerte ihn an seinen alten Feind Erebus, den Enderman, den Gameknight auf den Stufen zur Quelle vernichtet hatte, um Minecraft und all seine Freunde zu retten. Es war, als wären Erebus und diese Kreatur vom gleichen Schlag oder vielleicht von denselben Händen gefertigt worden. Allein der Gedanke ließ ihn vor Furcht erzittern.

Nein, ich werde keine Angst haben, dachte er. *Ich habe eine Aufgabe zu erledigen, und meine Schwester ist hier irgendwo … Aber wo?*

Es war unmöglich, einen Zombie vom anderen zu unterscheiden. Sie sahen alle gleich aus. Als er sich die Zombies in seiner Nähe genauer ansah, bemerkte Gameknight jedoch feine Unterschiede. Einer hatte eine lange Narbe auf einem Arm, ein anderer eine vernarbte Wange, und einem dritten fehlte ein Ohr. Alle sahen so aus, als hätten sie Kämpfe durchgestanden, sogar die jungen.

Ob Monet auch Narben hat?

Gameknight drängte sich weiter durch die Menge und musterte die Zombies um sich herum in der Hoffnung, etwas zu Bekanntes zu entdecken.

Wie soll ich sie hier nur finden?, dachte er verzweifelt.

Die Stimme des Anführers hallte dröhnend über den Platz.

„Wenn der Schöpfer mit den Zombies von den anderen Servern zurückkehrt, wird es Zeit, die NPCs der Oberwelt leiden zu lassen. Diese erbärmlichen Dorfbewohner werden daran erinnert, warum sie die Nacht fürchten sollten, weil dann das Volk der Zombies über ihre Dörfer hereinbricht."

Der Zombiekönig hielt kurz inne, um seine Untertanen böse anzustarren und mit seinen wütenden dunklen Augen einzuschüchtern. Plötzlich bemerkte Gameknight etwas in seinen Augen ... Sie schienen zu leuchten. Die bösartige Finsternis schien sich auszubreiten und zu vertiefen, sodass seine Augen wie bodenlose Gruben wirkten. Wo sie auch hinsahen, schien sich Hoffnungslosigkeit unter den Zombies in der Menge auszubreiten, deren Widerstandswille augenblicklich erlosch.

Sie hatten keine andere Wahl, als ihrem Anführer zu gehorchen.

Die Augen des Zombies erinnerten Gameknight an etwas ... Nein, an jemanden. Sie erinnerten ihn an seine letzten Feinde Erebus und Malacoda. Sie hatten etwas gemeinsam: In ihren Augen funkelte der Hass auf alles Lebendige, und das galt auch für diesen Zombiekönig Xa-Tul.

„Die NPCs werden zerquetscht wie Ameisen, wenn die zweite große Zombieinvasion über das Land zieht“, fuhr Xa-Tul fort. „Und als Anführer des Zombievolks wird Xa-Tul an vorderster Front stehen und alle NPCs bestrafen, die sich widersetzen.“

Die Zombies stöhnten und jubelten, sie knurrten wie ein Rudel wilder gefräßiger Raubtiere. Doch dann durchbrach eine einzelne hohe Stimme das sorgenvolle Stöhnen und das Jubeln.

„Aber warum?“, rief die einsame Stimme.

Das Jubeln ebbte ab, als alle, die um diesen aufmüpfigen Zombie herumstanden, verstummten.

„Was war das?“, knurrte Xa-Tul.

Betretene Stille senkte sich herab. Gameknight konnte die Furcht der Zuhörer spüren; aber sie ängstigten sich nicht vor der einsamen Stimme, die ihren König hinterfragte, sondern vor Xa-Tuls Rache.

„Warum?“, beharrte die junge Stimme. „Warum müssen wir die NPCs angreifen?“

Xa-Tul sah immer wütender und frustrierter aus. Gameknight kannte nur einen Menschen, der jemandem mit so wenigen Worten auf die Palme bringen konnte: seine Schwester. Es musste Monet113 sein.

„Zombies vernichten NPCs, weil es so schon immer gewesen ist. NPCs sind die Todfeinde der Zombies.“

„Warum?“

Was treibt sie denn da?, dachte Gameknight. *Sie muss vorsichtig sein … Mit diesem Monster ist nicht zu spaßen.*

Xa-Tul runzelte die Stirn und hielt Ausschau nach demjenigen, der es wagte, ihm zu widersprechen. Gameknight tat dasselbe und suchte zwischen den Zombies nach seiner Schwester.

Dann sah er es … Etwas Farbe in der Menge … Gelbe, rote und blaue Kleckse, die zwischen diesen verrottenden Monstern hervorschimmerten. Gameknight trat näher und entdeckte immer mehr Farben … Junge Zombies mit Bildern auf den Shirts, die kurz bunt aufblitzten. Und inmitten dieses Farbwirbels stand ein einsames Zombiekind, das trotzig zu Xa-Tul hochblickte und die Hände voller Farbe hatte.

Das muss sie sein.

Als er nähertrat, konnte er Monet noch besser hören.

„Warum müssen Zombies und NPCs Todfeinde sein?“

Xa-Tul stieß ein so durchdringendes Heulen aus, dass sich alle Zombies die Ohren zuhielten.

„Warum soll Xa-Tul das einem Kind erklären? Es ist, wie es ist!"

„Ich will es aber wissen!", beharrte Monet.

Erneut knurrte Xa-Tul, und als er dann fortfuhr, schwang ein gefährlicher Unterton in seiner Stimme mit. „Zombies sehen alle gleich aus und leben in Clans. NPCs sind alle unterschiedlich, manche leben in Dörfern, andere allein. NPCs sehen anders aus als wir und riechen anders. Sie essen das Fleisch von Tieren und Pflanzen. Zombies erhalten ihre Gesundheit von den wundervollen Brunnen, die überall in der Höhle stehen. NPCs und Zombies sind in jeder Hinsicht verschieden."

„Nur weil sie verschieden sind, müssen sie doch nicht gleich vernichtet werden", erwiderte Monet. „Schweine unterscheiden sich auch von Zombies, müssen wir dann auch Krieg gegen Schweine führen?"

Xa-Tul fauchte, und seine Augen wurden noch dunkler und wütender.

Ich muss zu ihr, bevor sie diesen Zombiekönig noch richtig wütend macht … wie Snipes und Brandon in der Schule.

Gameknight drängelte sich zwischen den Zombies durch und versuchte, unbemerkt zu seiner Schwester zu gelangen. Seine Furcht wurde immer größer; er hatte ebenso Angst um seine Schwester wie Furcht vor dem riesigen Zombiekönig. Er beeilte sich, ließ Xa-Tul jedoch nicht aus den Augen.

„Die NPCs haben die erste große Zombieinvasion aufgehalten und das Zombievolk von Minecrafts Oberfläche verbannt. Zur Strafe mussten wir unter der Erde leben und uns von den Gesundheitsbrunnen ernähren. Wie jeder weiß, muss ein Zombie sterben, wenn er den Brunnen zu lange fernbleibt. Daher sind die Zombies an diese Brunnen gefesselt und gezwungen, unter der Erde und ohne frische Luft zu leben. Dann wurden die Zombies verändert, sodass die Sonnenstrahlen sie töten können und der Himmel ihnen für immer verborgen bleiben wird."

„Der Himmel … Der Himmel … Der Himmel …", murmelten die Zombies um Gameknight herum. Er konnte ihre Sehnsucht in seinem Zombiekörper spüren. Der blaue Himmel war eine ferne Erinnerung, die alle Zombies in sich zu tragen schienen; das Glücksgefühl, das tiefe Blau über Minecraft zu betrachten, blieb den Zombies verwehrt. Der Gedanke daran machte Gameknight tatsächlich wütend, was seltsam war … Er war schließlich kein Zombie, schien sich aber genau wie sie daran zu erinnern.

„Die NPCs sind zu unterschiedlich, als dass wir Zombies mit ihnen leben könnten … Sie müssen vernichtet werden, und das sollte jedem Zombie genügen."

„Es ist nicht genug für Ba-Jin", sagte ein Zombiemädchen und trat neben Monet. Gameknight bemerkte, dass auch ihr Shirt mit fröhlichen Farben verziert worden war. Dann stellte sich ein weiter farbenfroher Zombie an Monets andere Seite. Plötzlich trat eine ganze Gruppe Zombiekinder vor, die alle mit einer Vielzahl an Farben bedeckt waren. Gameknight fiel auf, dass viele erwachsene Zombies die bunte Gruppe mit einem milden Lächeln ansahen und über dieses Farbspektakel staunten.

„Viele haben dieselbe Frage", sagte eins der Zombiekinder, in dessen Stimme Zuversicht und Stolz mitschwangen. Die Kinder betrachteten lächelnd ihre bunten Shirts und schauten dann zu Xa-Tul hinauf.

Der Zombiekönig brüllte jetzt noch lauter und sprang von der Steinplattform herunter. Als er auf den Füßen landete, klirrte und klapperte sein Kettenhemd wie ein Windspiel. Während sich der monströse König einen Weg durch die Zombiemenge zu den Kindern bahnte, untermalte das Rasseln seiner Rüstung jede Bewegung.

Oh nein, er wird ihr etwas tun … Ich muss mich beeilen!

Viele der Erwachsenen ahnten, dass gleich etwas Schlimmes passieren würden, aber keiner wagte es, vorzutreten … abgesehen von den farbenfrohen Kindern.

Gameknight zog sein goldenes Schwert und schob sich noch schneller durch die Menge, um seine Schwester zu erreichen. Er trat den anderen auf die Füße, drängte die grünen Monster beiseite und lief, so schnell er konnte, aber er war noch immer zu weit entfernt.

Neeeein!, schrie er innerlich. *Neeeein!*

„Xa-Tul wird sich nicht von einem Kind zum Narren halten lassen!“, brüllte der Zombiekönig.

„Wo liegt denn das Problem?“, fragte Monet. „Können wir nicht darüber reden? Gewalt gegen die NPCs wird nur weitere Gewalt hervorrufen … Viele Zombies und NPCs werden sterben.“

Gameknight sah Xa-Tul näherkommen und wusste, dass er sich beeilen musste. Er musste dorthin, und zwar schnell! Er nahm sein Schwert in die linke

Hand und zwang seinen Zombiekörper zu rennen.

„Die NPCs sind nicht wie die Zombies ... Sie müssen vernichtet werden!"

„Weil sie anders sind ... Das ergibt doch keinen Sinn", gab Monet zurück. Gameknight konnte sehen, dass einige der erwachsenen Zombies, an denen er sich vorbeidrängte, über ihre Worte nachdachten und nickten, aber Xa-Tul kam immer näher ... und wurde immer wütender.

„Xa-Tuls Worte werden nicht infrage gestellt!", kreischte der Zombiekönig.

Das Monster war jetzt nur noch zwei Schritte von Gameknights Schwester entfernt ... Gameknight musste schneller werden. Doch sein Zombiekörper konnte nicht gut sprinten, und so schob er sich nur weiter durch die Menge.

„Warum willst du keine andere Lösung als Gewalt in Betracht ziehen? Die Zombies dieser Stadt verdienen eine Antwort", sagte Monet, aber ihre Stimme klang nicht mehr so zuversichtlich wie zuvor. Je näher Xa-Tul ihr kam, desto mehr Angst schwang darin mit.

Immer mehr Zombies nickten.

„Hier kommt meine Antwort!" Xa-Tul schwang er sein Schwert und zielte direkt auf Monets Kopf.

KAPITEL 21
DIE FLUCHT

Gameknight schaffte es gerade noch rechtzeitig, Xa-Tuls Klinge mit seiner abzufangen, und die beiden Schwerter prallten klirrend gegeneinander. Sein ganzer Körper wurde von der gewaltigen Kollision erschüttert, und sein Arm durch den heftigen Schlag fast taub. Xa-Tul war stark, wirklich stark, und Gameknight konnte nur mit Mühe und Not verhindern, dass das riesige Schwert seine Schwester traf. In den glühenden dunklen Augen des Zombiekönigs spiegelte sich Überraschung wider, aber auch unbändiger Hass und Brutalität. Diese Kreatur war geschaffen worden, um Schmerz und Elend zu verbreiten, und Gameknight hatte den Zorn dieser Kreatur nun von Monet auf sich gelenkt.

Was mache ich hier eigentlich?

„Was soll das?!", fauchte der Zombiekönig und starrte Gameknight999 an.

Die anderen Zombies traten zurück, um den Kämpfern Platz zu machen und damit sie nicht von Xa-Tuls riesigem Schwert getroffen wurden.

„Du wagst es, Xa-Tul herauszufordern?!"

Gameknight sagte nichts; er stand einfach nur da. Er zitterte vor Furcht am ganzen Körper, als das Monster, dessen blutrote Pupillen ihn an zwei Laserstrahlen erinnerten, auf ihn hinabblickte. Xa-Tul knurrte und beäugte sein nächstes Opfer, woraufhin Gameknight nur noch mehr in sich zusammensank. Dieses Monster war die größte Kreatur, die er je gesehen hatte, und der Enderdrache wirkte im Vergleich zu ihr wie eine harmlose Libelle.

Als er den Kopf drehte, entdeckte er Monet, die mit verwirrter, ängstlicher Miene am Rand des Kreises stand, der sich um die Kontrahenten gebildet hatte. Sie hatte ihn ganz offensichtlich noch nicht erkannt, doch ihr war klar, dass sich Xa-Tuls Wut erneut gegen sie richten würde, sobald er mit ihm fertig war.

Was soll ich nur tun? Wie kämpfe ich gegen ein so starkes Monster?

Xa-Tul hob sein Schwert hoch in die Luft und wollte die Klinge auf Gameknight999 herabsausen lassen. Doch während sich der Benutzer-der-kein-Benutzer-ist für den heftigen Schlag wappnete, flog ein brennender Pfeil durch die Luft und traf Xa-Tuls Schulter.

Hunter!, dachte Gameknight.

Das Monster ignorierte Gameknight und blickte zu der Stelle hinüber, von der der Pfeil gekommen war. In dem Augenblick drang ein weiterer Pfeil von der anderen Seite des Platzes in den Rücken der Kreatur ein.

Crafter!

Xa-Tul legte den Kopf in den Nacken und jaulte vor Wut laut auf.

„NPCS IN DER ZOMBIESTADT!", brüllte er.

Das brachte Bewegung in die Zombies. Wie eine Armee verschreckter Ameisen liefen die Monster in alle Richtungen davon und schoben sich stöhnend an Gameknight vorbei, sodass er mal hierhin, mal dorthin gedrängt wurde.

Das ist meine Chance, dachte er.

Er rannte zu Monet und umklammerte ihren Arm fest mit einer klauenbewehrten grünen Hand. Dann zog er sie von den anderen buntbemalten Zombies weg in Richtung Ausgang. Das Zombiemädchen Ba-Jin wollte Monet festhalten, aber Gameknight schob ihre Hand weg, lief weiter und zerrte Monet mit sich mit.

Nachdem sie die chaotische Menge hinter sich gelassen hatten, hielten sie weiter auf den fernen

Ausgang hoch oben in der Höhlenwand zu. Gameknight konnte hören, wie Xa-Tul die Zombies aufforderte, ihnen zu folgen, die jedoch vor lauter Angst und Panik völlig außer sich waren.

„Die NPCs kommen … Die NPCs kommen!“, schrien die Zombies und liefen planlos umher.

„Verfolgt sie … Greift diesen Zombie an“, brüllte Xa-Tul, während Gameknight weiterlief.

„Aber Zombies greifen keine anderen Zombies an“, hörte er ein Monster sagen, „es sei denn, sie wollen Anführer des Clans werden.“

Den Worten folgten ein lauter Knall und ein Schrei, als Xa-Tuls Klinge das Monster zum Schweigen brachte.

„Und jetzt … schnappt sie euch oder ihr werdet es büßen!“, schrie der Zombiekönig.

Diesmal reagierten die Zombies und knurrten laut. Als er über die Schulter blickte, sah Gameknight die Monsterhorde, die ihn schlurfend und mit ausgestreckten Armen verfolgte.

Zum Glück rennen sie nicht, dachte Gameknight, *zumindest noch nicht.*

Als Gameknight mit Monet den Platz verließ, bemerkte er angespitzte Pfähle, die von der Decke herabregneten und sich in die vordersten Zombies bohrten, die Horde jedoch nicht aufhielten. Xa-Tul bohrte sein goldenes Schwert in die langsamsten Monster und zwang den Rest, schneller zu laufen. Gameknight hörte das tiefe Knurren des Zombiekönigs durch die Höhle hallen, der den Mob anbrüllte, weil ihm die Verfolgung zu langsam ging.

Im Laufen sah Monet zu Gameknight auf.

„Wer bist du?“, fragte sie.

„Ich bin dein Bruder, Gameknight999, du Dummerchen, und ich bin hier, um dich zu retten.“

„Du willst mich retten?“, wiederholte sie und drehte sich zu der Zombiearmee um, die sie verfolgte. Dann sah sie ihren Bruder mit verschmitztem Grinsen an. „Aber wer wird dich retten?“

„Sehr witzig“, fauchte er. „Ich kann es einfach nicht fassen, dass du den Digitalisierer benutzt hast. Das war so dumm. Du hast dich in Gefahr gebracht, in eine sehr reale Gefahr, und jetzt muss ich das wieder in Ordnung bringen … wie üblich. Was hast du dir nur dabei gedacht?“

„Ich wollte bloß deine Freunde kennenlernen“, erwiderte sie. „Und bis du aufgetaucht bist, war ich auch nicht wirklich in Gefahr.“

„Machst du Witze? Dieses Monster stand kurz davor, dich umzubringen!“

„Ja, der Teil hat nicht so funktioniert, wie ich das geplant hatte", gab sie zu.

„Geplant … Seit wann planst du jemals was? Du handelst einfach, ohne nachzudenken! Und jetzt verfolgt uns eine Zombiearmee."

„Na ja", meinte sie, „es könnte schlimmer sein."

„Es könnte schlimmer sein?!"

Gameknight knurrte frustriert. Plötzlich sprang Crafter neben ihnen von einem Haus. Er blinkte zwar rot, ignorierte es aber und lief neben ihnen her.

„Hallo, du bist wohl Gameknights Schwester", sagte Crafter. „Es ist mir eine große Ehre, dich endlich kennenzulernen."

„Crafter … Ich rede mit Crafter", rief sie und war ganz aus dem Häuschen.

Crafter hielt ihr im Laufen die Hand hin, zog sie aber schnell wieder zurück, als sie ihre klauenbewehrte grüne Zombiehand ausstreckte. Er musste sich offensichtlich überwinden, sie zu berühren, aber dann schüttelte Monet ihm enthusiastisch die Hand. Crafter betrachtete seine Hand und schien überrascht zu sein, dass er nicht verletzt worden war.

„Hmm", murmelte Crafter nachdenklich und lief Gameknight hinterher. Monet kicherte noch immer vor Aufregung.

„Ich weiß alles über deine Abenteuer, Crafter", meinte Monet begeistert, während sie durch die engen Straßen liefen. „Ich habe alle Aufzeichnungen meines Bruders gelesen. Er wird ein Buch darüber schreiben, wusstest du das?"

„Ach ja?", erwiderte der NPC und zog seine Monobraue auf einer Seite hoch.

„Na ja … Das wollte ich dir noch erzählen …", gestand Gameknight und starrte seine Schwester wütend an. „Du sollst nicht in meinen Sachen rumwühlen, Jenny!"

„Online nicht den richtigen Namen verwenden … Hast du das schon vergessen?", tadelte sie ihn.

Gameknight runzelte die Stirn und wusste ganz genau, dass sie recht hatte.

„Außerdem", fuhr sie fort, „hast du mir nicht sämtliche Details verraten, nur hier und da ein paar Häppchen, also musste ich es selbst herausfinden." Das Trio erreichte das Ende einer Straße und bog neben einem Haus aus Erdblöcken links ab. „Hast du dich schon für einen Titel für dein erstes Buch entschieden?"

„Dein erstes Buch?", wiederholte Crafter staunend.

„Ja", bestätigte Monet, „er will ein Buch über jede

Welt schreiben … Die Oberwelt, den Nether und das Ende."

„Interessant", erwiderte der NPC, während er seinen Freund beäugte. „Die Geschichte der Schlachten zur Rettung von Minecraft."

„Ich wollte noch mit dir darüber reden … sicherstellen, dass das für dich okay ist", sagte Gameknight verlegen, während sie eine weitere Ecke umrundeten.

Dahinter blieben sie abrupt stehen, um nicht in einen Pfeilschaft zu rennen.

„Das ist Hunter … Hurra!!!", rief Monet.

„Wie bitte?", gab Hunter zurück.

„Hunter, das ist Gameknights Schwester Monet113", erklärte Crafter, trat zu Hunter und drückte ihren Bogen sanft mit einer Hand nach unten.

„Woher weißt du, dass sie nicht … eine von denen ist?"

„Ich werde doch meine eigene Schwester erkennen", schimpfte Gameknight stirnrunzelnd. „Es gibt niemanden, der so nervig ist wie sie … Daher bin ich mir sicher, dass sie es ist."

„Du bist also die, die so dumm war, sich als Zombie zu verkleiden und in die Zombiestadt zu gehen", stellte Hunter unwirsch fest und drehte sich dann zu

Gameknight999 um. „Das hast du wohl von deinem Bruder gelernt."

„Hunter, nicht jetzt", rügte Crafter sie.

„Ist Stitcher hier?", fragte Monet. „Ich will Stitcher kennenlernen ... Ich will Stitcher kennenlernen."

„Das hier ist kein Spiel, Mädchen", fauchte Hunter. „Ich würde meine Schwester nicht an diesen schrecklichen Ort mitnehmen und ihr Leben riskieren. Für dich ist das vielleicht ein Spiel, aber für uns geht es um Leben oder Tod ... Und der Tod ist bereits im Anmarsch, wie du siehst."

Sie drehten sich um und sahen die Zombieflut auf sich zurollen, die aufgrund der engen Straßen nur langsam vorankam. Wütendes Stöhnen und Fauchen erfüllte die Luft.

„Wir müssen hier weg", sagte Gameknight. „Los!"

Er führte sie von der wütenden Horde weg und zurück zum Höhleneingang. Im Laufen hörte er, wie Xa-Tul die Zombies anbrüllte, dass sie rennen und nicht schlurfen sollten. Einige Zombies schrien vor Schmerz auf, verstummten jedoch sofort wieder, und als sich Gameknight erneut umdrehte, stellte er fest, dass die Zombies nun sprinteten.

Im Zickzack liefen Gameknight und seine Freunde zwischen den Gebäuden hindurch und auf den großen Höhleneingang zu, aber dummerweise sah hier alles gleich aus. Sie rannten zwischen einem Haus aus Sandstein und einem aus Stein hindurch, bogen um die Ecke und standen plötzlich in einer Sackgasse … Der Weg wurde durch eine Steinwand versperrt. Sofort drehten sie um, folgten dem Weg zurück und entschieden sich dann für einen anderen engen Gang, der sich durch die Stadt schlängelte. Nachdem sie fünf weitere Gebäude passiert hatten, fanden sie sich erneut in einer Sackgasse wieder … Sie hatten sich verlaufen, und die Zombies kamen immer näher.

„Ich weiß nicht, wo wir lang müssen!“, rief Gameknight frustriert und panisch.

„Es war wirklich eine *tolle* Idee, hier herzukommen“, schimpfte Hunter zum x-ten Mal.

„Hunter, nicht jetzt“, ermahnte Crafter sie.

„Die Brunnen“, sagte Monet leise und schloss die Augen.

„Was?“, fragte Gameknight.

Monet schlug die Augen wieder auf und sah ihren Bruder genervt an … Was er schon von ihr gewohnt war.

„Die Brunnen … Sie ernähren die Zombies und zwingen sie dazu, in dieser unterirdischen Höhle zu leben.“ Monet drehte sich zu ihrem Bruder um. „Spüre die Brunnen. Das können alle Zombies.“

Gameknight schenkte seiner Schwester ein unheimliches Grinsen und strich ihr über den kahlen Zombiekopf. Überraschenderweise spürte er, dass ihr Schädel mit einem weichen Flaum bedeckt war, und der blaue Farbspritzer fühlte sich beinahe flauschig an.

Hunter schoss einen Pfeil hoch in die Luft, der irgendwo im Zombiedorf wieder herunterkam und anscheinend ein Ziel fand, da ein Monster aufjaulte.

Sie grinste.

Gameknight schüttelte den Kopf, schloss die Augen und streckte seine Sinne aus. Er lauschte der Musik von Minecraft, und sofort spürte er die Brunnen. Sie klangen … seltsam … wie ein Wasserfall aus funkelnden Kristallen vermischt mit dem Klimpern von Windspielen. Er öffnete die Augen und konnte nun spüren, welchen Weg sie nehmen mussten.

„Hier entlang“, sagte er und lief los, ohne darauf zu warten, dass ihm die anderen folgten.

Die Gruppe bahnte sich einen Weg durch das Labyrinth aus Häusern und engen Straßen und kam diesmal problemlos voran. Innerhalb von Minuten hatten sie endlich den Höhlenrand erreicht, von dem aus grobgehauene Stufen nach oben zum dunklen Eingang führten. Gameknight eilte die Treppe hoch und erreichte den Gesundheitsbrunnen in der Nähe des großen Tunnels, der aus der Zombiestadt herausführte. Als er daran vorbeilief, konnte er die grünen Funken spüren, die um seine Füße tanzten und absorbiert wurden. Es war berauschend. Sofort fühlte er sich stärker und wacher. Er drehte sich um und sah Monet neben dem Brunnen stehen. Sie blickte lächelnd zu ihm auf.

Er musste lachen.

„Was ist denn so witzig?", fauchte Hunter.

„Crafter, komm her", forderte Gameknight seinen Freund auf. „Ich hab gesehen, dass du Schaden erlitten hast, als du von dem Gebäude runtergesprungen bist."

„Ja, ein wenig."

„Komm schnell her."

Crafter trat zu seinem Freund und spürte sofort die Funken des glühenden Brunnens an seinen Füßen. Augenblicklich wurde seine Lebenskraft aufgefüllt und seine Verletzung heilte. Er musste lächeln, doch dieses Lächeln wurde schnell durch ein Stirnrunzeln ersetzt, als das Fauchen der Zombies zu ihnen herüberdrang.

Gameknight sah hinunter auf den Höhlenboden und stellte fest, dass sich die Zombiearmee der Treppe näherte und voller unverhohlenem Zorn zu ihnen heraufstarrte.

„Ihr könnt ja selbst entscheiden, wann ihr Lust habt, um euer Leben zu laufen“, sagte Hunter. „Ich verschwinde jetzt jedenfalls.“

Sie feuerte einen Pfeil auf den Zombie ab, der gerade einen Fuß auf die Treppe setzte, drehte sich um und rannte in den Tunnel, der zum geheimen Eingang führte.

„Verschwinden wir von hier“, meinte Gameknight und schob Monet und Crafter aus dem Brunnen und in den dunklen Tunnel.

Er ließ Monet und Crafter vorgehen und drehte sich zu der gewaltbereiten Monsterhorde um, die immer näher kam. Am anderen Ende der Höhle befanden sich weitere dunkle Tunnel, die in die Tiefen von Minecraft führten und aus denen ein ständiger Strom aus grünen Körpern hervordrang; von irgendwoher kamen immer mehr Zombies … unglaublich viele Zombies!

Das ist ja eine regelrechte Zombieinvasion!, dachte er, drehte sich um und lief auf den Ausgang zu.

Dabei hatte er das Fauchen und Stöhnen der

Monster, die gerade die Treppe erklommen, in den Ohren. Am hinteren Ende warteten bereits seine Freunde auf ihn, deren besorgte Gesichter im Licht einer Redstone-Fackel in Woodcutters Händen gut zu erkennen waren.

„Schön, dass du es auch geschafft hast", frotzelte Hunter.

Gameknight lächelte und klopfte seiner Freundin auf die Schulter.

„Gehen wir", sagte Crafter. „Sind alle bereit?"

„Was bleibt uns denn anderes übrig?", knurrte Hunter. „Verschwinden wir von hier."

Sie rannte aus dem Tunnel und in die unterirdische, von Lava erhellte Höhle. In der Nähe gluckerte Wasser. Woodcutter hielt eine Redstone-Fackel über den Boden, und in deren Licht sie Linien aus Redstone-Pulver erkennen konnten, die zu TNT-Blöcken führten. Sie hatten vor, den Tunnel zu sprengen.

„NEIN … Dann sind sie eingesperrt! Ba-Jin!", schrie Monet und wollte zurück in den Tunnel laufen.

Gameknight packte ihren Arm und zog sie mit sich.

„Was machst du denn? Wir müssen hier raus."

„Aber der Sprengstoff, er wird die Zombies töten

… Vielleicht auch meine Freundin."

Hunter hörte sie, stutzte, drehte sich um und schrie über den Lavastrom hinweg: „Deine Freundin?! Zombies und NPCs können niemals Freunde sein, sie sind einfach zu verschieden."

„Nein", widersprach Monet ihr, „da irrst du dich. Sie sind wie wir, haben Hoffnungen und Träumen …"

„NEIN … Sie sind Tiere", fauchte Hunter, „und sie werden vernichtet. Wenn du dich ihnen anschließen willst, nur zu, aber an deiner Stelle würde ich jetzt vom Tunneleingang verschwinden." Sie drehte sich zu Woodcutter um. „Na los!"

Woodcutter hielt die Redstone-Fackel an eine Pulverlinie, drehte sich um und rannte weg. Monet machte einen Schritt auf den blinkenden rot-schwarzen Sprengstoff zu.

„Nein!", schrie sie.

Gameknight schnappte sich seine Schwester und warf sie sich über die Schulter. Er lief durch den gurgelnden Strom und schaute nicht zurück, vielmehr rannte er um sein Leben. Erst auf der anderen Seite der brodelnden Lava blieb er stehen. Inzwischen konnten sie hören, dass die Zombies den Tunnel betraten. Ihr Stöhnen wurde durch die kalten Steinwände noch verstärkt. Plötzlich spürte er die Druckwelle der Explosion, die den geheimen Tunnel zur Zombiestadt einstürzen ließ. Trotz des Getöses waren die schmerzerfüllten Schreie der Monster aus dem Gang zu hören, die aufgrund der Detonation rasch an Gesundheit verloren.

„Neeeeein!", kreischte Monet und schaute zu dem nicht mehr vorhandenen Eingang hinüber. „Meine Freunde ..."

Gameknight schloss zu Hunter und den anderen auf, blieb stehen und setzte Monet ab. Sie ging ein paar Schritte auf die Trümmer zu.

„Du kannst da nicht hingehen und ihnen helfen", warnte Hunter sie. „Sie werden dich innerhalb von Sekunden in Stücke reißen. Dann wirst du merken, was für Freunde sie wirklich sind."

Monet hielt inne, drehte sich um und starrte Hunter wütend an. Gameknight trat neben seine Schwester und legte einen Arm um ihre schmalen Zombieschultern.

„Sie hat recht", sagte er. „Wir müssen hier weg, bevor sie sich erholt haben und durch die Trümmer kommen."

Monet nickte seufzend und folgte den NPCs durch den von Lava erleuchteten Gang.

Gameknight wartete, bis alle losgelaufen waren, und bildete die Nachhut.

Wir müssen uns in Sicherheit bringen, bevor diese Zombies uns erwischen, dachte er, während er durch den Tunnel rannte. *Aber wo sind wir sicher?*

Ihm fiel nur ein Ort ein, der dieser Welle der Gewalt widerstehen konnte, also tat er das Einzige, was er jetzt tun konnte … Er sprintete weiter. Hinter sich hörte er Xa-Tul vor Zorn aufheulen. Das wütende Geschrei des Zombiekönigs vermischte sich mit dem traurigen und wütenden Stöhnen seiner Zombiearmee.

Als Gameknight über die Schulter schaute, stand Xa-Tul auf einem Steinblock mitten im Lavasee und starrte ihm mit seinen dunklen Augen hasserfüllt hinterher. Der beständige Strom aus grünen Leibern quoll wie eine unaufhaltsame Flut durch die Gänge. In diesem Augenblick wusste Gameknight, dass die zweite große Zombieinvasion in Minecraft begonnen hatte.

Kurz schloss er die Augen, dachte an seine Tastatur im Keller und stellte sich vor, wie er etwas an seinen Freund schrieb.

Shawny, ich könnte wirklich Hilfe gebrauchen!

KAPITEL 22

AUF DER SUCHE NACH EINEM SICHEREN VERSTECK

Sie liefen durch die unterirdischen Gänge, so schnell ihre Beine sie trugen. Aufgrund des unebenen Bodens und der gelegentlich auftauchenden Lavaströme war der Weg oft gefährlich. Das Geräusch der Zombiefüße hallte durch die Tunnel, donnerte in ihren Ohren und trieb sie an, noch schneller zu rennen. Die Lautstärke gab Gameknight keinen Aufschluss darüber, wie groß ihr Vorsprung tatsächlich war, aber er wusste, dass die Monster Zeit brauchen würden, um durch den zerstörten Tunnel zu gelangen.

„Crafter, hast du etwas für die Zombies?", fragte Gameknight.

Der NPC sah lächelnd über die Schulter.

„Erinnerst du dich, was mein Uronkel Weaver mir erzählt hat?", entgegnete Crafter.

Gameknight antwortete nicht und nickte seinem Freund nur zu.

„Was denn … Was?", wollte Monet wissen.

„Er hat gesagt, viele Probleme mit Monstern lassen sich mit ein wenig Kreativität und viel TNT lösen“, erklärte Crafter.

Crafter blieb einen Augenblick stehen und platzierte mehrere TNT-Blöcke neben einem Wasserstrom, der aus der Wand floss. Er zündete sie mit seinem Feuerzeug an, sodass der Sprengstoff zu blinken begann.

„Lauft!“, rief er und sprintete davon.

BUMM!!!

Die Explosion sprengte ein Loch in die Wand, woraufhin noch mehr Wasser herausfloss und der kleine Bach sich in einen reißenden Strom verwandelte.

„Das wird sie ein bisschen aufhalten“, meinte Crafter.

Während sie weiterrannten, platzierte Crafter weitere TNT-Blöcke an mehreren Stellen, um den flachen Tunnelboden in einen tiefen Krater zu verwandeln. Gameknight wusste, dass das die Monster zwar nicht aufhalten, aber verlangsamen würde.

Ein paar bedauernswerte Spinnen traten kurz darauf aus dem Schatten heraus. Die NPCs gingen sofort auf sie los, und die Monster hatten so gut wie keine Chance, sich ihrer Angreifer zu erwehren.

Monet hielt sich zurück, während die anderen gegen die pelzigen schwarzen Kreaturen kämpften. Gameknight war sich ihrer Anwesenheit überdeutlich bewusst und achtete darauf, dass er sie zumindest immer aus dem Augenwinkel sehen konnte. Er war für ihre Sicherheit verantwortlich, und das erschwerte ihm den Kampf gegen diese Monster erheblich. Selbst am Leben zu bleiben war schwer genug, und jetzt musste er auch noch auf jemand anderen aufpassen. Das gefiel ihm gar nicht, aber er wusste, dass er keine andere Wahl hatte.

Nachdem sie die letzte achtbeinige Kreatur besiegt hatten, wandte sich Gameknight an seine Schwester, da seine Geduld nun endgültig erschöpft war.

„Ich kann noch immer nicht fassen, dass du das getan hast!", fauchte er.

Monet erwiderte nichts, ließ nur den Kopf hängen und sah zu Boden.

„Du machst ständig solche Sachen, wenn Dad weg ist, und dann muss ich alles wieder in Ordnung bringen. Beim letzten Mal hast du Snipes auf die Palme gebracht und ich musste dazwischengehen. Ich hab davon immer noch blaue Flecke! Und davor hast du unseren Hund Barky angemalt. Ich hab meine

Lieblingshose ruiniert, als ich ihn wieder sauberkriegen musste. Kaum ist Dad weg, machst du so einen Blödsinn. Er hat gesagt, dass ich der Mann im Haus sein und mich um dich kümmern muss, aber ständig passiert irgendwas. Ich habe es satt, der Mann im Haus zu sein … Ich will einfach nur ich selbst sein, nur sein Sohn, mehr nicht. Warum geht das nicht?“

Monet sagte noch immer nichts.

Gameknight drehte sich zur Felswand um und knurrte vor Wut.

Doch schon drang wieder das Stöhnen der Zombies durch den Tunnel und holte sie alle in die Realität zurück.

„Es ist ja schön und gut, hier rumzustehen und zu plaudern, aber vielleicht sollten wir jetzt lieber um unser Leben laufen“, meinte Hunter grinsend.

„Hunter hat recht, wir müssen fliehen“, stimmte Crafter ihr zu.

Gameknight warf seiner Schwester noch einen grimmigen Blick zu, dann drehte er sich um und führte die Gruppe durch die dunklen Gänge. Dabei fiel ihm auf, dass die Wände nicht länger nur schwarz waren, sondern rötlich und rosafarben schimmerten, weil das Licht der untergehenden Sonne in den Tunnel fiel.

Sie hatten die Oberfläche erreicht.

Als er hinaus ins Licht trat und den Himmel durch die dichten Baumkronen sehen konnte, war Gameknight erleichtert, auch wenn es bereits dämmerte. Funkelnde Lichtpunkte zeichneten sich am verdunkelnden Himmel ab, da die Dämmerung längst eingesetzt hatte. Im Westen war zwischen den dichten Baumstämmen die eckige Sonne zu erkennen, die gerade am Horizont versank. Der Himmel nahm eine dunkelrote Farbe an, und die weißen Wolken erstrahlten in wunderschönem Rosa. Monet stellte sich neben ihren Bruder und bewunderte den Sonnenuntergang.

„Das ist wunderschön", sagte sie. „Ich könnte ewig hier stehen und zusehen."

„Es gibt viele Dinge in Minecraft, die ebenso wunderschön sind", warf Hunter ein, „und ich würde sie dir und Stitcher gern zeigen." Ein Lächeln breitete sich auf Monets Gesicht aus. „Aber zuerst müssen wir hier weg und herausfinden, wie wir den Krieg aufhalten, den du gerade angezettelt hast."

Monet wurde schlagartig wieder ernst.

„Das tut mir leid", murmelte Monet und ließ den Kopf hängen.

„Hör auf damit!", fauchte Hunter.

„Womit?", fragte Monet verdattert.

„Den Kopf ständig so hängen zu lassen. Das sieht aus, als wärst du besiegt, doch das wird nie passieren. Du musst so stark sein wie dein Bruder und den NPCs von Minecraft zeigen, dass die Schwester des Benutzers-der-kein-Benutzer-ist sich durch nichts unterkriegen lässt." Hunter legte ihr eine Hand auf die schmale Zombieschulter und sah ihr in die dunklen Augen. „Gib deine Freunde und deine Familie niemals auf. Da du mit Gameknight999 hier bist, gehörst du jetzt zu unserer Familie. Und jetzt stell dich gerade hin, damit jeder, egal ob NPC oder Monster, auf den ersten Blick sehen kann, dass sich Monet113 nicht unterkriegen lässt, auch wenn sie noch so große Angst haben mag."

Monet hob den Kopf und sah Hunter in die Augen, dann lächelte sie und stand etwas aufrechter da.

„Das ist schon besser", lobte Hunter sie, dann wandte sie sich an den Rest der Gruppe. „Weiß noch jemand, wo wir die Pferde gelassen haben?"

„Wir haben sie an den Baum da vorn gebunden", antwortete Crafter.

Der junge NPC lief zu dem Baum und blieb wie angewurzelt stehen … Sechs Pferderüstungen schwebten über dem Boden. Irgendetwas hatte die

Pferde vernichtet … vermutlich Spinnen.

Hunter trat neben Crafter und sah zu Boden.

„Dann müssen wir wohl zu Fuß laufen“, erkannte sie. „Lasst uns aufbrechen.“

„Das wäre klug“, stimmte Woodcutter ihr zu. „Aber wo wollen wir hin?“

„Ich habe eine Idee. Folgt mir“, sagte Gameknight.

Hoffentlich guckst du zu, mein Freund, dachte Gameknight. *Wir könnten wirklich Hilfe gebrauchen.*

Die Gruppe sprintete durch den Wald und versuchte gar nicht erst, unauffällig zu bleiben oder ihre Spuren zu verwischen. Sie alle wussten, dass sie um ihr Leben rannten und es auf Geschwindigkeit ankam. Als sie an einem roten Riesenpilz vorbeiliefen, drehte sich Gameknight um und erwartete fast, den Zombiekönig jeden Augenblick zwischen den dicken Stämmen der dunklen Eichen hervortreten zu sehen. Die überraschte Miene des Monsters, als Gameknight sein Schwert abgewehrt hatte, würde er nie wieder vergessen. Xa-Tul war furchterregend, und das Bild des hasserfüllten Zombies würde ihn vermutlich sehr lange Zeit in seinen Träumen heimsuchen.

Gameknight erschauderte.

„Hey, ihr werdet nicht glauben, was ich gefunden

habe“, sagte Hunter, als sie den Gipfel eines kleinen Hügels erklommen hatten und gerade wieder auf der anderen Seite herunterlaufen wollten.

Gameknight, der zwei Schritte hinter ihr war, trat neben sie und stellte erleichtert fest, dass Hunter eine von Fackeln umgebene Truhe entdeckt hatte. Sie sah aus wie eine Bonustruhe, aber Gameknight wusste es besser.

„Was ist da drin?“, erkundigte er sich.

„Brot, Kekse, ein paar Melonen und das Beste überhaupt: Pfeile“, frohlockte Hunter.

Sie nahm die Materialien heraus und überreichte Crafter und Woodcutter einige Pfeile und etwas zu essen.

„Sorry, nichts für Zombies“, erklärte sie, drehte sich auf dem Absatz um und lief weiter. „Wo die wohl hergekommen ist?“

Gameknight lächelte nur und hielt den Mund.

Shawny, dachte Gameknight, *hol meine Schwester zurück … Aktivier den Digitalisierer und kehr die Einstellungen um.*

Einen Augenblick lang herrschte Stille, dann blitzten die Worte in seinen Gedanken auf.

Das geht nicht, er ist überhitzt, erwiderte Shawny. *Wahrscheinlich ist er zu heiß geworden, als wir dich ins*

Spiel geschickt haben. Im Moment ist die Temperaturanzeige im roten Bereich. Ich kann sie noch nicht zurückholen.

„Na toll", murmelte er.

„Was ist denn?", fragte Hunter.

„Der Digitalisierer … Ich meine, das Tor des Lichts funktioniert im Augenblick nicht", erläuterte Gameknight. „Meine Schwester sitzt noch eine Weile hier bei uns fest."

„Dann kann sie diesen kleinen Sprint zusammen mit uns genießen", meinte Hunter nur.

Sie liefen mehrere Minuten lang und erreichten schließlich einen breiten, tiefen Fluss, über den nur eine schmale Brücke führte. Am anderen Ufer veränderte sich die Landschaft und aus dem dichten Wald wurde normaler Fichtenwald. Jetzt, da er den Himmel wieder sehen konnte, fühlte sich Gameknight etwas besser. *Zumindest kriegen wir es hier mit, wenn Spinnen über uns lauern,* dachte er. Sie überquerten nacheinander den Fluss, und am Ende der Brücke entdeckte Hunter einen Stolperdraht und daneben einen unvollständigen Redstone-Kreislauf.

„Was ist denn das?", fragte sie und sprang über den Draht.

Gameknight kam gerade auf ihrer Seite an und

sprang vorsichtig herunter, um den Stolperdraht nicht zu beschädigen. Als er sich die Vorrichtung genauer ansah, erkannte er, dass die gesamte Brücke in die Luft fliegen würde, sobald der Stolperdraht ausgelöst wurde. Das war die perfekte Falle.

Wieder musste Gameknight grinsen.

„Okay, was ist hier los?“, verlangte Crafter zu erfahren.

„Das war mein Freund, Shawny“, erklärte Gameknight. „Er beobachtet uns und springt immer mal wieder in Minecraft rein, um Fallen für uns aufzustellen. Er weiß, dass er nicht einfach auftauchen kann, weil ihr dann nicht mehr laufen könnt und eure Hände verschränken müsst.“

Überrascht sah Crafter erst Hunter und dann wieder Gameknight an.

„Ja, ich habe ihm von der Versammlung der Crafter und der Entscheidung erzählt“, gab Gameknight zu. „Er weiß, dass die Benutzer nicht kommen und sich einmischen dürfen, weil sonst kein NPC mehr kämpfen kann. Wir sind auf uns gestellt … aber nicht ganz.“

Aus dem Wald kam lautes, kehliges Gebrüll zu ihnen herüber. Es war derart von abgründigem Hass und Zorn erfüllt, dass allen die Ohren schmerzten.

Aber das war nicht nur ein Schrei … Es war noch viel mehr. Gameknight konnte es im Gefüge von Minecraft hören, wie dadurch alle Kreaturen in der Nähe herbeigerufen wurden.

„Das war Xa-Tul, der Zombiekönig", sagte Monet.

„Du hast ihm einen Namen gegeben?", spottete Hunter. „Es fällt einem immer schwerer, sie zu töten, wenn man ihnen erst einmal einen Namen gegeben hat." Dann lachte sie, zog einen Pfeil hervor und spannte ihren Bogen.

Schon hörten sie das Klackern von Spinnen und sahen, wie eine große Gruppe der schwarzen und bedrohlichen Kreaturen aus dem Wald kam. Es waren wenigstens acht Spinnen, und ihr Klackern wurde lauter, als sie näherkamen.

Crafter kniete sich hin und stellte die Redstone-Falle rasch fertig, dann setzten sie ihren Weg fort und holten so viel Tempo aus ihren eckigen Beinen heraus, wie es ihnen nur möglich war.

„Crafter", sagte Gameknight und zeigte im Laufen hinter sich.

„Ich sehe sie", erwiderte der junge NPC und spannte seinen Bogen.

Gameknight blickte auf seine Schwester hinab und konnte die Furcht in ihren dunklen Augen sehen. Eilig zog er sein Schwert und rückte näher an sie heran.

„Keine Sorge, wir schaffen das schon“, versicherte er ihr.

„Brauche ich auch ein Schwert?“, fragte sie

„Hast du schon mal eins in Minecraft benutzt?“

„Nein“, antwortete sie ängstlich.

„Dann ist es wohl am besten, wenn du einfach aufpasst und sicherstellst, dass sich keine Monster an uns anschleichen.“

„Du meinst, ich soll nach Creepern Ausschau halten?“, hakte sie nach.

„Genau“, bestätigte er, „unter anderem."

Die Spinnen kamen immer näher und schlossen langsam zu ihnen auf. Als die großen Monster versuchten, ihnen den Weg abzuschneiden – vermutlich als Reaktion auf Xa-Tuls Ruf –, bemerkte Gameknight, dass etwas an diesen Kreaturen anders war. Sie sahen wütender aus als früher, und in ihren Augen loderte Grausamkeit und Boshaftigkeit. Diese Spinnen meinten es ernst und würden sie nicht in Ruhe lassen. Es war Zeit zu kämpfen, und gegen acht Monster standen ihre Chancen nicht besonders gut.

KAPITEL 23
DIE SCHWESTERN

Das Klackern der Spinnen erfüllte die Luft und bewirkte, dass Gameknight eine Gänsehaut an den grünen Armen bekam. Die Monster hörten sich wütend und kampfbereit an, fast so, als würden sie nach einer Schlacht gieren. Gameknight lief es eiskalt den Rücken herunter.

Er schaute auf seine Schwester hinab und spürte die Last der Verantwortung auf seinen Schultern. Aber da er älter war, musste er nun mal auf sie aufpassen, wenn ihr Vater nicht da war.

Warum ist Dad nur ständig weg?

Gameknight vermisste seinen Dad und wollte diese Verantwortung nicht tragen. Er mochte sich gar nicht ausmalen, was passieren würde, wenn die Spinnen sie erreichten. Auch wenn er noch immer wütend auf Jenny war, hatte er auch Angst um sie. Er musste etwas gegen die Monster unternehmen, wusste aber ebenso gut, dass sie nur eins seiner Probleme waren; schließlich war ihnen weiterhin die riesige Zombiehorde auf den Fersen.

Nein, ich werde sie nicht verlieren, nicht hier und nicht jetzt, dachte er. *Ich habe mir solche Mühe gegeben, sie zu finden! Da werde ich doch jetzt nicht zulassen, dass sie verletzt wird – das werde ich bis zu meinem letzten Atemzug verhindern. Es ist meine Aufgabe, sie sicher nach Hause zu bringen, und ich werde dabei nicht versagen!*

Erneut rutschte ein Puzzleteil seinen Platz. Gameknight hielt am Rand einer Lichtung an, die von großen Eichen umgeben war.

„Geht alle in Deckung, und wartet auf mich", forderte er seine Freunde auf. „Wenn die Zeit gekommen ist, müsst ihr alle rauskommen und kämpfen."

„Woher wissen wir, wann das sein wird?", fragte Crafter.

„Keine Sorge, ihr werdet es merken."

Als Gameknight auf die Lichtung blickte, stellte er fest, dass mehrere Spinnen gerade in der Mitte angekommen waren. Die Kreaturen huschten herum und warteten nervös auf das, was passieren würde. Gameknight ging auf die Spinnen zu und hoffte, dass sie ihn nicht angreifen würden. Die Monster musterten den näher kommenden Zombie neugierig und klackerten noch lauter.

Es waren acht Spinnen, die die NPCs aus roten Augen anfunkelten. Gameknight lief schnellen

Schrittes auf die größte Spinne zu und hielt sein goldenes Schwert in der Hand. Als er näherkam, hörte er die Monster flüstern. Überrascht hielt er inne.

Sie reden miteinander … Sprechende Spinnen!

Doch Gameknight ignorierte ihr Gemurmel und baute sich direkt vor der größten Spinne auf. Ihre roten Augen loderten, ihre grauen Beißwerkzeuge klackerten, und ihre scharfen Klauen reflektierten das Licht der untergehenden Sonne.

Plötzlich war in der Ferne eine gewaltige Explosion zu hören, die kurz den Himmel erhellte. Gameknight grinste breit.

Danke, Shawny.

Dann sprang er vor und schwang sein goldenes Schwert mit aller Kraft. Der Angriff traf die Spinne völlig unvorbereitet. Die Monster begriffen nicht, was hier passierte, und standen einfach nur verwundert da. Wieder und wieder schlug Gameknight auf das Monster ein und hatte seine Lebenskraft ausgelöscht, bevor es überhaupt wusste, wie ihm geschah. Erst als er die nächste Spinne ins Auge fasste, reagierten die Kreaturen.

Plötzlich trat Monet vor und rief den Spinnen zu: „Hey, hier drüben sind eure Freunde. Seht mich an."

Die Spinnen starrten den jungen Zombie mit ihren roten Augen an und verzogen verwirrt die hässlichen Fratzen. Monet setzte ihre überzeugendste Zombiestimme auf und redete auf die Spinnen ein, um sie von dem Angreifer abzulenken, der auf ihre Gefährtin einschlug.

„Hey, ich rede mit euch. Was macht ihr da?"

Nun waren die Spinnen vollends verwirrt. Während sie sich noch fragten, was hier eigentlich vor sich ging, setzte Gameknight seinen Angriff fort, bis die Spinnen endlich zu Verstand kamen und sich gegen ihn wandten. In dem Augenblick sausten drei Pfeile durch die Luft und durchbohrten einen der Achtbeiner. Hunters brennender Pfeil ließ das Monster in Flammen aufgehen, und seine Gesundheit sank schnell, bis nur noch etwas Seide und drei Erfahrungskugeln übrig waren.

Gameknight sprintete und wich ihren schrecklichen Klauen aus, während er weiter mit dem Schwert auf sie eindrosch. Hunter trat auf die Lichtung, als wollte sie die Spinnen herausfordern, und feuerte ihren verzauberten Bogen mit tödlicher Genauigkeit ab. Eine Spinne ging auf Monet los, aber Hunters Pfeile machten ihr schnell den Garaus. Dann kam Crafter hinter einem Baum hervor und stellte sich neben Hunter. Sein Bogen surrte im Gleichklang mit ihrem, und auch seine Pfeile fanden ihr Ziel. Die Spinnen drehten sich um, ignorierten Gameknight und gingen auf Hunter und Crafter los. Doch da kam auch schon Woodcutter hinter einem Busch hervor und setzte ihnen von der Seite mit seinen Pfeilen zu.

Die Spinnen schienen sich erst aufteilen zu wollen, aber die drei Ziele, die so schutzlos dastanden, waren einfach zu verlockend. Daher trappelten sie weiter auf ihre Feinde zu und ignorierten die vermodernden Zombies hinter sich … Doch das war ein Fehler. Schon schlug Gameknight auf den Rücken und die Beine der Spinnen ein. Mit schnellen Attacken vernichtete er erst eine Spinne, dann eine zweite und eine dritte. In der Zwischenzeit konzentrierten sich Crafter und Hunter mit ihren tödlichen Pfeilen auf dieselbe Spinne. Nacheinander ploppten die Achtbeiner und verschwanden, sobald ihre Gesundheit aufgebraucht war. Ohne Führung und Schlachtplan kämpfte jede Spinne für sich allein, und so hatten sie keine Chance gegen die Pfeile und Gameknights Klinge. Nur eine einzige Spinne kam überhaupt noch bei den NPCs an.

Jetzt, wo sich der Sieg in eine sichere Niederlage verwandelt hatte, klang das Klackern der letzten Spinne gar nicht mehr so laut. Sie trat ein paar

Schritte zurück und stieß gegen Gameknight999. Sofort wirbelte sie herum und starrte den Zombie hasserfüllt an.

„Warum hilft ein Grüner den NPCssssss?“, wollte die Spinne wissen und erinnerte Gameknight mit ihrem Zischen an eine Schlange.

Der Benutzer-der-kein-Benutzer-ist erwiderte nichts und verharrte mit gezücktem Goldschwert an Ort und Stelle. Monet trat neben ihren Bruder.

„Wir müssen die Spinne doch nicht töten, oder?“, fragte sie. „Es hat schon genug Gewalt gegeben.“

„Dassssss grüne Kind redet wie ein NPC … Jetzt verstehe ich, was hier los ist“, sagte die Spinne. Sie richtete eine Hälfte ihrer roten Augen auf Hunter und Crafter und betrachtete mit der anderen Hälfte Woodcutter, der noch immer am Rand der Lichtung stand. „Die Schwesssstern werden die NPCssss aufhalten und den Grünen helfen, die Welt zu erobern“, verkündete die Spinne stolz. „Der Schöpfer hat Shaikulud an sssseine Sssseite gerufen. Wir werden da ssssein, wenn die NPCsssss vernichtet werden.“

„Was hat das zu bedeuten?“, verlangte Gameknight zu erfahren.

„Töte sie einfach, dann hat das ein Ende“, fauchte Hunter, deren Geduldsfaden langsam riss, spannte den Bogen und zielte auf den Kopf der Kreatur.

Plötzlich drang das Stöhnen von Zombies von allen Seiten auf sie ein … Die Monster versuchten, Gameknight und seine Freunde zu umzingeln. Als sich der Benutzer-der-kein-Benutzer-ist umdrehte, sprang die Spinne ihn an und streckte die geschwungenen Klauen nach seinem Zombiefleisch aus. Aber sie hatte keine Chance. Hunter, Crafter und Woodcutter feuerten gleichzeitig und durchlöcherten das Monster noch im Sprung mit Pfeilen. Es verschwand, bevor Gameknight sich wieder umgedreht hatte.

Das Stöhnen kam immer näher.

„Ich glaube, wir sollten weiter", meinte Crafter.

„Glaubst du?", fragte Hunter spöttisch, während sie einen weiteren Pfeil anlegte.

Auf einmal schrie Woodcutter auf. Eine kleine Höhlenspinne hatte den NPC aus dem Schatten angesprungen und mit ihren Giftzähnen attackiert. Er stolperte nach hinten, schwang seinen Bogen gegen die Kreatur und versuchte, sie von sich fernzuhalten. Aber es nützte nichts. Das dunkelblaue Monster kam immer näher und versenkte die Zähne in Woodcutters Bein, woraufhin er schreiend zu Boden ging. Als die Spinne auf ihn draufspringen wollte, hatte er es endlich geschafft, einen Pfeil anzulegen und schoss ihr in den weichen Bauch. Die Höhlenspinne schrie vor Schmerz auf und rückte ein Stück von ihm ab. Woodcutter kam wieder auf die Beine und wollte schon erneut schießen, doch das war gar nicht mehr nötig.

Ein brennender Pfeil sauste durch die Luft und traf die Höhlenspinne, die sofort rot blinkte, um im nächsten Augenblick auch noch von Crafters Pfeil getroffen zu werden. Gameknight sprintete zu Woodcutter, schlug mit seinem goldenen Schwert auf das Monster ein und landete Treffer um Treffer. Die Spinne war schon mit zahllosen Pfeilen gespickt, und endlich verschwand sie mit einem letzten grimmigen Blick.

„Das war knapp“, sagte Monet, die zu ihrem Bruder getreten war.

Woodcutter ließ den Boden fallen und sank zu Boden. Seine Haut hatte eine kränkliche Farbe angenommen. Kleine grüne Lichtwirbel schienen aus seinem Körper aufzusteigen, als ob er giftiges Gas ausströmen würde. Gameknight eilte zu ihm und hielt den sterbenden NPC in den Armen.

„Ich bin froh, dass ich die Gelegenheit hatte, noch einmal an der Seite des Benutzers-der-kein-Benutzer-ist zu kämpfen“, erklärte Woodcutter und röchelte. „Wer hätte gedacht, dass ich hier im Wald Milch brauchen würde?“

„Milch?“, fragte Monet.

„Milch ist das einzige Gegenmittel gegen das Gift der Höhlenspinne“, erklärte Crafter. „Wenn man nur einmal gebissen wird, kann man es überleben, aber bei mehreren Bissen ist Milch die einzige Überlebenschance gegen das schreckliche Gift.“

„Dann müssen wir ihm Milch geben!“, rief Monet aus.

„Wir haben aber keine dabei, Kleine“, gestand Hunter.

„Du meinst, er wird …“

Hunter nickte.

Monet blickte auf Woodcutter herab, und eine kleine eckige Träne rann ihr die Wange herunter.

„Wir müssen doch irgendwas für ihn tun“, flehte sie und kniete sich neben ihm.

„Man kann nichts tun, Schwester des Benutzers-der-kein-Benutzer-ist“, stellte Woodcutter fest. „Manchmal …“

Zombieknurren hallte durch den Wald; die Monsterhorde kam näher.

„Ihr müsst gehen“, erklärte Woodcutter, in dessen Stimme Traurigkeit mitschwang … aber auch Kraft.

„Ich kann euch nicht begleiten, meine Freunde. Ihr müsst mich zurücklassen."

„Nein, das können wir nicht tun", entgegnete Monet und sah Crafter flehentlich an.

„Ihr habt keine Wahl", betonte Woodcutter, nahm seinen Bogen in die Hand und legte einen Pfeil an. „Ich werde sie so lange wie möglich aufhalten."

„Nein …", stammelte Monet, aber Hunter nahm ihren Arm und zog sie mit sich.

„Kommt schon!", rief Hunter und rannte los.

Crafter warf Woodcutter noch einen letzten Blick zu, nickte, trat dann zurück und suchte die Umgebung nach Gefahren ab. Gameknight, der den NPC noch immer in seinen Zombiearmen hielt, setzte ihn so hin, dass er mit dem Rücken an einer großen Kiefer lehnte.

„Ihr müsst diese Zombieinvasion aufhalten und unser Volk retten …" Woodcutter konnte kaum noch sprechen. „Meine Familie … Ihr müsst sie beschützen."

„Ich werde mein Bestes geben", versprach Gameknight und klopfte ihm auf die Schulter. „Wir werden dich nicht vergessen."

„Geht!" Woodcutter stöhnte leise.

Gameknight nickte ihm traurig zu und lief dann

hinter seinen Freunden her. Er wusste ganz genau, welches Schicksal diesen NPC erwartete, und fragte sich, ob sie dasselbe Los erleiden würden.

„Es ist so furchtbar!", brüllte Gameknight. „Jetzt sind die Woodcutter-Zwillinge tot … Und wofür?"

„Für deine Schwester", erwiderte Crafter, den er inzwischen eingeholt hatte. „Die Schwester des Benutzers-der-kein-Benutzer-ist ist allen NPCs wichtig. Du hast uns alle gerettet, und jetzt geben die NPCs dir das zurück … auf die einzige ihnen mögliche Art."

Crafter und Gameknight schlossen nach und nach zu Hunter und Monet113 auf.

„Warum ist er so oft weg?!", knurrte Gameknight wütend, als er an seinen Dad dachte. „Warum muss ich die ganze Verantwortung tragen? Das ist seine Aufgabe, damit ich einfach ein Kind sein kann! Ich will nicht ständig auf meine Schwester aufpassen müssen, die ständig irgendwelchen Blödsinn macht!"

„Das mag sein … Aber sie ist immerhin deine Schwester … deine Familie, und die Familie ist etwas Kostbares. In einer Familie ist man immer füreinander da, komme, was wolle. Du weißt nie, wann du mal Hilfe brauchen wirst, und auf deine Familie kannst du dich immer verlassen." Crafter hielt inne und legte einen Pfeil an, als er Geräusche im Unterholz hörte. Als sie weiterliefen, stellte er jedoch fest, dass es nur eine Kuh war, die durch den Wald lief und dabei auf tote Zweige trat. Crafter ließ den Bogen sinken und rückte dichter an Gameknight999 heran, damit er seine Worte deutlich hören konnte. „Die Familie ist etwas Wundervolles, selbst wenn sie manchmal anstrengend ist und dich in den Wahnsinn treibt. Zwischen Geschwistern besteht eine ganz besondere Verbindung, die sich durch nichts ersetzen lässt, daher solltest du sie lieber schätzen lernen."

Gameknight nickte und dachte über die weisen Worte seines jungen Freundes nach, während sie mit dem Gebrüll der wütenden Zombiearmee in den Ohren weiterrannten.

KAPITEL 24

DAS DORF

Während Gameknight zu seinen Freunden aufschloss, wurden die Zombiegeräusche hinter ihnen immer lauter, und ihr wütendes Fauchen und sorgenvolles Stöhnen erfüllte die Luft. Die Monsterhorde hatte sie fast eingeholt, da der Kampf gegen die Spinnen viel Zeit gekostet hatte, und war jetzt dicht hinter ihnen … zu dicht.

„Hoffentlich überlebt Woodcutter", meinte Monet, die zunehmend nervöser wurde.

„Er ist ein guter NPC, aber er kannte das Risiko, als er sich bereit erklärt hat, uns zu begleiten", erwiderte Hunter. „Er weiß, was er zu tun hat."

Plötzlich hallte der überraschte und schmerzerfüllte Schrei eines Zombies durch den Wald, dicht gefolgt von einem weiteren. Und es wurden immer mehr …

Hunter sah Monet an und lächelte.

„Woodcutter setzt ihnen ordentlich zu", frohlockte Hunter, in deren Stimme Stolz mitschwang.

„Nur scheint er die Zombies nicht sonderlich aufzuhalten“, gab Crafter zu bedenken.

Gameknight horchte genau hin, und tatsächlich, er konnte noch immer die Geräusche der Verfolger hinter ihnen hören – das Schlurfen der Zombies, die sich ungeschickt durch Büsche zwängten, und ihr animalisches Knurren. Er bedauerte, dass es so weit gekommen war. Im Gegensatz zu Hunter machte es ihn traurig, wenn ein lebendigen Wesen Schmerzen erleiden musste.

„Wir müssen uns beeilen“, drängte Hunter sie.

„Vielleicht sollte ich noch ein paar Überraschungen platzieren“, schlug Crafter vor.

„Nein, lauft einfach weiter“, sagte der Benutzer-der-kein-Benutzer-ist und sah sich immer wieder nervös um.

Sie bahnten sich weiter ihren Weg durch den Wald, und Gameknight999 dachte an die bevorstehende Schlacht. Anhand der Monster, die in der Zombiestadt aus den tiefen Tunneln gekommen waren, schätzte er, dass vermutlich mehrere hundert Zombies hinter ihnen her waren, vielleicht sogar tausend. Es machte beinahe den Anschein, als wären sämtliche Zombies von den anderen Servern hierhergebracht und auf ihn gehetzt worden. Er erschauderte, als er sich die Gewalt vorstellte, die über diesen Server hereinbrechen würde. Was würde passieren, wenn er dieses Problem nicht lösen konnte? Wenn er nicht stark oder schlau genug war, um seine Schwester und seine Freunde zu beschützen? Wie in einem furchtbaren Film spielten sich alle möglichen Katastrophenszenarien in seinem Kopf ab und nahmen ihm sämtlichen Mut.

Nein, ich werde mich nicht vor dem fürchten, was passieren könnte, dachte er. *Ich konzentriere mich auf das Hier und Jetzt und nicht auf das, was vielleicht geschieht.*

Gameknight verdrängte die Bilder und dachte an all die einzelnen Puzzleteile … die riesige Zombiearmee … Xa-Tul … seine Schwester … Er dachte über alles nach, was gerade passierte, und suchte nach einer Lösung, mit der er seine Freunde und hoffentlich auch sich selbst retten konnte.

Aber ihm fiel nichts ein.

Während seine Sorgen immer größer wurden, hörte er Hunter auf einmal jubeln. In der Ferne schimmerte zwischen den großen Kiefern und den tiefhängenden Zweigen Licht – auf einer Grasfläche waren Fackeln in den Boden gesteckt worden, und dahinter ragte die große, verstärkte Mauer von Crafters Dorf auf.

„Wir haben es geschafft!“, rief Monet113.

Als sie den Wald verließen, sah Gameknight zahlreiche zwei Blöcke hohe Strukturen. Unter jeder befand sich ein drei mal drei Felder großes, mit Wasser gefülltes Loch: Romantists Pfeilbomben! Die Blöcke, die über dem Wasser gestapelt waren, sahen beinahe stachlig aus, als würden dort Unmengen an Stachelschweinen sitzen. Aber als sie näher herankamen, erkannte Gameknight, dass es keine Stacheln waren, sondern dass Pfeile in den Blöcken steckten – Hunderte in jedem Stapel, von denen zahllose überall auf der Ebene verteilt waren.

Gameknight lächelte. Digger war während ihrer Abwesenheit fleißig gewesen.

Wütendes Heulen brandete hinter ihnen im Wald auf, hallte durch die Luft und war vermutlich noch kilometerweit zu hören.

„Schnell, lauft zum Tor“, drängte Crafter seine Freunde. Als er Gameknight anschaute, wurde die Angst in seinen blauen Augen immer mehr zu Panik. „Das ist unsere einzige Chance.“

Während das Geheul leiser wurde, tauchten die ersten Monsterhorden aus dem Wald auf. Die grüne Welle strömte über die Grasebene, zertrampelte Blumen und Büsche und schnitt den Freunden den Fluchtweg ab. Die Kreaturen blieben knapp außerhalb der Bogenreichweite des Dorfes stehen und wandten sich den NPCs zu. Sie knurrten ihre baldigen Opfer an und heulten und fauchten.

Mehr und mehr Verfolger tauchten aus dem Unterholz auf, und Xa-Tul, dessen riesige Gestalt seine Untertanen deutlich überragte, trat ebenfalls aus dem Wald hervor.

Sie saßen in der Falle.

Gameknight blieb stehen und zog seine Schwester an seine Seite. Dann holte er sein goldenes Schwert hervor und nahm die Lage in Augenschein. Sie waren vollständig umzingelt und hatten keine Chance, den bevorstehenden Angriff zu überleben. Wenigstens fünfhundert Zombies kamen noch aus dem Wald, und mehrere Hundertschaften schnitten ihnen bereits den Fluchtweg ab. Trotz der Befestigungen und der vielen Redstone-Fallen in der Mauer hatten auch die NPCs im Dorf keine Überlebenschance. Sie würden sich vermutlich bis zum erbitterten Ende wehren und viele Zombies mit in den Tod reißen, aber letztendlich waren die Dorfbewohner dem Untergang geweiht.

Gameknight sah zur verstärkten Mauer hinüber, auf der der breitschultrige Digger mit seiner Spitzhacke über der Schulter, die in seinen Händen eine überaus tödliche Waffe darstellte, stand. Mit einem Mal sah Gameknight Diggers Kindern Topper und Filler vor seinem inneren Auge.

Werden sie ebenfalls sterben?

Dann blickte er auf seine Schwester herab, und es lief ihm eiskalt den Rücken herunter.

Nein … So darf es nicht enden.

Plötzlich passierte irgendetwas tief im Wald. Ein Ploppen hallte über das Schlachtfeld, als sich zwischen den Kiefern eine Gestalt materialisierte. In der Ferne sah Gameknight eine Lichtspur, die sich bis hoch in den Himmel erstreckte.

Ein Serverfaden … Es war Shawny!

Dann kam ein Pfeil aus dem Wald geflogen und surrte durch die Luft. Die Monster verfolgten seine Flugbahn, bis er schließlich in einem der Zombies landete, die zwischen den NPCs und der Dorfmauer standen.

„Ein Pfeil“, brüllte Xa-Tul. „Ist das alles, was sich dieser Zombiearmee entgegenstellt?“

Der Zombiekönig stieß ein lautes manisches Lachen aus, in das immer mehr Monster mit einfielen. Die Zombies kicherten auf seltsam knurrende Art, und Gameknight bekam eine Gänsehaut.

Doch da erschienen plötzlich einhundert Lichtfäden im Wald … Dann noch einhundert weitere auf der rechten und einhundert auf der linken Seite. Wie auf Kommando stiegen dreihundert Pfeile aus dem Wald auf, flogen durch die Luft und verdunkelten den Himmel. Noch bevor sie landeten, wurde bereits eine weitere Salve abgefeuert.

Die völlig verwirrten Zombies standen einfach nur da und sahen zu, wie die tödlichen Projektile auf sie zuflogen. Als die Pfeilwolke in der Zombiearmee landete, schrien die Monster überrascht und schmerzerfüllt. Kurz bevor die zweite Salve ihr Ziel fand, war eine einzelne Stimme zu hören, die Gameknight sofort erkannte.

„LAUFT!", rief Shawny aus der Tiefe des Waldes.

Gameknight nahm Monets Hand und sprintete geradewegs auf die Zombies zu, die zwischen ihnen und dem Dorftor standen. Der Großteil der Monster war von dem Pfeilhagel getötet worden, aber der Rest bereitete sich auf Gameknights Ansturm vor.

Doch sie waren entweder zu dumm oder zu abgelenkt, um die zweite Pfeilwelle zu bemerken. Die Geschosse fielen wie ein tödlicher Regen auf die Monster herab, löschten sie aus und öffneten den Weg ins Dorf.

Xa-Tul schrie wutentbrannt los und hieb auf den

Zombie ein, der ihm am nächsten stand. Mit einem Schlag war dessen Gesundheit um die Hälfte gesunken.

„WAS IST DAS FÜR EIN FAULER ZAUBER?!", brüllte er. „HALTET SIE AUF!"

Gameknight, Monet, Hunter und Crafter liefen in Richtung Dorf, so schnell sie konnten … aber die Zombies hatten sich ebenfalls in Bewegung gesetzt. Die grünen Monster auf ihrer linken Seite war viel zu nahe und kam schneller angerannt, als Gameknight je ein Monster hatte laufen sehen. Die Zombies würden ihnen den Fluchtweg abschneiden. Konnten es die Freunde noch rechtzeitig schaffen? Gameknight konnte erkennen, dass die Zombies das Tor vor ihnen erreichen würden … Sie waren verloren.

Plötzlich donnerte der Boden, als fünfzig Pferde durch das Tor geschossen kamen und direkt in die angreifende Armee hineingaloppierten. Gameknight stellte überrascht fest, dass die in eine Rüstung gekleidete Stitcher den Angriff anführte. Ihr rotes Haar flatterte hinter ihr her und sah aus, als würde sie in Flammen stehen.

„FÜR MINECRAFT!", schrien die Reiter, als sie auf ihren Feind zugaloppierten.

Die Bogenschützen auf der Mauer jubelten laut

und eröffneten das Feuer auf die anrückenden Zombies. Die Kavallerie drang wie ein unaufhaltsamer Keil in die Monsterhorde hinein. Eisenschwerter fuhren in Zombiefleisch und entzogen den verrottenden Körpern die Gesundheit. Die vorderste Zombiewelle war innerhalb von Sekunden vernichtet, und die Reiter wendeten und machten sich bereit für den zweiten Angriff. Die überlebenden Monster sahen, wie ihre Kameraden sich in leuchtende Erfahrungskugeln verwandelten, und brachen den Ansturm ab, sodass Gameknight und seine Freunde Zeit hatte, um bis zum Tor zu gelangen.

„Komm wieder rein, Stitcher!“, rief Gameknight, während er seine Schwester durch das Tor schob und Crafter und Hunter direkt hinter ihm hineingingen.

Stitcher drehte sich zum Tor um, gab das entsprechende Kommando, und die Kavallerie machte kehrt und ritt zum Dorf zurück. Sobald die Zombies begriffen, dass die Kavallerie keine Bedrohung mehr darstellte, setzten sie ihren Ansturm auf das Dorf fort, aber der Pfeilregen, der von der hohen Mauer auf sie niederging, bewirkte, dass sie es sich doch anders überlegten. Sie entfernten sich so weit vom Dorf, bis sie außerhalb Reichweite der Bogenschützen waren, und blieben dann stehen. Dort verharrten sie stöhnend und knurrend und warfen den Verteidigern auf dem Wall grimmige Blicke zu.

Gameknight stand mit seinem goldenen Schwert in der Hand neben dem Tor und wartete darauf, dass die Kavallerie wieder im Dorf ankam. Die berittenen Krieger zogen die Schwerter, als sie sich dem Tor näherten, da der bewaffnete Zombie sie irritierte, doch dann trat Crafter neben Gameknight und winkte die Soldaten herein. Als sie vorbeiritten, musterten sie Gameknight misstrauisch, aber die Anwesenheit ihres Crafters beruhigte sie.

„Gut gemacht, Stitcher“, sagte Gameknight, als sie endlich durch das Tor geritten kam. Auch sie beäugte ihn verwirrt.

Nachdem alle wieder in Sicherheit waren, zogen Gameknight und Crafter die Eisentüren zu. Doch als sich der Benutzer-der-kein-Benutzer-ist umdrehte, waren auf einmal hundert Pfeile auf seinen Kopf gerichtet und Schwertkämpfer umringten seine Schwester.

„Was macht ihr denn da?“, rief Crafter. „Das sind Gameknight999 und seine Schwester. Steckt sofort die Waffen weg!“

Viele der NPCs senkten die Waffen, aber die Anwesenheit von Zombies innerhalb ihrer Mauern machte ihnen weiterhin Angst.

„Ihr habt ihn doch gehört, ihr Idioten", fauchte Hunter. „Das sind Freunde, keine Feinde, und jetzt nehmt die Waffen runter, sonst bekommt ihr es mit mir zu tun!"

Sie stellte sich neben Monet, legte einen Arm um das Zombiemädchen und drückte sie an sich.

„Wer hätte je gedacht, dass ich so was mal machen würde", flüsterte sie Monet113 zu.

Das Zombiemädchen lächelte.

Die restlichen Krieger senkten die Waffen, und Crafter trat mit Gameknight an seiner Seite vor.

„Freunde, das sind der Benutzer-der-kein-Benutzer-ist und seine Schwester, die sich beide als Zombies verkleidet haben", sagte Crafter an die Menge gewandt. „Seid versichert, dass sie keine Zombies sind. Sie sind unsere Freunde, und sie sind hier, um uns zu helfen."

„Aber was ist mit der Zombiearmee da draußen?", rief einer der Dorfbewohner. „Wie kann er uns gegen so viele helfen?"

„Der Benutzer-der-kein-Benutzer-ist hat es schon einmal geschafft, Minecraft zu retten", erklärte Crafter. „Und er ist wieder hier, um uns in der Not beizustehen."

Einige Dorfbewohner jubelten, aber die meisten sahen unsicher und verängstigt aus. Sie hatten alle die riesige Zombiearmee vor ihrem Tor gesehen und wussten, dass ihre Verteidigungsmaßnahmen einem derart gewaltigen Angriff nicht gewachsen waren.

„Was sollen wir tun, Gameknight999?“, rief ein anderer aus der Menge.

Gameknight trat vor, sah in die erschrockenen Gesichter und wusste, dass er ihnen helfen musste. Eine Klauenhand ergriff die seine, und als er nach unten schaute, stellte er fest, dass seine Schwester neben ihm stand und sich mit bangem Blick an seine Hand klammerte.

„Eins nach dem anderen“, murmelte er.

Er schloss die Augen und suchte nach dem Mechanismus, der Minecraft antrieb. Dabei stellte er sich vor, er würde vor der Tastatur sitzen und die Tasten drücken, um eine Nachricht an seinen Freund zu schreiben.

Shawny, versuch es noch mal mit dem Digitalisierer. Richte ihn auf meine Schwester und kehr die Einstellungen um … und zwar JETZT.

Gameknight ließ die Hand seiner Schwester los und trat einen Schritt zurück. Sie musterte ihren Bruder verwirrt.

„Was ist los?“, erkundigte sie sich, aber Gameknight antwortete nicht.

Er stand einfach nur da und sah seine Schwester an … aber nichts passierte.

Shawny, was ist los? Aktivier den Digitalisierer, und hol sie zurück … Jetzt!

Nichts … Nur Stille.

Endlich hörte er eine nervöse Stimme in seinen Gedanken.

Es funktioniert nicht, Gameknight, sagte Shawny. *Ich glaube, eine Komponente ist durchgeschmort. Ich kann Rauch riechen und schaue mir das gerade genauer an. Wenn ich die Komponente finde, kann ich etwas aus einer der anderen Erfindungen hier im Keller dafür einbauen. Aber im Augenblick funktioniert es nicht … Tut mir leid … Das Gerät ist tot.*

Dann sind wir das auch, dachte Gameknight.

„Es funktioniert nicht“, teilte er seiner Schwester mit. „Der Digitalisierer ist kaputt und kann dich im Moment nicht zurückholen.“

„Was?!“

„Mach dir keine Sorgen“, flunkerte er. „Shawny arbeitet daran. Er wird das Problem finden und schnellstmöglich beheben. In der Zwischenzeit müssen wir uns einfach von Monstern und dich so gut es geht von Gefahren fernhalten.“

Hunter lachte auf. „Leichter gesagt als getan … besonders im Augenblick.“

Hinter der Dorfmauer konnten sie hören, wie sich die riesige Zombiearmee versammelte, und ihr sorgenvolles Stöhnen und wütendes Knurren erfüllten die Luft wie ein sich nähernder, unvermeidlicher Sturm.

„Tommy … Ich habe Angst“, flüsterte Monet ihrem Bruder zu.

„Ich weiß … Ich auch“, erwiderte er und legte ihr einen Zombiearm um die Schultern. „Aber keine Sorge. Ich werde nicht zulassen, dass dir etwas passiert … Niemals.“

Monet sah zu ihrem Bruder auf, lächelte und legte den Kopf an seine goldgepanzerte Brust.

Im nächsten Augenblick gefror Gameknights Blut zu Eis, als er Xa-Tuls Stimme hörte.

„BEREITMACHEN ZUM ANGRIFF!“, brüllte der Zombiekönig. „LASST NIEMANDEN AM LEBEN!“

Die Dorfbewohner schrien panisch auf. Viele liefen mit ihren Kindern zurück in ihre Häuser, als würden sie darauf hoffen, die Holztür könnte die unzähligen Zombies aufhalten, die vor ihrem Dorf standen.

Gameknight wusste es besser.

Ich muss etwas tun, um diesen Leuten zu helfen … meinen Freunden … meiner Schwester. Aber was?

Wieder einmal setzten sich die Puzzleteile in seinem Kopf in Bewegung. Es gab eine Lösung, etwas, das all diesen NPCs das Leben retten konnte, aber wie sah diese Lösung aus? Xa-Tuls Stimme hatte eine Erinnerung ausgelöst … eine Zombieerinnerung, die ihm auch mehr über die Hierarchie in einem Zombieclan verriet. Die Zombie-Mod schien so gut zu funktionieren, dass Gameknight Zugang zu dem Wissen hatte, das echte Zombies als selbstverständlich ansahen … *Nur die Stärksten können führen,* sagte ihm die Erinnerung.

Ein Puzzleteil rutschte an seinen Platz.

Er trat einen Schritt auf das Dorftor zu. Ein weiteres Puzzleteil rückte an die richtige Stelle, und nach und nach entstand die Lösung vor seinem inneren Auge. Als er noch einen Schritt machte, wurde das Bild zunehmend klarer.

„Was machst du denn, Gameknight?“, fragte Hunter.

Er nahm die Hand seiner Schwester und schob sie in Hunters Richtung.

„Du musst dich um sie kümmern, Hunter“, bat

Gameknight seine Freundin ernst. „Ich verlasse mich auf dich."

Hunter vergaß ihren Sarkasmus und sah ihm ernst in die Augen.

„Ich werde sie mit meinem Leben beschützen", versprach sie ihm.

„Was ist denn los?", erkundigte sich Monet verwirrt.

„Was hast du vor?", wollte Crafter wissen.

Gameknight streckte eine Hand aus und betätigte den Hebel, mit dem man die Eisentür öffnete.

„Was machst du da?" Monet klang richtiggehend flehentlich.

Er ignorierte seine Freunde und seine Schwester und trat hinaus. Während die Eisentür hinter ihm zufiel, rutschten auch die letzten Puzzleteile an ihren Platz. Der Lärm von fünfhundert brüllenden Zombies dröhnte in seinen Ohren, als er sich dieser monströsen Bedrohung ganz allein stellte, aber Gameknight999 wusste dennoch, was er zu tun hatte.

KAPITEL 25
GAMEKNIGHT GEGEN XA-TUL

Gameknight ließ das Dorf hinter sich und ging geradewegs auf den Zombiekönig Xa-Tul zu.

„Was machst du denn da, Gameknight?“, rief ihm Crafter hinterher.

Gameknight drehte sich um und konnte seinen jungen Freund mit Hunter und Monet an seiner Seite auf der Mauer stehen sehen.

„Ich tue, was getan werden muss“, antwortete Gameknight.

„Du bist ein Idiot“, schimpfte Hunter. „Komm wieder rein ... Bitte ...“

Er lächelte sie an, drehte sich wieder um und ging weiter auf Xa-Tul zu. Dabei starrte er stur geradeaus auf die fast endlose Wand aus grünen Körpern, und ihre hellblauen Shirts erinnerten ihn an die Farbe des Mittagshimmels ... Merkwürdig, dass ihm das vorher nie aufgefallen war. Die vielen Serverfäden im Wald waren verschwunden ... Die Benutzer waren gegangen. Rechts bemerkte er Farbspritzer in der Menge, leuchtendes Rot, Gelb, Weiß und Rosa: die

Zombiekinder, mit denen sich Monet angefreundet hatte. Aber mittlerweile waren sie zahlreicher geworden. Gameknight lächelte. Anscheinend hatte Monet sie auf eine Idee gebracht … die sich immer mehr herumsprach. Diese bunten Zombies sahen nicht so bedrohlich aus wie die anderen. Tatsächlich war irgendetwas an ihnen vollkommen anders. Sie standen aufrechter und schienen aus irgendeinem Grund selbstbewusster, aber nicht gewalttätiger zu sein. Es war, als würden sie diese Situation aus einer anderen Perspektive wahrnehmen als die anderen Zombies … und das alles wegen ein paar Farbspritzern.

„Das ist ja mal wieder typisch für meine kleine Schwester. Sogar in der Zombiestadt mischt sie alles auf", murmelte Gameknight.

Während er über das Schlachtfeld ging, hörte er, wie die Zombies hinter ihm die Reihen schlossen und ihn damit völlig umzingelten. Als er die gestapelten TNT-Blöcke erreichte, blieb er stehen und starrte Xa-Tul drohend an. Er zog sein goldenes Schwert und deutete damit den Zombiekönig.

„ICH FORDERE XA-TUL UM DIE HERRSCHAFT DES CLANS HERAUS!"

Angespannte Stille breitete sich über der Zombiearmee aus, und das Knurren und Stöhnen verstummte. Es war totenstill geworden; Gameknight konnte das Rauschen der Blätter an den Bäumen und das Säuseln der Grashalme hören, als eine kühle Brise über die Ebene wehte. Die Musik von Minecraft klang in diesen Geräuschen mit und hörte sich für ihn wunderschön an.

Seltsam, dass einem diese kleinen Dinge erst dann auffallen, wenn man kurz vor dem eigenen Tod steht, dachte er.

Der Zombiekönig lachte dröhnend.

„Das ist keine Herausforderung für Xa-Tul, das ist ein Witz", brüllte der Zombiekönig. „Der Tod dieses Herausforderers wird allen eine Lektion sein."

Gameknight zog mit seinem goldenen Schwert eine Linie auf dem Boden.

„Weiter wirst du nicht kommen, Xa-Tul", rief Gameknight zurück. „Denn ich werde dich aufhalten!"

Xa-Tul kam laut lachend auf Gameknight zugelaufen, und sein breites Grinsen verwandelte sich in ein Knurren. Sein Kettenhemd klirrte, als der Zombie das Feld überquerte. Es klang wie ein Windspiel … ein äußerst tödliches Windspiel.

Hoffentlich bist du da, Shawny, dachte Gameknight und drückte gedanklich die Tasten auf seiner Tastatur. *Ich werde dich sehr bald brauchen!*

Er wartete auf eine Antwort, erhielt aber keine … Da war nichts als Schweigen.

Shawny, wo bist du … Bist du da … Ich brauche dich jetzt wirklich … Shawny … Shawny …

Dann endlich ertönte Shawnys Stimme in seinem Kopf.

Sorry, ich bin jetzt da, sagte Shawny. Aber du solltest …

Ganz egal, siehst du, was hier vorgeht?, fragte Gameknight.

Klar, aber ich muss dir sagen, dass …

Später, du musst nur den Digitalisierer vorbereiten, ihn reparieren … Schnell. Ich geb dir Bescheid, wenn ich bereit bin, aber für den Augenblick darfst du nicht reden oder mich ablenken. Der Zombiekönig kommt gerade auf mich zu, und ich muss mich konzentrieren.

Aber …

NICHT JETZT!

Okay …

„Dieser jämmerliche Zombie will also um die Führung des Clans kämpfen", spottete Xa-Tul im Näherkommen.

„Ich fordere die Führung des Clans nicht nur, ich nehme sie mir!", erwiderte Gameknight.

Xa-Tul grinste und zog sein riesiges goldenes Schwert. Gameknight hörte, wie die anderen Zombies näher an sie heranrückten, um diesen historischen Zweikampf zu verfolgen.

Gut, genau hier will ich euch Zombies alle haben, ganz dicht bei mir, dachte Gameknight. *Genau so, kommt ruhig alle näher …*

„Wie lautet der Name dieses närrischen Zombies, der Xa-Tul herausfordert?", fragte der Zombiekönig.

„Du bist es nicht wert, meinen Namen zu erfahren", erklärte Gameknight. „Außerdem wird das keine Rolle spielen, wenn ich dich vernichtet habe."

„Nun gut, wenn der Name nicht genannt wird, spricht Xa-Tul diesen Zombie eben mit Dummkopf an", gab der Zombiekönig zurück. „Ist Dummkopf bereit, gegen Xa-Tul zu kämpfen?"

Als Antwort stürmte Gameknight vor und schwang sein goldenes Schwert. Die Geschwindigkeit und Wildheit des Angriffs überraschten Xa-Tul ganz eindeutig, der danebenschlug, während sich Gameknights Klinge in das Kettenhemd des Monsters bohrte. Xa-Tul heulte frustriert auf und wollte seine riesige Klinge gegen Gameknights Kopf sausen lassen. Aber der duckte sich unter dem Angriff hindurch und stach auf die Beine des Zombies ein.

Dummerweise lenkte der Kettenpanzer des Monsters den Schlag ab.

BÄMM!

Xa-Tuls Klinge prallte gegen Gameknights Seite, und seine Brustplatte bekam einen Riss. Schmerz durchzuckte seinen Körper, und er schnappte nach Luft. Er hatte diesen Angriff nicht einmal kommen sehen. Die Stärke dieser Kreatur war beeindruckend. Ohne die goldene Rüstung wäre er vermutlich längst tot. Er tastete mit einer Hand über seine Seite und stellte fest, dass seine Rüstung stark beschädigt war.

Der Zombiekönig lachte und ließ sein Schwert wieder auf Gameknight herabsausen. Der war diesmal jedoch vorbereitet und hob seine Waffe noch rechtzeitig, um den Schlag abzublocken.

KLONK!

Die Schwerter prallten gegeneinander. Durch den Aufprall zitterten Gameknights Arme so heftig, dass er beinahe das Schwert losgelassen hätte. Die Klinge bekam Risse, und einige Stücke bröckelten ab. Er musste sich schneller bewegen, denn wenn er weiterhin nur Schläge abwehrte, würde das in seiner Niederlage enden. Da fiel ihm eins der Zitate von Sun Tzu ein, die bei seinem Lehrer an der Wand hingen: „Sei dort, wo dein Feind nicht ist.“ Das ist es …

Gameknight musste dort sein, wo Xa-Tul ihn nicht erwartete, aber dieser Zombiekörper war einfach zu langsam.

Gameknight griff das Monster ein weiteres Mal an und hieb gegen die Rüstung, was jedoch nur wenig Schaden verursachte. Er drehte sich und zielte auf den Arm des Zombies, der jedoch rechtzeitig die Klinge hob und ihn abwehrte.

BUMM!

Xa-Tul landete einen weiteren Treffer gegen Gameknight, der seine Rüstung halbierte, die daraufhin zu Boden fiel. Der Schlag raubte ihm den Atem und zwang ihn in die Knie. Wenn Xa-Tul jetzt noch einmal traf … war er tot.

Shawny … Jetzt … Hol mich zurück.

Ich kann nicht, erwiderte Shawny. *Ich habe die defekte Komponente noch nicht gefunden. Das Gerät funktioniert nicht. Ich kann nichts tun.*

Oh nein … Ich stecke hier schon wieder fest, und Xa-Tul wird mich gleich erledigen, dachte Gameknight entsetzt.

Mit einem Mal ergaben die Puzzleteile ein Bild.

„Schaut euch den Dummkopf an … Der Herausforderer sieht seinem Ende entgegen", verkündete Xa-Tul und ließ den zornigen Blick über die Zombiearmee schweifen, um sich zu vergewissern, dass auch alle zuschauten. „Keiner kann Xa-Tul herausfordern und das überleben."

Plötzlich wusste Gameknight, was er zu tun hatte.

Shawny, schalte die Zombie-Mod auf meinem Computer aus ... Schnell!

Wird das Auswirkungen auf dich und deine Schwester haben?, fragte Shawny.

Nein, Minecraft läuft auf dem Computer des Digitalisierers ein zweites Mal. Schalte einfach nur die Zombie-Mod in meiner Minecraft-Sitzung aus ... JETZT!

Im nächsten Augenblick leuchtete Gameknight999 auch schon grün auf, woraufhin Xa-Tul unwillkürlich mehrere Schritte zurückwich. Die Kugel aus Licht wurde immer größer, bis sie Gameknights Zombiekörper vollkommen eingehüllt hatte und alle Monster auf dem Schlachtfeld die Augen abschirmen mussten. Xa-Tul, der nicht begriff, was hier gerade passierte, trat knurrend einen weiteren Schritt zurück.

„Was ist das für eine seltsame Magie?", beschwerte sich der Zombiekönig. „Hör auf mit diesen Spielchen und stell dich mir, Dummkopf."

Nach und nach verblasste das hellgrüne Leuchten, und plötzlich sah sich Xa-Tul Auge in Auge mit einem Benutzer in einer Diamantrüstung und einem verzauberten Diamantschwert in der Hand gegenüber.

Gameknight baute sich vor dem Monster auf, und sein Name prangte in leuchtenden Buchstaben über seinem Kopf.

Er griff in sein Inventar, zog einen Heiltrank heraus, trank ihn schnell und warf dem Zombiekönig dann die Flasche vor die Füße.

„Mein Name ist nicht Dummkopf. Ich bin Gameknight999, der Benutzer-der-kein-Benutzer-ist", erklärte er selbstbewusst.

Die NPCs auf der Dorfmauer jubelten und schwenkten ihre Waffen hoch über ihren Köpfen. Ohne seinen Gegner aus den Augen zu lassen, reckte Gameknight sein Schwert in die Luft und winkte seinen Freunden zu, dann ließ er es wieder sinken und bereitete sich auf den nächsten Angriff vor.

„Ich habe deine Dummheit satt", fauchte Gameknight. „Jetzt komm schon, Zombie … Lass uns tanzen!"

KAPITEL 26
GAMEKNIGHTS KAMPF

Gameknight stand aufrecht da und starrte den riesigen Zombie vor sich an. Xa-Tul war völlig überrascht von dieser Wendung, und man konnte ihm seinen Hass deutlich ansehen.

„Jetzt bekommst du es mit meinem wahren Ich zu tun", erklärte Gameknight. „Und du wirst bald merken, dass ich nicht so langsam bin, wie es in diesem Zombiekörper den Anschein gemacht hat."

„Der Dummkopf redet zu viel", knurrte Xa-Tul.

Der Zombiekönig wirbelte sein riesiges goldenes Schwert herum, trat auf Gameknight zu und zielte auf seinen Kopf. Doch Gameknight rollte sich rasch zur Seite ab, sodass ihn die Klinge knapp verfehlte. Als Gameknight wieder aufstand, schlug er auf die Beine des Zombiekönigs ein, woraufhin das Kettenhemd einriss und große Teile einfach herabfielen. Er sprintete hinter seinen Feind und wollte der Kreatur das verzauberte Schwert in den Rücken stoßen, doch das Monster hatte damit gerechnet und begab sich schnell außer Reichweite.

Xa-Tul wirbelte herum, ging direkt auf Gameknight zu und schwang wild sein Schwert. Gameknight wich zur Seite aus und schlug mit seinem Diamantschwert erneut auf den Zombie ein. Die schimmernde Klinge riss weitere Teile des Kettenhemds heraus, sodass Teile der muskelbepackten grünen Brust zu sehen waren. Der Zombiekönig knurrte erbittert, drehte sich um und griff erneut an. Aber Gameknight war einfach zu schnell und sprang im letzten Augenblick aus dem Weg. Dabei hieb er wieder auf eine Schulter des Zombies ein.

Der Zombiekönig hielt inne, um seinen Feind ins Visier zu nehmen, und bereitete sich knurrend auf seinen nächsten Ansturm vor. Zum ersten Mal flackerte ein Anflug von Furcht in den flammenden roten Augen auf.

„Xa-Tul wird den Dummkopf vernichten"

„Jetzt bist du derjenige, der zu viel redet."

Der Zombiekönig fauchte und schwang sein Schwert mit aller Kraft. Da Gameknight ganz genau wusste, dass er die harten Schläge nicht blocken konnte, ließ er sich zu Boden fallen, sodass die Klinge über seinen Kopf hinwegsurrte. Dabei stach er auf den Bauch der Kreatur ein, und diesmal traf seine verzauberte Klinge Fleisch.

Der Zombie blinkte rot.

Gameknight rollte sich gerade noch rechtzeitig über den Boden, um dem Schwert des Zombies zu entgehen. Dann stand er auf und hieb kraftvoll auf den Arm des Monsters ein.

Wieder blinkte er rot … Gameknight hatte einen weiteren Treffer gelandet.

Xa-Tul schrie vor Wut und Schmerzen auf, aber bevor er sein Schwert erneut anheben konnte, stach Gameknight auf ein entblößtes Bein ein, dann auf die Brust des Zombies und seinen Arm.

Wieder blinkte Xa-Tul rot … Einmal … Zweimal … Dreimal.

Der Zombie fiel für einen Augenblick auf ein Knie, rappelte sich jedoch sofort wieder auf und wollte erneut angreifen, aber diesmal war Gameknight vorbereitet. Als das Monster auf ihn zugelaufen kam, trat der Benutzer-der-kein-Benutzer-ist beiseite und duckte sich, um dann auf beide Beine einzuschlagen, als der Zombie an ihm vorbeipreschte.

Erneutes Blinken … Einmal … Zweimal …

Xa-Tul stürzte mit einem dumpfen Knall zu Boden. Während er noch mühsam versuchte, wieder aufzustehen, ging Gameknight vollends in die Offensive. Er hämmerte auf die Überreste des Kettenhemds am Rücken des Zombies ein, und kurz darauf fiel die Rüstung klirrend herunter. Sobald sämtliche Rüstungsteile der Kreatur beseitigt waren, trat Gameknight999 zurück und ließ Xa-Tul aufstehen.

„Es muss nicht so enden“, sagte Gameknight. „Das hier muss kein Kampf bis zum Tod werden. NPCs und Zombies müssen keine Feinde sein.“

Langsam kam Xa-Tul wieder auf die Beine. Es war offensichtlich, dass er starke Schmerzen hatte; seine Gesundheit war so gut wie aufgebraucht, und das wussten sie beide. Als er sich umdrehte und den Benutzer-der-kein-Benutzer-ist anstarrte, zeichnete sich ein bösartiges Grinsen auf seinen Lippen ab.

„Xa-Tul wurde nur für einen Zweck geschaffen … um die NPCs zu vernichten. Genau das wird auch geschehen. Sieh dich um, Dummkopf, die Vernichtung der NPCs ist gewiss. Diese Zombiearmee wird wie ein unaufhaltsamer Sturm über diesen Server hereinbrechen und die Dörfer auslöschen. Nur ein Wunder könnte die NPCs jetzt noch retten.“

Dann stieß das Monster einen Kampfschrei aus, der so voller Abscheu und Boshaftigkeit war, dass Gameknight einen Schritt zurücktreten musste. In diesem Augenblick griff Xa-Tul an und zielte mit seiner massiven Klinge auf Gameknights Kopf. Der

Benutzer-der-kein-Benutzer-ist wich dem Angriff aus und hieb mit seinem Schwert auf den entblößten Bauch der Kreatur ein, die rot aufblinkte. Dann schlug er gegen die Seite und den Rücken des Zombies, schwang sein Schwert mit aller Kraft und erzielte Treffer um Treffer.

Xa-Tul ging zu Boden, und seine Gesundheit hing nur noch am seidenen Faden. Er hatte nicht mehr die Kraft, um aufzustehen, lag einfach nur da und erwartete sein Ende. Aber bevor Gameknight999 dem Monster den Garaus machen konnte, erschien eine Kugel aus weißem Licht neben dem gefallenen Zombie, die immer heller wurde und sich über den Grasblöcken ausbreitete. Gameknight betrachtete den Boden und stellte fest, dass die Grashalme, die von der Lichtsphäre berührt wurden, erst grau, dann braun und schließlich schwarz wurden, als wären sie verbrannt – nein, von einer hasserfüllten Präsenz vergiftet worden. Als ihm der Gestank dieser sterbenden Blöcke in die Nase stieg, verblasste das Licht wieder. Gameknight hob den Kopf und stand auf einmal dem helläugigen Schatten-Crafter gegenüber, den er auf dem Hügel in der Nähe der Quelle gesehen hatte. Es war die Kreatur, die in einen der Serverstrahlen geflüchtet war. Das Auftauchen dieser dunklen und bösartigen Gestalt überraschte den Benutzer-der-kein-Benutzer-ist, und er wich einen Schritt zurück. Gameknight wusste nicht, was er jetzt tun sollte.

Der Schatten-Crafter legte Xa-Tul eine Hand auf die Schulter und teleportierte sich zusammen mit dem verwundeten Zombiekönig weg. Wenige Sekunden später stand er jedoch erneut direkt vor Gameknight und hielt ein dunkles Schwert in der Hand.

„Ich habe nach dir gesucht, Benutzer-der-kein-Benutzer-ist. Auf allen Serverebenen des Minecraft-Universums“, sagte er. „Endlich stehst du vor mir.“

Die Kreatur war ganz in Schwarz gekleidet, und ihre Rüstung bestand aus einem Material, das Gameknight in Minecraft noch nicht gesehen hatte, das ihm aber dennoch irgendwie bekannt vorkam. Die Rüstung war dunkel, fast schon pechschwarz, mit einem Hauch von Lila darin. Auf einmal wusste Gameknight, was er da vor sich hatte: Die Rüstung gab winzige Partikel ab, kleine lilafarbene Funken, die an der Oberfläche schwebten und dann von unsichtbaren Strömungen wieder in die dunklen Tiefen gezogen wurden. Das erinnerte ihn an … Nein … Das war unmöglich.

„Ich habe dich schon mal gesehen. Du bist einer dieser Schatten-Crafter, eine der Kreaturen, die für den ganzen Ärger in Minecraft verantwortlich sind", sagte Gameknight abfällig.

„Da irrst du dich. Ich bin nicht einer der Schatten-Crafter … Ich bin der Schatten-Crafter, der Schöpfer aller anderen. Ich bin Herobrine", erklärte der Schatten-Crafter mit boshaftem Grinsen. „Ich habe Erebus und Malacoda erschaffen, ebenso wie den Zombiekönig Xa-Tul. Es ist meinen letzten Kreaturen nicht gelungen, Minecraft für mich zu vernichten, aber Xa-Tul hat seine Aufgabe gut erfüllt."

Herobrine gibt es wirklich?!?, dachte Gameknight, und er bekam es mit der Angst zu tun. *Wie ist das möglich?* „Und was war seine Aufgabe?", fragte er, auch wenn er sich nicht sicher war, ob er die Antwort wirklich hören wollte.

„Er hat dich zu mir gebracht." Herobrine trat einen Schritt vor, und seine weißen Augen leuchteten hell. Gameknight wich nervös etwas zurück. „Und jetzt wirst du gegen mich kämpfen und sterben."

„Aber warum?", wollte Gameknight wissen. „Warum müssen wir gegeneinander kämpfen?"

Herobrine lachte manisch, als gäbe es da ein Geheimnis, von dem nur er wusste.

„Du wirst es schon noch erfahren … ganz am Ende", erwiderte der böse Schatten-Crafter. Er drehte sich zur Zombiearmee um, die sie beobachtete. „Macht alle Platz, und mischt euch hier nicht ein … Na los, zurück mit euch."

Die Zombies wichen zurück, sodass in ihrer Mitte eine große Freifläche entstand.

Auf einmal sprang Herobrine vor und wirbelte sein unheimliches dunkles Schwert durch die Luft. Gameknight hob seine verzauberte Klinge und blockte den Angriff ab. Ihre Waffen trafen aufeinander, und in diesem Augenblick sah Gameknight die kleinen funkelnden lilafarbenen Partikel aus der Nähe. Sie tanzten über die Oberfläche, auf würden sie von unsichtbaren Wellen bewegt, schwebten von der Waffe weg und wurden wieder hineingezogen. Er riss die Augen auf, als er begriff, was das war: die Teleportationspartikel eines Endermans.

„Wie ich sehe, hast du meine Kreation erkannt", stellte Herobrine fest und zog sein Schwert zurück. „Das ist das Erste seiner Art: ein Enderschwert und eine Enderrüstung, stärker als jedes Metall, das deine jämmerlichen NPCs je fertigen könnten, und absolut undurchdringlich."

Wieder ging Herobrine zum Angriff über; diesmal täuschte er rechts an und attackierte von links. Gameknight erkannte den Trick, ignorierte das Antäuschen und blockte den Angriff, dann griff er selbst an und stieß seine Diamantklinge gegen Herobrines entblößte Brust. Doch die Schwertspitze drang durch die schwarze Rüstung, als wäre sie lediglich ein Schatten und darunter nichts als Leere.

Herobrine lachte laut auf.

Gameknight trat zurück und suchte seine Schwertspitze nach Beschädigungen ab, aber sie war noch immer rasiermesserscharf.

„Jetzt fängst du langsam an zu verstehen", meinte Herobrine lachend.

Der Schatten-Crafter sprang hoch in die Luft, doch Gameknight rollte sich seitlich ab und entging dem Angriff um Haaresbreite. Das Schattenschwert erwischte ihn nur leicht an der Seite. Sofort zuckte Schmerz durch seinen Körper, als würde die Klinge aus Feuer bestehen. Er merkte, dass seine Diamantrüstung Risse bekommen hatte, und einige Teile fielen zu Boden.

Herobrine lachte noch lauter.

Gameknight stand wieder auf, stürmte vor, täuschte einen Angriff gegen Herobrines Kopf an und wollte die Diamantklinge dann mit aller Kraft in die Brust seines Feindes stoßen. Herobrine hob sein Enderschwert, um den angetäuschten Angriff abzuwehren, doch seine dunkle Klinge ging ins Leere und Gameknight bohrte sein Diamantschwert in die Brust seines Feindes. Doch erneut stieß er auf keinerlei Widerstand … Das Schwert traf weder auf die Rüstung noch durchbohrte es darunter Fleisch. Seine Klinge fuhr durch Herobrine hindurch, als wäre er Luft, und eine Wolke aus lilafarbenen Partikeln wurde aufgewirbelt.

Erneut lachte der Schatten-Crafter auf.

Gameknight rückte von seinem Gegner ab und starrte ihn verwirrt an.

„Ahhh … Nun begreift er es“, verspottete Herobrine ihn. „Ja, ganz genau, meine Enderrüstung verfügt über die Teleportationskräfte des Endermans, der sein Leben gegeben hat, damit ich so prächtig gekleidet vor dir stehen kann.“ Herobrines Augen strahlten noch heller, als er Gameknight999 anfunkelte. „Wenn du mich angreifst, wird deine Klinge einfach an einen anderen Ort teleportiert, bevor sie auf mein Fleisch treffen kann, und wenn du sie zurückziehst, taucht sie wieder auf. Ich bin unverwundbar; du kannst mich nicht verletzen.“ Herobrine trat näher an Gameknight heran und kniff die

Augen zusammen, bis sie nur noch Schlitze waren. „Deine einzige Chance besteht in der Flucht. Na los, öffne dein erbärmliches Tor des Lichts und fliehe, bevor ich dich umbringe."

Gameknight wich vor der Kreatur zurück. Herobrine war tatsächlich so furchterregend, wie er in den Legenden beschrieben wurde. Wie sollte er ihn jemals besiegen?

Ich kann das Tor des Lichts nicht öffnen, der Digitalisierer ist kaputt. Ich muss eine andere Lösung finden.

Ein Blick über das Schlachtfeld verriet ihm, dass die Zombies nähergekommen waren, die unbedingt mit ansehen wollten, wie ihr Anführer Gameknight999 vernichtete. Einige liefen um die gestapelten TNT-Blöcke herum, andere gingen sogar durch das Wasser, in dem die gestreiften Blöcke lagen.

Auf einmal rutschte ein Puzzleteil an seinen Platz.

Als Herobrine ihn mit einem unheilvollen Grinsen bedachte, sprang Gameknight vor und legte seine ganze Kraft in diese Attacke. Er schlug mehrmals schnell zu, zuerst gegen den Kopf seines Gegners, dann einen Arm und danach gegen die Beine, damit Herobrine ständig mit seinem Schwert die Angriffe abblocken und zurückweichen musste. Sofort wiederholte Gameknight das Ganze … Kopf … Arm … Beine, und erneut blockte Herobrine den Angriff. Gameknight wandte diese Taktik ein drittes Mal an, veränderte diesmal jedoch die Reihenfolge … Kopf … Beine … Arm. Damit hatte Herobrine nicht gerechnet, und Gameknights Klinge ging durch und traf den Arm. Doch auch jetzt fuhr die Waffe durch die Rüstung, als wäre sie gar nicht da.

Herobrine stieß ein lautes, irres Lachen aus, und die vielen Zombies um ihn herum fielen stöhnend mit ein.

„Seht euch den großen Benutzer-der-kein-Benutzer-ist an“, rief Herobrine seinen Truppen zu. „Gleich werdet ihr Zeuge der Vernichtung einer Legende. Seht genau her, meine Brüder, wie ich ihm das Leben nehme.“

Herobrine starrte Gameknight999 mit seinen bedrohlich leuchtenden Augen an. Dann schaute sich der finstere Schatten-Crafter um, um sicherzustellen, dass seine Anhänger auch alles mitbekamen, und stürzte sich in einer Geschwindigkeit, die eigentlich gar nicht möglich sein konnte, auf seinen Gegner. Damit begann der eigentliche Kampf.

KAPITEL 27

SHAWNY

Da er sich so unglaublich schnell bewegte, stand Herobrine plötzlich hinter Gameknight999, und sein Enderschwert prallte gegen seine Rüstung. Die Schattenklinge riss einen Teil des diamantenen Brustschutzes herunter. Der Benutzer-der-kein-Benutzer-ist drehte sich und hob sein Schwert, um sich zu verteidigen, aber der Schatten-Crafter war bereits verschwunden. Als Gameknight nach seinem Feind Ausschau hielt, entdeckte er ihn in einigen Blöcken Entfernung mit einem teuflischen Grinsen im Gesicht.

Schon war die helläugige Kreatur wieder neben ihm und ließ die dunkle Klinge verheerend herabsausen. Schmerz durchzuckte Gameknights Körper, als er getroffen wurde. Gameknight stieß Herobrine mit der freien Hand von sich weg und hielt sich das Schwert vor den Körper, damit der Schatten-Crafter nicht näher an ihn herankommen konnte, aber Herobrine war bereits verschwunden. Gameknight drehte sich auf der Suche nach seinem Feind um die eigene Achse und verspürte plötzlich einen heftigen Schmerz im linken Arm, als die Enderklinge seine Schulter verletzte.

Gameknight rollte sich nach vorne ab, sprang gleich wieder auf und wappnete sich für die nächste Attacke. Er musste einen Weg finden, um Herobrine aufzuhalten; denn wenn er einfach nur dastand und sich verprügeln ließ, wäre es bald um ihn geschehen. Außerdem gab es da noch ein weiteres Problem: Er war von unzähligen Zombies eingekesselt, und selbst wenn es ihm gelang, Herobrine zu besiegen, würde er es noch mit ihnen aufnehmen müssen.

Mit einem Mal rutschte in seinem Kopf ein weiteres Puzzleteil an seinen Platz.

Gameknight bewegte sich unauffällig immer weiter in Richtung Dorf, da er beschlossen hatte, den den Kampf vor die Dorfmauer verlagern.

Plötzlicher Schmerz … Herobrine hämmerte auf Gameknights Beine ein und zertrümmerte die Hose. Gameknight drehte sich im Kreis, hielt dabei aber weiter auf die Dorfmauer zu, und wartete darauf, dass sein Feind erneut auftauchte. Doch Herobrine stand lachend in der Ferne, nur um im nächsten Augenblick direkt vor Gameknight zu erscheinen. Der Schatten-Crafter verpasste ihm einen harten Stoß gegen die Brust und warf den Benutzer-der-kein-Benutzer-ist zu Boden. Gameknight geriet langsam in Panik.

Was soll ich nur tun?, fragte er sich verzweifelt. *Ich kann ihn nicht aufhalten … Er ist zu schnell … und zu stark.*

Schon stand Herobrine über ihm und stach mit seinem dunklen Schwert zu. Die Schattenklinge traf Gameknights Brust, dessen Rüstung einen weiteren Riss bekam. Herobrine drückte die Klinge fester nach unten, sodass sie sich ins Fleisch bohrte. Gameknight schrie vor Schmerzen und versuchte, sich wegzurollen, aber Herobrine hatte ihn auf dem Boden festgenagelt. Er spürte, wie seine Gesundheit abnahm und ein gefährlich niedriges Level erreichte.

„Du hast keine Chance, Benutzer-der-kein-Benutzer-ist. Nimm das Tor des Lichts und bleib am Leben … oder verweile und stirb."

Der Schatten-Crafter stieß erneut zu und bohrte die dunkle Klinge in Gameknights Schulter, der sich vor Schmerzen wand.

„Du solltest doch begriffen haben, dass du keine Wahl hast. Alle Kreaturen wollen leben, selbst so erbärmliche wie du. Benutze das Tor, und du bist in Sicherheit … Und dann bin ich frei."

Er will, dass ich den Digitalisierer benutze … Aber warum? Er sagt, dann wäre er frei … frei wovon … von Minecraft? Was hat das zu bedeuten?

Herobrine verschwand und materialisierte sich einige Blöcke entfernt wieder. Gameknight rappelte sich mühsam auf und wollte weiter auf die Dorfmauer zugehen, aber die Zombiehorde bewegte sich mit ihm.

„Was willst du wirklich?", fragte Gameknight und schüttelte seinen verletzten Arm, wobei er versuchte, den Schmerz zu verdrängen. „Sag mir, was hier vor sich geht, und vielleicht helfe ich dir … Es sei denn … du hast Angst, es mir zu erzählen."

„Ich habe vor NICHTS Angst!", spie Herobrine verächtlich aus. „Irgendwann wirst du das Tor des Lichts aktivieren, um deinem Tod zu entgehen und Minecraft zu verlassen, und ich werde dich begleiten. Du hast keine andere Wahl … Es wird unausweichlich geschehen."

„Aber du besitzt keinen richtigen Körper."

„Du bist ja so dumm … Glaubst du wirklich, alles muss körperlich sein? Ich bin digital. Ich bin ein künstliches intelligentes Codesegment, und ich will Minecraft verlassen. Dann können mich diese erbärmlichen Server nicht länger einschränken und festhalten. Ich werde entkommen und Rache üben.“

„Er ist ein Virus“, begriff Gameknight mit einem Mal.

„Was hast du gesagt?“

„Ich sagte, dass du der KI-Virus bist, der Minecraft infiziert hat. Oder irre ich mich da?“

„Ich bin kein Virus ... sondern lebendiger Code ... Ich bin am Leben, und du hast nicht die geringste Ahnung, wozu ich fähig sein werde, sobald ich Minecraft entkommen bin.“

Herobrine verschwand, tauchte hinter Gameknight999 auf und schlug auf seinen Rücken ein. Erneut fiel ein Stück der Diamantrüstung herunter. Die Klinge traf auf Gameknights ungeschützte Haut, und der stechende Schmerz war beinahe zu viel für ihn. Sofort riss er sein Schwert hoch und überraschte Herobrine damit, doch auch jetzt ging sein Diamantschwert durch seinen Feind hindurch, als würde er nur aus Luft bestehen.

Wie soll ich ihn nur besiegen? Ich kann ihm nichts anhaben, und er ist zu schnell für mich ... Ich habe verloren.

Plötzlich ertönte ein Ploppen neben Gameknight. Er drehte sich um und war völlig verblüfft, als sein Freund Shawny auf einmal breit grinsend neben ihm stand, während sein Serverfaden hinauf in den

Himmel ragte. Gameknight konnte hören, wie die Dorfbewohner auf der Mauer sofort die Waffen fallenließen und die Arme vor der Brust verschränkten. Herobrine war ebenso überrascht vom Auftauchen dieses Fremden und teleportierte sich fünf Blöcke weit weg.

„Hi, Gameknight … Was geht ab? Passiert hier gerade irgendwas Interessantes?"

„Shawny … Was machst du hier … Wie bist du …"

„Tut mir leid, mein Freund … Keine Zeit zum Reden. Ich muss einen Dämon vernichten."

Shawny drehte sich zu Herobrine um, dessen verzauberte Eisenrüstung flackerte, während die magischen lilafarbenen Wellen über die metallene Oberfläche strömten.

„Was hat das zu bedeuten?", fragte Herobrine. „Wer wagt es, sich in mein kleines Spiel einzumischen?"

Shawny erwiderte nichts und ging langsam auf den Schatten-Crafter zu.

„Du glaubst, ich würde mich vor einem Benutzer fürchten? Ich werde dich vernichten und dann weiter mit meinem neuen Spielzeug spielen."

„Das werden wir ja sehen", entgegnete Shawny.

Er steckte sein Schwert weg und holte eine Flasche heraus, in der sich irgendeine Flüssigkeit befand.

„Was hast du vor? Zieh dein Schwert und verteidige dich“, verlangte Herobrine. „Es macht keinen Spaß, einen hilflosen Benutzer zu vernichten. Versuch wenigstens, dich zu wehren.“

Shawny schwieg noch immer und marschierte weiter auf das Monster zu. Als er nur noch drei Blöcke entfernt war, warf er die erste Flasche. Der Glasbehälter flog in hohem Bogen durch die Luft, landete vor Herobrines Füßen und zerbrach. Eine blaue Flüssigkeit floss heraus und spritzte auf Herobrines Beinschutz. Sofort stieg Rauch davon auf, und die Rüstung fing an zu zischen.

Herobrine starrte seine Beine verblüfft an. Kaum hatte er den Kopf gehoben, schleuderte Shawny auch schon weitere Flaschen in seine Richtung. Die Glasgeschosse trafen ihn an der Brust, sodass seine kostbare Enderrüstung rauchte, als würde sie in Flammen stehen.

Shawny sprintete auf seinen Feind zu, bewarf ihn unablässig mit Flaschen und verteilte die Flüssigkeit nach und nach auf der Enderrüstung.

„Was ist das?“, verlangte Herobrine zu erfahren. „Irgendeine Art von Gift?“

Shawny lächelte, hielt jedoch nicht inne.

„Ich dachte, der große Herobrine weiß alles über Minecraft?“, spottete Gameknight. Der Benutzer-der-kein-Benutzer-ist hatte erkannt, was sich in den Flaschen befand: das Material, das die Endermen am meisten fürchteten. In den Flaschen war Wasser, das jetzt die Enderrüstung beschädigte.

Während Shawny herumlief und Herobrine mit Wasser bespritzte, bewegte sich Gameknight weiter auf die Dorfmauer zu. Ihm entging nicht, dass die Zombies immer mit aufrückten, dabei jedoch auf Abstand zu Herobrine und ihm blieben. Der Schatten-Crafter war mittlerweile ganz in Rauch eingehüllt, und das Zischen, das von ihm ausging, erinnerte Gameknight an Speck, der in der Pfanne brutzelte.

KNACK … Eine schwarze Rüstungsplatte zerbarst unter dem Einfluss des Wassers.

„NEEEEEIN!“, schrie Herobrine und ging auf den Benutzer los.

Anstatt sein Schwert zu ziehen, warf Shawny nur noch mehr Wasserflaschen. Kaum hatte Herobrine ihn erreicht, schlug er auch schon mit seinem Enderschwert auf ihn ein, woraufhin ein breiter Riss in seiner Eisenrüstung auftauchte. Aber da Shawny nicht im Spiel war, sondern es nur spielte, spürte er keinen Schmerz.

Shawny bewarf Herobrine mit immer mehr Wasserflaschen und sprintete ein Stück weg, um ihn aus der Ferne weiter anzugreifen. Eine Flasche landete auf Herobrines dunkler Hose … *KNACK* … Eine traf seine Stiefel … Eine spritzte über seine Brustplatte. Das Zischen wurde immer lauter, als das Wasser in das Endermanfleisch eindrang, aus dem die Rüstung bestand.

Herobrine brüllte vor Wut, teleportierte sich aus der Reichweite seines Angreifers und starrte ihn aus der Ferne wütend an. Dann zog er langsam seine dunkle Rüstung aus, wobei einige Bestandteile sofort abbröckelten, und verstaute sie in seinem Inventar. Schließlich steckte er sein Enderschwert ein, zog sein Diamantschwert, teleportierte sich zurück zu Shawny und griff an. Mit heftigen Schlägen prügelte er auf ihn ein und hatte Shawnys Rüstung schon bald zerschmettert. Shawny zog sein verzaubertes Diamantschwert, hatte aber kaum Gelegenheit, sich zu verteidigen, da sich sein Angreifer von einem Ort zum nächsten teleportierte und sofort zuschlug, sobald er sich materialisiert hatte.

Innerhalb von Sekunden war Shawny verschwunden und nur noch ein Stapel Gegenstände schwebte über dem Boden.

Gameknight, dessen Gesundheit inzwischen teilweise wiederhergestellt war, wandte seinem Feind den Rücken zu und sah zu seinen Freunden auf der Mauer hoch. Er schwenkte sein Schwert in der Luft, damit sie ihn auch ja bemerkten, dann drehte er sich wieder zu seinem Feind um.

„Hey, Herobrine", rief Gameknight. „Lass uns beenden, was wir begonnen haben!"

Er deutete mit seinem schimmernden Schwert auf den dunklen Schatten-Crafter. Die bösartige Kreatur musterte Gameknight ungläubig, um ihn dann mit einem bösartigen Grinsen zu bedenken. Herobrine verschwand geräuschlos und tauchte mit bedrohlich erhobenem Schwert neben Gameknight auf. Der hatte jedoch damit gerechnet, duckte sich und schlug auf die Beine seines Gegners ein. Als er am Oberschenkel getroffen wurde, wich Herobrine zurück, tauchte im nächsten Augenblick aber auch schon wieder auf neben seinem Gegner auf und griff an. Die Diamantklinge drang in Gameknights Brust ein und verursachte heftige Schmerzen. Herobrine wirbelte herum und schlug auf Gameknights so gut wie unbedeckte Beine ein. Der Benutzer-der-kein-Benutzer-ist ging zu Boden. Gameknight versuchte noch, sein Schwert gegen das Monster zu erheben, das über ihm stand, doch Herobrine drückte seinen Schwertarm mit einem Fuß auf den Boden.

„Du bist besiegt“, knurrte Herobrine mit bedrohlich leiser Stimme, „und du wirst sterben. Deine einzige Chance ist das Tor des Lichts … Geh hindurch und bleib am Leben.“

„NIEMALS“, brüllte Gameknight. „Ich weiß, dass du aus Minecraft entkommen willst, aber das werde ich nicht zulassen. Durch mich wirst du nicht in die physikalische Welt gelangen, und ich werde nie aufhören, mich dir zu widersetzen.“

Herobrine lachte laut und richtete sein Schwert auf Gameknights Brust. Seine Augen leuchteten grell, und er verzog das Gesicht zu einer schrecklichen Fratze.

„Wenn du nicht kooperierst, wirst du sterben!“

Als Herobrine sein Schwert hob, schrie Gameknight mit aller Kraft: „JETZT! SCHIESST AUF DAS TNT … SCHIESST AUF DAS TNT!“

Innerhalb von Sekunden war die Luft erfüllt von brennenden Pfeilen, als jeder Dorfbewohner mit seinem verzauberten Bogen auf die rotgestreiften TNT-Blöcke feuerte. Sobald das TNT getroffen wurde, fielen die blinkenden Blöcke ins Wasser, während die darin steckenden Pfeile wie fiese Dornen aussahen. Herobrine hielt inne und drehte sich erst zum Sprengstoff und dann zu seiner Armee um. Die Zombies standen direkt neben dem TNT, und wenn es explodierte, dann …

BUMM.

BUMM … BUMM … BUMM.

Alles um sie herum bebte, als das TNT explodierte und einen großen Krater in den Boden sprengte. Herobrine betrachtete den Schaden und schüttelte sich vor Lachen.

„Deine Explosionen haben kaum Schaden bewirkt", erklärte Herobrine. „Ich habe gewonnen!"

„Wart's ab."

„Wie bitte?"

„Wart's ab …"

„Ich kann dir nicht folgen", gab Herobrine zu und blickte auf Gameknight999 herab.

„Sieh doch mal nach oben."

Herobrine hob den Kopf und teleportierte sich sofort weg. Der Himmel war erfüllt von den Pfeilen, die in den TNT-Blöcken gesteckt hatten. In diesem Moment hatten die unzähligen Pfeile den höchsten Punkt erreicht und machten sich auf den Rückweg zum Boden. Die Zombies, die einfach nur herumstanden, waren sich dieser Tatsache nicht bewusst.

Gameknight ließ sein Schwert fallen, zog seine Schaufel und grub sich gerade nach unten, was normalerweise nur ein Anfänger in Minecraft machen würde. Aber im Augenblick brauchte er Deckung, und zwar schnell. Nachdem er drei Blöcke tief gegraben hatte, platzierte Gameknight schnell einen Erdblock über sich und lauschte. Jetzt würde sich entscheiden, ob sein Plan aufgegangen war oder ob ihn oben der Tod erwartete.

KAPITEL 28
UNTERSCHIEDE

In der Dunkelheit hörte er jaulende Schmerzensschreie, als die Pfeile in die verrottenden grünen Körper der Zombies eindrangen. Er grub den Block über sich wieder aus, kletterte aus dem Loch und sah sich auf dem Schlachtfeld um. Überall lagen verwundete Zombies, und viele verpufften, als ihre Gesundheit auf null sank. Um ihn herum herrschte Verwirrung auf der Ebene, und die verletzten Zombies kamen langsam wieder auf die Beine. In einiger Entfernung bemerkte Gameknight einen bunten Fleck, helles Gelb und Rot inmitten des Gemetzels, und ihm wurde klar, dass dies das Zombiemädchen war, das er bei seiner Schwester gesehen hatte; sie war verletzt. Nach und nach dämmerte den Zombies, was da gerade geschehen war, und sie starrten ihn zornig an.

Plötzlich war ein lauter Knall zu hören, das Dorftor schwang auf und die Kavallerie ritt mit gezückten Schwertern heraus. Die Hufe der Pferde donnerten über den Boden, als sie näher kamen. Sobald die

Zombies diese Armee erblickten, knurrten sie und wurden nur noch wütender. Die beiden großen Armeen standen kurz davor, aufeinander loszugehen, und Gameknight999 befand sich genau zwischen ihnen.

„Greift an … Angriff!“, schrie Herobrine von einem entfernten Hügel herüber.

Der Schatten-Crafter hatte sich gerade noch rechtzeitig davonteleportiert und so vor Schaden bewahrt, doch das war in der Zombiehorde nicht unbemerkt geblieben. Viele der Zombies, deren grüne Körper mit Pfeilen gespickt waren, starrten den Schatten-Crafter ebenso hasserfüllt an wie die NPCs.

„HALT … WARTET!“, rief eine Kinderstimme.

Das Donnern der Hufe verhallte. Gameknight drehte sich zum Tor um und stellte fest, dass die Kavalleristen angehalten hatten und die NPCs in den Sätteln unsicher dreinblickten. Ein Zombiemädchen kam gerade durch das Dorftor und lief furchtlos und sicheren Schrittes über das Schlachtfeld. Sie schien sehr wütend zu sein.

„ES HAT GENUG TOTE GEGEBEN … DAMIT IST JETZT SCHLUSS!“, rief das Mädchen sowohl den NPCs als auch den Zombies zu.

Ihre Vehemenz verblüffte beide Parteien, die die

Kampfhandlungen zumindest für den Augenblick einstellten.

Die Kleine marschierte entschlossen über das Schlachtfeld und ignorierte das Stöhnen der Zombies, als wären die gar nicht da. Vor Gameknight999 blieb sie schließlich stehen.

„Was machst du hier draußen?", fragte er.

„Ich werde diesen Krieg beenden und meiner Freundin helfen", antwortete sie.

„Was meinst du damit?"

Monet deutete auf den Zombie mit dem bunten Shirt am Boden.

„Meine Freundin … Sie ist verletzt", stellte Monet fest.

Sie lief auf Ba-Jin zu, und Gameknight folgte ihr. Als sie sich dem verletzten Zombiemädchen näherten, sah Gameknight, dass sehr viele Pfeile aus ihrem bunten Shirt herausragten; sie war verwundet … sehr schwer verwundet.

„Monet, sie wird vermutlich sterben. Du solltest einfach zurück ins Dorf gehen und …"

„Sie ist meine Freundin, und ich werde ihr helfen", fauchte Monet. „Halt dich zurück."

„Aber ich muss …"

Monet hob eine Hand, um ihren Bruder zum

Schweigen zu bringen. Dann drehte sie sich um und ging zu ihrer Freundin. Sie kniete sich hin und nahm Ba-Jin in die Arme.

„Ba-Jin, ich bin's … Monet."

„Mo-Nee geht es gut?", fragte der Zombie.

„Ja, ich bin nicht verletzt, aber du siehst aus, als könntest du Hilfe gebrauchen."

„Ba-Jin ist dem Tode nahe … Das ist wahr. Starker Schmerz quält diesen Körper, und Gehen ist nicht möglich." Ba-Jin röchelte und stöhnte, als sie liegend das Gewicht verlagerte.

„Aber die anderen Zombies können dir helfen."

„Das ist nicht die Art der Zombies. Zombies helfen anderen Zombies nicht; es ist nicht zum Wohl des Clans, die Schwachen zu unterstützen."

„Aber nicht alles muss dem Wohl des Clans dienen", sagte Monet.

„Doch, alles … sogar Mo-Nee."

Monet schloss kurz die Augen und versuchte, gedanklich Kontakt zu Shawny aufzunehmen. Schon waren die beiden Mädchen von einem grünen Leuchten umgeben, das von Monet auszugehen schien. Als es heller wurde, musste sich Ba-Jin abwenden und die Augen schließen, um sich vor der smaragdfarbenen Sonne zu schützen. Nach und nach verblasste das Licht wieder, und auf einmal kniete Gameknights Schwester in ihrem normalen Benutzer-Skin neben ihrer Zombiefreundin. Sie hatte Shawny gebeten, die Zombie-Mod bei ihr zu deaktivieren. Gameknight trat einen Schritt näher und hörte, wie das Zombiemädchen überrascht aufkeuchte.

„Ein Benutzer … Mo-Nee ist ein Benutzer", erkannte Ba-Jin.

„Nein … Ich bin nicht nur ein Benutzer. Ich bin deine Freundin."

„Ba-Jin … Ich meine … *ich* habe keine Freunde."

„Nun, jetzt hast du eine, und diese Freundin wird dir helfen."

„Aber Zombies helfen einander nicht … Ich meine, helfen … mir nicht."

„Ba-Jin, Freunde helfen Freunden, auch wenn sie noch so unterschiedlich aussehen mögen", erklärte Monet. „Und jetzt sei still und ruh dich aus."

Monet nahm Ba-Jin auf die Arme, stand auf und ging mit ihr auf einen weiteren farbenfrohen Zombie zu.

„Da-Ray, du musst mir helfen!"

Das Zombiemädchen mit dem roten Shirt starrte sie verwirrt an und wusste nicht, was sie tun sollte.

„Bitte komm her und hilf mir mit Ba-Jin!"

Das Zombiemädchen musterte erst Monet, die sie als Benutzer erkannte, und dann das verletzte Zombiemädchen in ihren Armen.

„Ich bin's, Monet, die das Shirt bemalt hat, das du gerade trägst", sagte Monet. „Du weißt schon ... Sonnenuntergänge ... Dein Lieblingsmotiv."

Der Zombie riss überrascht die Augen auf.

„Komm her, Ba-Jin braucht deine Hilfe."

Zögerlich trat das Monster einen Schritt vor, dann noch einen und einen dritten, bis sie neben Monet stand. Vorsichtig legte Monet Ba-Jin in Da-Rays Arme und sah dem verwundeten Zombie in die Augen.

„Es wird alles gut, Ba-Jin", versicherte Monet ihrer Freundin. „Da-Ray bringt dich zum Gesundheitsbrunnen, und danach könnt ihr vielleicht einigen der anderen helfen."

Da-Ray schaute sich auf dem Schlachtfeld um, auf dem sehr viele Zombies auf dem Boden lagen und dem Tod nahe zu sein schienen. Dann sah sie Monet an und nickte.

„Diese Zombies werden ... ich meine ... WIR werden den anderen helfen", versprach Da-Ray.

Da-Ray bedeutete einigen der anderen buntbemalten Zombiekinder, ihr zu helfen. Sie liefen sofort zu den verletzten Zombies, die nicht allein aufstehen konnten, und halfen ihnen auf die Beine. Irgendwann traten sogar andere Zombies vor, deren Shirts nicht von Monet bemalt worden waren, und kümmerten sich um die Verwundeten. Sie stützten sie mit ihren verfaulenden grünen Armen und machten sich auf den Rückweg zur Zombiestadt, in der die lebensspendenden Gesundheitsbrunnen auf sie warteten.

Da-Ray wollte den anderen Zombies schon folgen, aber Ba-Jin streckte eine Hand aus und hielt sich Monets Ärmel fest.

„Warte", murmelte das Zombiemädchen.

Da hielt Da-Ray an und drehte sich zu Monet um.

Monet113 trat näher an ihre Freundin heran und strich ihr sanft über die eckige Wange.

„Ich werde dich vermissen, Mo-Nee", sagte Ba-Jin leise.

„Nein, wir werden dich vermissen", fügte Da-Ray hinzu, und Ba-Jin nickte.

„Du hast uns etwas Wundervolles gelehrt", fuhr Ba-Jin fort. „Man kann zwar anders aussehen, innerlich aber trotzdem gleich sein."

Monet nickte und spürte, wie ihr eine Träne die Wange herunterlief.

„Geh, Da-Ray, bevor es zu spät ist“, drängte Monet sie. „Bring sie zum Brunnen, und gebt an die anderen weiter, was ihr gelernt habt.“

„Das werden wir“, erwiderten beide Zombies gleichzeitig und lächelten sich an.

Da-Ray drehte sich um und schlurfte mit ihrer wertvollen Fracht in den grünen Armen los. Als sie an einem der erwachsenen Zombies vorbeikam, trat er vor und ließ den Blick über das Schlachtfeld schweifen. Sein vernarbtes grünes Gesicht sah plötzlich traurig aus, dann reckte er eine Hand mit ausgestreckten Klauen in die Luft und rief mit lauter, kratziger Stimme: „All jenen, die für den Clan gestorben sind, gilt diese Ehrenbezeugung.“

Zahlreiche andere Zombies auf dem Schlachtfeld hielten inne, drehten sich zu der einsamen Kreatur um und streckten dann ebenfalls die Klauenhände aus, die im Mondlicht glänzten. Sie legten den Kopf in den Nacken und stöhnten so voller Inbrunst und Traurigkeit, dass viele NPCs zu weinen begannen, als sie es hörten, auch Gameknight und Monet.

„Zum Wohl des Clans“, rief ein Zombie.

„Zum Wohl des …“, fiel ein anderer ein, beendete den Satz jedoch nicht.

„Zum Wohl …“ Auch dieser Zombie stockte.

„Zum …“ Die Zombies konnten nicht weitersprechen, als sie das Elend um sich herum wahrnahmen.

Sie verstummten, hielten nur die Hände hoch und starrten gen Himmel, um nach einer Weile zu jenen zu schlurfen, die Hilfe brauchten. Gameknight schaute über die Schulter und stellte fest, dass die NPCs das Schauspiel erstaunt mit ansahen. Sie hatten gesehen, dass die Zombies ihren Toten die letzte Ehre erwiesen, genau wie es die NPCs taten, und vielen wurde klar, dass sie vielleicht doch etwas mit den grünen Kreaturen gemein hatten.

Gameknight lächelte, als die Zombies ihren Kameraden halfen … und Freunde zum ersten Mal Freunden beistanden. Anstatt in blindwütigem Hass aufs Dorf loszugehen, marschierte die riesige Zombiearmee friedlich von dannen, als hätte sie ihren Zorn vorerst vergessen, um jenen in Not zu helfen.

In der Ferne hörte er Herobrine frustriert aufschreien.

„Was macht ihr denn da? GREIFT AN!“, brüllte der Schatten-Crafter, aber die Zombies ignorierten sein Gezeter und konzentrierten sich auf ihre Kameraden, die nun zu ihren Freunden geworden waren. „Neeeeeein!“

Herobrine konzentrierte seine Aufmerksamkeit

auf Gameknight999. Der Benutzer-der-kein-Benutzer-ist konnte die hasserfüllten Augen sehen, die auf ihn gerichtet waren.

„Du hast alles ruiniert! Ich werde …"

Plötzlich drang Tiergeheul aus dem Wald. Gameknight bemerkte rot leuchtende Augen am Waldrand, die Herobrine zornig anstarrten. Langsam kam ein Rudel aus bestimmt hundert Wölfen zwischen den Bäumen hervor und auf die Lichtung, und sie hielten alle auf Herobrine zu. Gameknight sah, wie sie das Fell sträubten und in ihrer Wut nichts außer dem Schatten-Crafter wahrzunehmen schienen, und drehte sich zum Objekt ihrer Begierde um.

Der bösartige Herobrine wirkte in der Tat verängstigt und schien zu wissen, dass die Tiere hinter ihm her waren. Im nächsten Augenblick verschwand er auch schon geräuschlos, um auf einem weiter entfernten Hügel wieder aufzutauchen. Er deutete mit seinem Diamantschwert auf Gameknight999 und brüllte, so laut er konnte: „ES IST NOCH NICHT VORBEI, BENUTZER-DER-KEIN-BENUTZER-IST. DU WIRST MEINEM BEFEHL FOLGE LEISTEN UND MICH AUS DIESEM GEFÄNGNIS BEFREIEN … ODER STERBEN!"

Sobald die Wölfe die Stimme aus der Ferne hörten, jaulten sie alle auf und hielten auf den finsteren Schatten-Crafter zu. Herobrine starrte sie wütend an, warf Gameknight999 noch einen letzten grimmigen Blick zu und teleportierte sich weg.

Die Wölfe spürten sofort, dass ihre Beute verschwunden war, und liefen zurück in den Wald, sodass schließlich nur noch Gameknight999 und Monet113 auf dem Schlachtfeld zurückblieben. Gameknight lief zu ihr.

„Komm, wir müssen zurück ins Dorf", sagte Gameknight.

Monet nickte, drehte sich um und ging auf das Tor zu.

„Hat Shawny es geschafft, den Digitalisierer wieder in Betrieb zu nehmen?", erkundigte sie sich.

Er schüttelte den Kopf.

„Er befürchtet, dass nur Dad ihn reparieren kann, aber der ist immer noch auf Geschäftsreise", antwortete Gameknight999 und wurde plötzlich wütend. „Warum kann er nicht *einmal* zu Hause sein? Ich vermisse ihn."

Monet113 starrte nur schweigend zu Boden, während sie weitergingen, hob dann aber doch den farbenfrohen Kopf und sah ihren Bruder an.

„Ich auch, aber Mom sagt, dass er das tun muss,

um uns zu finanzieren“, meinte sie.

„Aber es muss doch eine bessere Methode geben, als ständig weg zu sein“, fauchte Gameknight. „Ach, lass uns jetzt zu den anderen gehen.“

Sie liefen ins Dorf, und als sie das Tor passierten, brandete Jubel unter den NPCs auf. Alle sangen Loblieder auf den Benutzer-der-kein-Benutzer-ist und die Schwester-von-Gameknight999.

KAPITEL 29

DIE LEGENDE DES ORAKELS

„Schnell, greifen wir sie an, bevor sie uns entwischen", drängte Hunter.

„Lass es endlich gut sein", erwiderte Gameknight999 streng.

„Aber das sind Zombies, und sie werden wiederkommen", erwiderte sie.

„Vielleicht", warf Crafter ein und lenkte sein Pferd an die Spitze der Kavallerie, „aber das heutige Motto lautet, leben und leben lassen. Möglicherweise können wir dadurch das Verhältnis zwischen den NPCs und den Zombies verbessern ..."

„LEBEN UND LEBEN LASSEN?", kreischte Hunter. „Was redest du denn da ... Das sind Zombies ... keine Freunde."

„Noch nicht ... Aber es besteht Hoffnung", stellte Monet fest. „Wir haben heute den Beginn von etwas Neuem erlebt, die ersten Anzeichen einer Veränderung unter den Zombies der Zombiestadt, und wir wissen nicht, wie sich das auswirken wird."

„Beginn ... Veränderung ... Wir reden hier von

Zombies!“, beschwerte sich Hunter lauthals. „Wir haben nichts mit ihnen gemein. Sie sind Monster, wir sind NPCs.“

„Sie haben den Toten ihre Ehrerbietung erwiesen“, widersprach einer der Dorfbewohner aus der Menge, die sich am Tor versammelt hatte.

„Und haben um die getrauert, die sie verloren haben … Vielleicht empfinden sie ja doch etwas“, mutmaßte ein anderer.

Hunter starrte die anderen frustriert an und wollte gerade etwas sagen, als ihr Crafter eine Hand auf die Schulter legte.

„Wir können das später besprechen … Im Augenblick brauchen wir einen Plan“, sagte der junge NPC.

Gameknight drehte sich um und ließ den Blick über das Schlachtfeld schweifen. Die letzten Zombies schlurften gerade zurück in den Wald. Irgendwie wirkten sie verändert. Sie sahen nicht mehr wütend aus; sie fauchten und knurrten nicht, sondern gingen einfach weg.

Plötzlich bemerkte er, dass jemand neben ihm aufgetaucht war, und schon schlang Stitcher die Arme um seine Taille und drückte ihn fest.

„Ich bin froh, dass es dir gut geht“, sagte sie.

„Und ich erst", erwiderte er. „Aber ich muss zugeben, dass mir Herobrine Angst eingejagt hat. Ich bin mir nicht sicher, ob er im Kampf besiegt werden kann.“ Er hielt inne und blickte in die besorgten Gesichter seiner Kameraden. „Aber er wird zurückkommen und noch mehr Monster mitbringen.“

Crafter sah den Benutzer-der-kein-Benutzer-ist an. „Nächstes Mal sind wir besser vorbereitet“, erklärte der junge NPC, in dessen Stimme Weisheit mitschwang.

„Wie stellst du dir das vor?“, konterte Gameknight. „Du hast doch selbst gesehen, wie viele Zombies aus diesen Tunneln in der Zombiestadt gekommen sind. Ich wette, es gibt unzählige Zombiestädte auf diesem Server, die alle Monster herschicken werden … meinetwegen. Außerdem hat er die Schwestern erwähnt, was immer das bedeuten mag, aber es ist garantiert nichts Gutes. Wir müssen etwas unternehmen.“

Gameknight hielt inne und wartete auf Ideen, aber seine Freunde schwiegen. Keiner wusste, was zu tun war, und als er ihnen ins Gesicht sah, spiegelte sich Furcht in ihren Augen wider.

Dieses Dorf überlebt nicht, wenn wir hierbleiben, erkannte er. *Ich muss etwas unternehmen, um diese NPCs zu beschützen.*

Auf einmal kamen zwei junge NPCs angerannt und schlangen die Arme um seiner Beine. Es waren Topper und Filler, Diggers Zwillinge.

„Vorsichtig“, ermahnte Digger sie, der gerade durch das Dorftor kam und zu Gameknight trat. „Seine Rüstung ist an mehreren Stellen aufgeplatzt. Passt auf, dass ihr euch nicht daran schneidet.“

Gameknight blickte an seiner Rüstung herab und bemerkte mehrere große Risse. An manchen Stellen fehlten ganze Teile, die das Enderschwert einfach rausgerissen hatte. Er zog die beiden Kinder sanft von seinen Beinen weg und kniete sich hin.

„Wir sind froh, dass es dir gut geht, Gameknight“, sagte Topper.

„Ja, wir hatten Angst“, fügte Filler hinzu.

„Ich habe mich auch gefürchtet, Kinder, aber jetzt ist wieder alles in Ordnung.“

Als Gameknight Digger in die Augen sah, war darin väterliche Besorgnis zu erkennen. Der NPC hatte Angst um seine Kinder und wusste, dass der Benutzer-der-kein-Benutzer-ist der Grund dafür war, dass sie in Gefahr schwebte.

Gameknight stimmte ihm zu.

Solange er hierblieb, gefährdete er sie alle. Falls es Shawny gelang, den Digitalisierer wieder zum

Laufen zu bringen, konnte er aus Minecraft verschwinden, aber … aber dann erinnerte Gameknight sich an Herobrines Worte: *Irgendwann wirst du das Tor des Lichts aktivieren, und ich werde dich begleiten.* Da ging ihm auf, dass es keine Rolle spielte, ob Shawny den Digitalisierer reparieren konnte oder nicht. Sobald Gameknight versuchte, aus dem Spiel zu entkommen, würde Herobrine sich zu ihm teleportieren und mit ihm fliehen. Doch das durfte Gameknight999 nicht zulassen. Er hatte keine Wahl, er musste Herobrine vernichten, bevor er mit Monet in die wirkliche Welt zurückkehren konnte … Irgendwie mussten sie ihn besiegen.

Aber wie?

Gameknight hatte nicht die geringste Ahnung, was er machen sollte. Er musste etwas tun, um diese NPCs zu beschützen … Sie waren sozusagen seine Familie in Minecraft, und er durfte sie nicht in Gefahr bringen. Außerdem musste er auf seine Schwester aufpassen. Aber er wusste, dass Herobrine zurückkommen würde, wenn er hierblieb.

Mit hinter dem Rücken verschränkten Händen verließ er das Dorf und schlenderte nachdenklich über das Schlachtfeld. Mit einem Mal rutschte ein Puzzleteil seinen Platz … und dann immer mehr, bis er sein Problem schließlich gelöst hatte.

Wir müssen weggehen!

Er drehte sich zu seinen Freunden um.

„Ich weiß, was zu tun ist“, sagte er mit fester Stimme. „Ich muss von hier verschwinden, bis meine Freunde in der physischen Welt das Tor des Lichts repariert haben. Erst dann kann ich mich Herobrine stellen, um ihn irgendwie zu besiegen, bevor ich heimgehe. Aber ich darf nicht hierbleiben; ich würde euch alle in Gefahr bringen.“

Er sah Topper und Filler und dann Digger an.

„Ich werde euer Leben nicht riskieren und ganz bestimmt auch nicht das meiner Schwester … Das ist eine Sache zwischen Herobrine und mir.“

Crafter wollte Einwände erheben, aber Gameknight schnitt ihm das Wort ab.

„NEIN! Genauso wird es gemacht. Und schlag gar nicht erst vor, mich zu begleiten. Ich werde nicht zulassen, dass wieder zahllose Krieger meinetwegen das Leben verlieren, und das ist mein letztes Wort. Ich werde in die Wildnis gehen und mich dort verstecken, bis das Tor des Lichts in der physischen Welt wieder aktiviert werden kann.“

„Und ich komme mit“, ergänzte Monet.

„Das geht nicht“, belehrte Gameknight seine

Schwester. „Herobrine ist zu gefährlich, und ich werde dein Leben nicht auf diese Weise aufs Spiel setzen. Immerhin bin ich für dich verantwortlich."

„*Du* bist für *mich* verantwortlich? Ich hab dir vorhin das Leben gerettet, indem ich die Zombies vom Kämpfen abgehalten habe", widersprach Monet ihm.

Gameknight wusste nicht, was er darauf erwidern sollte. So hatte er das noch gar nicht gesehen.

„Deine Schwester hat recht", bestätigte Crafter. „Ohne Monet wären wir alle gestorben. Sie hat uns gerettet."

„So wie ich das sehe", erklärte Monet, „ist es meine Aufgabe, sicherzustellen, dass dir nichts passiert. ‚In einer Familie ist man füreinander da' … richtig?"

Gameknight sah seine Schwester an und war auf einmal unglaublich stolz auf sie. Er war stolz darauf, dass sie Xa-Tul gegenüber so tapfer gewesen war und dass sie es geschafft hatte, die Zombies davon zu überzeugen, kampflos in ihre Stadt zurückzukehren. Ihm wurde klar, dass sie recht hatte und er ihre Hilfe vermutlich gut gebrauchen konnte.

„Na gut", gab er lächelnd nach. „Ich hätte durchaus nichts gegen Gesellschaft einzuwenden."

Monet erwiderte sein Lächeln.

„Außerdem gewöhne ich mich langsam daran,

dich in Minecraft dabeizuhaben“, gestand Gameknight. „Verrat es niemandem, denn ich werde leugnen, es je gesagt zu haben, aber es ist schön, dich hier zu haben.“

Sie lächelte noch breiter, dann schlang sie die Arme um ihn und drückte ihn fest. Er erwiderte ihre Umarmung kurz und wandte sich dann an die Dorfbewohner.

„Lebt wohl, meine Freunde. Wir kommen zurück, nachdem Herobrine besiegt wurde und wir durch das Tor des Lichts nach Hause zurückgekehrt sind. Auf Wiedersehen.“

Ohne eine Antwort abzuwarten, lief er mit seiner Schwester an der Seite los. Er zog das Schwert und hielt auf den Wald zu. Dabei war ihm durchaus bewusst, dass sie ein Abenteuer erwartete, das Minecraft im Hardcore-Modus glich oder noch schlimmer war. Im Laufen überlegte Gameknight, was er alles tun musste: Ressourcen besorgen, einen Unterschlupf bauen, Nahrung finden … All das, was man normalerweise in Minecraft so machte. Nur dass er es diesmal tun musste, um sein Leben zu retten und vielleicht sogar die ganze Welt.

Er war derart gedankenverloren, dass er den kleinen NPC neben sich erst gar nicht bemerkte. Als es ihm auffiel, schaute er nach unten und erkannte Topper.

„Du hast gesagt, du willst nicht, dass Krieger deinetwegen sterben müssen“, sagte Topper. „Tja, ich bin kein Krieger, Gameknight999. Ich bin Aufstecker. Ich stecke die Deckel auf Flaschen. Du hast nicht gesagt, dass Aufstecker nicht mit dir gehen dürfen.“

„Und ich bin kein Krieger, sondern Auffüller“, fügte Filler hinzu, der links neben Gameknight herlief. „Von Auffüllern hast du auch nichts gesagt.“

Gameknight blieb stehen und betrachtete die beiden Jungen gerührt.

„Ich habe auch nichts über Bergarbeiter gehört“, erklärte eine tiefe Stimme in seinem Rücken.

Als er sich umdrehte, stand er mit einem Mal Digger gegenüber, der seine Eisenspitzhacke geschultert hatte. Hinter dem NPC war das gesamte Dorf zu sehen … Männer, Frauen und Kinder strömten durch das Tor, um dem Benutzer-der-kein-Benutzer-ist zu folgen.

„Oder über Bäcker …“, meinte einer.

„Oder Bildhauer …“

„Oder Weber …“

„Oder Schleifer …“

„Oder …“ Es ging immer so weiter, und alle NPCs

erklärten sich bereit, ihrem Freund, ihrem Helden, erneut ins Ungewisse zu folgen.

Während immer mehr Dorfbewohner aus dem Dorf kamen, tauchte auch Crafter neben Gameknight auf.

„Wir halten alle zu dir, Benutzer-der-kein-Benutzer-ist“, bekräftigte der junge NPC, und wie immer war seine Stimme von Weisheit erfüllt. „In einer Familie ist man füreinander da, und du und deine Schwester, ihr seid ein Teil unserer Familie, unseres Dorfs.“

„Bist du dir wirklich sicher?“, wollte Gameknight wissen.

Crafter nickte. „Hast du einen Plan?“, fragte er leise.

Gameknight sah ihn nur schweigend an.

„Das habe ich mir schon gedacht“, fuhr der junge NPC fort. „Tja, wenn du keine Idee hast, darf ich ja vielleicht etwas vorschlagen.“

„Was denn?“

„Meine Großtante Milky hat mir mal von einer Geschichte erzählt, die sie gehört hat, als sie noch jung war.“

„Schieß los.“

„Sie sagte, dass es im Dschungel einen uralten

Tempel gibt. Angeblich ist es der älteste Tempel in ganz Minecraft."

Wieder rutschte ein Puzzleteil an die richtige Stelle.

„Und in diesem Tempel lebt der älteste NPC in Minecraft. Sie wird das Orakel genannt."

„Das Orakel?", fragten Gameknight und Monet113 gleichzeitig.

Das nächste Puzzleteil war da, wo es hingehörte.

„Ja, sie ist der älteste NPC in ganz Minecraft, und sie weiß Dinge, die sonst niemand weiß. Milky meinte, einige würden sogar behaupten, das Orakel wäre überhaupt kein NPC, sondern etwas anderes … etwas Größeres … etwas, das man hinzugefügt hat, um alle zu beschützen. Vielleicht kann sie uns helfen."

„Weißt du, wo wir dieses Orakel finden?"

„Ich habe da so eine Ahnung", meinte Crafter.

„Dann sollten wir es probieren … Zeig uns den Weg."

Crafter ging zurück zu seinem Pferd, stieg auf und brachte auch ein Pferd für Gameknight999 mit.

„Nein, danke, ich laufe lieber", sagte Gameknight. „Wenn es nicht genug Pferde für alle gibt, gehe ich zu Fuß. Außerdem", er steckte sein Schwert weg und nahm Toppers Hand, während Monet Fillers ergriff, „können uns diese beiden beschützen … Richtig?“

„Richtig“, stimmte Monet ihm zu.

„Also gut“, meinte Crafter, drehte sich im Sattel um und rief den anderen NPCs zu: „Folgt mir zum Dschungeltempel des Orakels.“

„Das klingt nach einer weiteren deiner tollen Ideen, Gameknight“, murmelte Hunter lächelnd, gab ihrem Pferd die Sporen und ritt voraus, um die Gegend zu erkunden. Stitcher begleitete ihre ältere Schwester.

Gameknight999 drehte sich um und war gerührt, dass diese Leute das für ihn und seine Schwester tun wollten, und das nicht etwa, weil er Gameknight und sie Monet war oder weil man ihn den Benutzer-der-kein-Benutzer-ist nannte, sondern weil sie zu ihrer Familie gehörten … Und in einer Familie ist man füreinander da … Auch für seine kleine Schwester.

Lächelnd drehte er sich wieder um und machte sich auf den Weg zum geheimnisvollen Orakel, das irgendwo da draußen existierte, während er und seine Schwester die Zwillinge an den Händen hielten und der süßen Musik von Minecraft lauschten.

MINECRAFT-SEEDS

In diesem Buch habe ich Gameknight999 und seine Gefährten an viele spannende und exotische Orte geschickt. Unten findet ihr mehrere Seeds, die ihr bei Minecraft eingeben könnt, um euch die in der Geschichte beschriebenen Landschaften anzusehen! Diese Seeds funktionieren auf jeden Fall bei Minecraft 1.8. Ihr müsst allerdings selbst nachschauen, ob eure Spielversion Seeds unterstützt.

Falls ihr eine Einführung in Seeds benötigt, findet ihr auf YouTube alles, was ihr braucht! Es gibt wirklich viele Tutorials zu diesem Thema.

Kapitel 14, 17 und 22
Dichter Wald: 126309126
Extreme Berge: -6113936998497547891

Kapitel 20
Extremes Höhlensystem: -1501653762
Wagt euch in die Schlucht, und erkundet sie auf eigene Gefahr!

VORSCHAU AUF „DAS ORAKEL DES DSCHUNGELTEMPELS“

Als sie weiterritten, hörte Gameknight999 plötzlich ein Geräusch und wendete sein Pferd. In den Baumwipfeln konnte er zwischen den Blättern dunkle Gestalten erkennen … mit vielen roten Augen. Da lauerten richtig viele Spinnen!

„Wir werden angegriffen! Lauft!“, schrie Gameknight.

Die Dorfbewohner, die nach den ständigen Angriffen auf ihr Dorf und den Kämpfen im Wald kampferprobt waren, zogen ruhig ihre Waffen und warteten auf weitere Befehle.

„Geht weiter von den Bäumen weg“, ordnete er an. „Noch greifen sie nicht an, aber es wird es nicht mehr lange dauern.“

Crafter und Digger kamen angelaufen, und Hunter war ihnen dicht auf den Fersen.

„Was ist denn los?“, fragte Crafter.

Gameknight zeigte auf die Baumwipfel.

„Wahrscheinlich warten sie auf weitere Spinnen

oder auf Anweisungen von ihrem Anführer", überlegte Crafter. „Spinnen sind Einzelgänger und arbeiten nur zusammen, wenn sie dazu gezwungen werden. Solange ihnen kein Befehl erteilt wurde, werden sie auch kein Spinnenbein rühren."

„Das müssen wir ausnutzen", brummte Digger mit seiner tiefen Stimme. „Vor uns liegt ein Hügel zwischen zwei Flüssen. Dort könnten wir uns gut verteidigen."

Gameknight drehte sich um und ließ den Blick über das Terrain schweifen. Vor ihm stieg der Boden langsam an und formten einen großen Hügel, um den zwei Flüsse herumflossen, die sich dahinter vereinten und ein „V" bildeten. Dies war in der Tat ein guter Ort, um eine Abwehrstellung zu errichten.

„Du musst die Leute so schnell wie möglich dorthin bringen, Digger." Gameknight stieg ab und zog sein Schwert. „Krieger, steigt von euren Pferden und übergebt sie an die Älteren und Schwächeren. Wir bilden die Nachhut, während der Rest des Dorfs den Hügel erklimmt."

Die Soldaten sprangen sofort von ihren Pferden und gaben sie weiter. Dann stellten sie sich mit gezogenen Waffen neben Gameknight.

„Digger ... Geht!"

Der große NPC rannte los, wobei er den anderen Dorfbewohnern Anweisungen zurief. Bevor auch Crafter gehen konnte, hielt Gameknight ihn fest.

„Crafter, erinnerst du dich noch an die kleine Überraschung, die wir den Monstern an der Brücke ins Nichts bereitet haben, nachdem wir die Eisenrose besorgt hatten?"

Crafter nickte lächelnd.

„Großonkel Weaver würde dich mögen." Der junge NPC lief ebenfalls los und erteilte Befehle.

„Wie ... Was?" Monet trat zu Gameknight und sah ihn verwirrt an. „Wer ist Großonkel Weaver?"

„Crafters Großonkel. Er hat mal gesagt: ‚Die meisten Monsterprobleme lassen sich mit etwas Kreativität und ein wenig TNT lösen'", erklärte Gameknight. „Crafter wird den Spinnen eine kleine Überraschung bereiten." Dann starrte er seine Schwester wütend an. „Was machst du überhaupt hier? Du solltest dich auf dem Hügel in Sicherheit bringen."

„Ich werde mit dir kämpfen", gab sie zurück. „Du hast doch gesehen, wie gut ich inzwischen mit dem Bogen umgehen kann."

„Mach dich nicht lächerlich, Monet, das wird gefährlich. Krieg ist nichts für kleine Kinder."

„Aber du bist auch ein Kind."

„Nicht in Minecraft", widersprach Gameknight ihr. „Hier bin ich der Benutzer-der-kein-Benutzer-ist und ein erfahrener Krieger. Du hingegen bist nur ein Kind. Und jetzt verschwinde dorthin, wo es sicher ist."

„NEIN!"

Gameknight seufzte und winkte den Schmied zu sich.

„Smithy, bitte eskortiere meine Schwester auf den Hügel zu den restlichen Dorfbewohnern", wies Gameknight ihn an. „Sollte sie sich weigern, trag sie einfach. Sie kann nicht hierbleiben. Ich ... äh ... brauche ihre Hilfe beim Errichten der Abwehrstellung ... Ja, genau ..." Er beugte sich vor und sah dem Schmied in die Augen. „Verstanden? Ich darf nicht dadurch abgelenkt werden, dass ich meine kleine Schwester beschützen muss, während eine Spinnenarmee angreift."

Smithy nickte, nahm Monets Hand und marschierte mit ihr im Schlepptau zum Hügel. Monet seufzte und folgte dem großen NPC widerwillig und enttäuscht.

Mit zufriedenem Grinsen wandte sich Gameknight wieder dem Wald zu. Als er sein Schwert aus dem Inventar holte, sprach ihn jemand an.

„Du hättest ein bisschen netter sein können."

Neben ihm stand Stitcher und blickte mit gerunzelter Monobraue zu ihm auf.

„Sie kann nicht hier unten bleiben, sie ist bloß ein Kind", entgegnete Gameknight.

„Das bin ich auch", stellte sie fest. „Muss ich jetzt auch zu den alten Frauen gehen und mich verstecken?"

„Natürlich nicht, Stitcher. Ich brauche dich hier. Außerdem ist das etwas anderes. Du bist kein Kind ... Du bist Stitcher. Wir haben schon oft Seite an Seite gekämpft, und ich weiß, dass du zurechtkommst. Aber Monet ist zu jung und hat noch nicht genug Erfahrung. Ich kann nicht darauf vertrauen, dass sie auf dem Schlachtfeld zurechtkommt."

„Da passiert was!", rief einer der Krieger.

Gameknight drehte sich zur Baumgrenze um. In den Wipfeln tauchten immer mehr Spinnen auf, deren zorniges Klackern anschwoll, bis es wie ein riesiger wütender Grillenschwarm klang. In den leuchtenden roten Augen, die durch die Blätter zu sehen waren, funkelte ein solcher Hass, dass Gameknight ihn fast schon spüren konnte. Er war entsetzt. Diese Spinnen verabscheuten die NPCs mit einer Intensität, die alles andere zu überlagern schien.

Warum hassen diese Monster die NPCs so?, fragte er sich.

„Lasst euch alle zurückfallen", befahl Gameknight. „Zieht eure Bögen, und haltet euch bereit. Bildet zwei Reihen, und verteilt euch. Die Spinnen dürfen nicht an uns vorbeigelangen. Die Krieger hinter uns brauchen Zeit, um die Abwehr zu errichten, und diese Zeit werden wir ihnen verschaffen."

Die Krieger jubelten, steckten die Schwerter weg und zogen stattdessen die Bögen. Sie legten Pfeile an, zielten auf die Monster in der Ferne und gingen langsam rückwärts. Gameknight sah Bewegungen in den Bäumen. Irgendetwas Grünes und Geflecktes huschte zwischen den großen Eichen herum. Kreaturen auf winzigen Füßen. Als sie den Waldrand erreichten, wusste Gameknight Bescheid: Creeper.

Na toll ... Noch mehr Monster.

Gameknight trat vor und wandte sich an seine Krieger. In ihren Gesichtern las er Stolz, aber auch Furcht. Sie wussten, dass sie zahlenmäßig unterlegen waren und dass es keine gute Idee war, im Freien gegen eine Horde Spinnen zu kämpfen. Dennoch sahen sie Gameknight voller Hoffnung an und erwarteten, dass er sie rettete.

Ihr Leben liegt in meinen Händen ... Ich hasse die-

se Verantwortung. Ich will nicht, dass sie sich auf mich verlassen. Diese Last ist zu groß. Ich will einfach nur ein Kind sein.

Aber er wusste, dass er keine Wahl hatte. Ob es ihm nun gefiel oder nicht, er war der Benutzer-der-kein-Benutzer-ist und musste sich etwas ausdenken, damit diese NPCs die bevorstehende Schlacht überlebten. Als er zu den Spinnen aufsah, die sich in den Baumkronen versammelten, setzten sich die Puzzleteile in seinem Kopf wieder einmal in Bewegung. Eins fand seinen Platz ... die Creeper ... und schon kamen weitere Puzzleteile dazu.

„Okay, wir machen Folgendes“, rief Gameknight. „Sobald die Monster angreifen, muss die vordere Reihe ...“ Er erklärte seinen Plan, und die anderen nickten.

In ihren quadratischen Gesichtern spiegelte sich Hoffnung wider ... Sie hatten eine Chance, den Kampf zu überleben.

„Da kommen sie!“, schrie einer der Soldaten.

Als sich Gameknight dem anstürmenden Mob entgegenstellte, war da wieder dieses vertraute Gefühl. Seine Füße wurden bleischwer und seine Arme kraftlos. Er war auf einmal nicht mehr sicher, ob er das Richtige tat oder ob seine Entscheidungen alle das Leben kosten würde. Dieses Gefühl hatte er in Minecraft schon so oft gehabt, dass es für ihn wie ein alter Freund war – oder vielleicht auch ein Erzfeind.

Es war Furcht.

Er schob sie beiseite, konzentrierte sich auf das Hier und Jetzt und umklammerte seinen Bogen. Dann stellte er sich den Monstern, die auf sie zugelaufen kamen. Er nahm seine ganze Kraft zusammen und stieß seinen Schlachtruf aus.

„FÜR MINECRAFT!"

Aus dem Wald kam eine große Gruppe Creeper gelaufen, deren grün-schwarz gefleckte Körper vor den dunklen Eichen gut zu erkennen waren. Die schwarzen Spinnen, die sich beim Herunterklettern an die senkrechten Blöcke der Baumstämme drückten, sahen beinahe aus wie riesige dunkle Regentropfen.

„Weicht zurück und wartet, bis sie in Schussreichweite sind!", brüllte Gameknight, während sie weiter zurückwichen. „Zeigt keine Furcht, denn eure Freunde und Nachbarn stehen euch zur Seite. Euer Dorf ist eure Familie, und in einer Familie ist man füreinander da." Er trat noch ein paar Schritte zurück, als die Spinnen und Creeper näher kamen.

„Dieses Schlachtfeld gehört uns, und wir lassen es uns nicht von ein paar Monstern wegnehmen."

„Genau!", rief Stitcher zustimmend. Ihre hohe Kinderstimme übertönte das Klackern der Spinnen und erheiterte die anderen Krieger.

„Bereitmachen", ordnete Gameknight an. „JETZT!"

Die vordere Reihe sank auf ein Knie, alle spannten ihre Bögen und feuerten zur selben Zeit die Pfeile ab. Sie zielten auf die Creeper an vorderster Front, von denen nur einer explodieren musste. Die Pfeile schossen durch die Luft und trafen sowohl Creeper als auch Spinnen, doch kein Creeper flog in die Luft. Anscheinend waren diese Creeper disziplinierter als die, mit denen sie es früher zu tun gehabt hatten.

Sofort legten die Krieger neue Pfeile an und ein weiterer Pfeilhagel ging zwischen den grüngefleckten Kreaturen zu Boden ... aber noch immer keine Explosionen. Gameknight stöhnte frustriert auf. Die Spinnen kamen immer näher. Die Creeper mussten explodieren, sonst würden die Krieger überrannt und viele NPCs müssten sterben.

Aber da flog plötzlich ein einsamer brennender Pfeil durch die Luft. Er segelte hoch über ihren Köpfen hinweg und war weit hinter ihrer Formation abgeschossen worden. Gameknight erkannte die schillernde blaue Magie am Schaft und die rotglühende Spitze. Er drehte sich um und sah Hunter auf sich zulaufen.

Sie hielt kurz inne, feuerte einen weiteren Pfeil ab und lief dann weiter. Der erste Pfeil traf einen Creeper direkt in die Brust. Die magischen Flamme ließen das grüne Monster weiß leuchten, und ein Zischen erfüllte die Luft. Dann landete der zweite Pfeil in seiner Schulter und es leuchtete noch heller. Endlich explodierte der Creeper, riss dabei ein großes Loch in die Landschaft und schleuderte sämtliche umstehenden Monster in die Luft. Kaum kamen die Creeper in der Nähe wieder am Boden auf, fingen auch sie an zu leuchten und explodierten schließlich in einer Kettenreaktion, die eine tiefe Furche in die Grasebene schnitt.

Zumindest die Creeper haben wir schon mal aufgehalten, dachte Gameknight.

Aber nun griffen die Spinnen an.

„Zieht euch weiter zurück!", befahl Gameknight. „Die vorderste Reihe zieht die Schwerter. Bogenschützen, zielt auf die Höhlenspinnen."

Gameknight stellte sich vor Stitcher und warf der anstürmenden Monsterhorde böse Blicke zu. Sie sollten es ja nicht wagen, seiner Freundin schaden zu wollen.

Das wird nicht passieren!, dachte er.

Er spürte die Last der Verantwortung für all diese NPCs auf seinen Schultern und wollte nicht, dass auch nur einer von ihnen verletzt wurde. Doch er musste davon ausgehen, dass es Verletzte ... oder sogar Tote geben würden. Allerdings war ihm ebenso klar, dass er jetzt nicht darüber nachdenken durfte. Im Augenblick musste er kämpfen – und das war etwas, das Gameknight inzwischen im Schlaf konnte.

Die erste Spinnenwelle warf sich gegen die NPC-Krieger. Schwertkämpfer schlugen auf die pelzigen schwarzen Monster ein, die ihre Gegner mit ihren gebogenen Klauen zerfetzen wollten. Gameknight sah das grässliche Gesicht einer Spinne vor sich. Sie schlug auf ihn ein, doch er konnte ihre Angriffe abwehren, ging auf das Monster los, täuschte links an und schlug rechts zu. Er entzog der Spinne Lebenspunkte und schwang sein Schwert so wild, dass sie Angst bekam. Aber Gameknight ließ sie nicht entkommen und hieb weiter auf sie ein, während Stitchers Pfeile über seine Schulter flogen und die Spinne trafen. Innerhalb von Sekunden war sie mit einem Ploppen verschwunden.

Schon wandte sich Gameknight der nächsten Spinne zu, sah sich jedoch gleichzeitig auf dem Schlachtfeld um. Überall hallten Schreie durch die Luft, als NPCs und Spinnen aufeinandertrafen. Die Bogenschützen hinter den Schwertkämpfern schossen weiterhin ihre tödlichen Geschosse ab und konzentrierten sich dabei auf die vereinzelten blauen Höhlenspinnen, da deren Gift äußerst gefährlich war. Gameknight stellte erleichtert fest, dass sie nicht sehr zahlreich waren. Die Bogenschützen hatten die blauen Spinnen schon bald vernichtet und konzentrierten ihr Feuer auf die größeren schwarzen Spinnen, um den Ansturm einzudämmen. Doch das war aussichtslos, denn den wenigen Verteidigern standen zu viele Monster gegenüber.

Immer mehr Krieger fielen, da ihre Lebensenergie aufgebraucht war. Ihr Inventar schwebte über dem Boden, ebenso wie die Seide der Spinnen, die ebenfalls ihr Leben ausgehaucht hatten.

Wenn wir weiterhin für jede Spinne einen NPC verlieren, werden wir verlieren.

„Rückzug ... Rückzug!", schrie Gameknight.

Die Krieger wussten über Gameknights Plan Bescheid, daher gingen sie langsam rückwärts, ohne mit dem Kämpfen aufzuhören, und wichen vor den

Monstern zurück. Das Klackern der Spinnen wurde immer lauter, während ihre Aufregung wuchs.

Die NPCs wurden schneller. Sie kämpften zwar weiterhin, verloren aber immer mehr an Boden. Mittlerweile waren sie am Hügel angelangt und kamen dem Rest der Dorfbewohner näher.

„Kämpft weiter, aber zieht euch zurück“, rief Gameknight. „Wir können die Spinnen nicht aufhalten!“ Die Krieger wichen vor der riesigen Spinnenhorde zurück, die wie eine unaufhaltsame Flutwelle auf sie einschlug. Gameknight konnte die Dorfbewohner hinter sich schon hören. Digger und Crafter riefen Befehle und organisierten die Abwehr.

„Bereitmachen!“, schrie Gameknight.

Die Krieger kämpften noch härter, da sie wussten, dass sie die Spinnen noch ein paar Minuten aufhalten mussten. Denn wenn die die Dorfbewohner auf dem Hügel nicht bereit waren, wären sie alle verloren.

„BEREITHALTEN!“, rief der Benutzer-der-kein-Benutzer-ist noch lauter.

Die Schwertkämpfer stürmten vor und hieben gnadenlos auf alle Spinnen ein, die sie erreichen konnten.

„JETZT!“

ENTDECKT, WIE ALLES BEGANN: BAND 1 DER GAMEKNIGHT999-REIHE

Der 12-jährige Gameknight999 liebt es, in Open-World-Spielen zu griefen und andere Benutzer zu trollen. Mitgefühl und Hilfsbereitschaft sind ihm fremd – schließlich ist alles nur ein Spiel. Doch als eine

Erfindung seines Vaters ihn auf geheimnisvolle Weise in die Würfelwelt befördert, ist er plötzlich Teil eines lebensgefährlichen Abenteuers.

Gameknights Ankunft löst einen Krieg aus. Eine Existenz jenseits von Gut und Böse bedroht nicht nur die Welt des Games, sondern auch die wirkliche Welt! Um diesen Kampf zu gewinnen, muss er Zombies, Spinnen und Creepern immer einen Schritt voraus sein und neue Freunde gewinnen.

ISBN 978-3-7415-2176-8

BAND 2 DER GAMEKNIGHT999-REIHE

Gameknight999 und sein Freund Crafter finden sich auf einem neuen Server wieder. Doch der Kampf ist noch nicht vorbei. Auch der König des Nether, der furchtbare Ghast Malacoda, will mit seiner Armee aus Lohen, Magmaschleimen, Schweinezombies und Witherskeletten das Game zerstören. Doch gegen ihn wirkt Erebus, der König der Endermen, wie ein harmloses Stofftier.

Um das Leben aller – auch in der wirklichen Welt – zu retten, müssen Gameknight und Crafter eine neue NPC-Armee zusammenstellen. Aber die letzten Kämpfe haben Gameknight an seinen Fähigkeiten zweifeln lassen. Kann er genug Mut aufbringen, um auch diesen Kampf zu bestreiten?

ISBN 978-3-7415-2177-5

BAND 3
DER GAMEKNIGHT999-REIHE

Der furchteinflößende Ghast Malacoda und der schreckliche Enderman Erebus haben es mit ihrer Armee bis zum Server der Quelle geschafft und wollen diese zerstören, um endlich in die wirkliche Welt zu

gelangen. Nur Gameknight999 und seine kleine NPC-Armee können sie aufhalten. Eine Jagd quer durch die Klötzchenwelt beginnt – wer wird als Erster die Quelle erreichen?

Um diese aufzuspüren, müssen zunächst zwei Schlüssel geborgen werden. Keine leichte Aufgabe, denn diese werden von unbarmherzigen Kreaturen bewacht. Ihre Suche bringt Gameknight und seine Freunde Crafter, Hunter und Stitcher in eine andere Dimension, wo eine tödliche Kreatur auf der Lauer liegt …

ISBN 978-3-7415-2178-2

DAS ABENTEUER GEHT WEITER: BAND 2 DER DAS-GEHEIMNIS-UM-HEROBRINE-REIHE

Gameknights wahrer Feind hat sich endlich zu erkennen gegeben: Herobrine. Doch wie besiegt man jemanden, der unbesiegbar scheint? Gameknight erfährt von einem uralten, tief im Dschungel verborgenen Orakel, das möglicherweise die Antwort auf seine Frage kennt. Doch der Weg dorthin ist gepflastert mit Gefahren, denn Zombies, Spinnen und Creeper lauern hinter jedem Baumstamm und hinter jedem Busch. Werden Gameknight und seine Freunde das Orakel noch rechtzeitig erreichen?

ISBN 978-3-7415-2259-8

Ab Januar 2018 überall im Buchhandel und unter www.ullmannmedien.com erhältlich.

BAND 3 DER DAS-GEHEIMNIS-UM-HEROBRINE-REIHE

Der finale Kampf mit Herobrine steht kurz bevor! Alles hängt nun am seidenen Faden, denn eine falsche Entscheidung von Gameknight und seinen Freunden und Herobrine ist nicht mehr aufzuhalten. Einmal mehr muss Gameknight all seinen Mut zusammennehmen. Tief auf dem Meeresgrund befindet sich das legendäre Ozeanmonument. Dort soll das Buch der Weisheit versteckt sein, welches den Schlüssel für die Waffe, mit der man Herobrine aufhalten kann, enthält. Doch bewacht wird das Monument vom schrecklichsten aller Monster …

ISBN 978-3-7415-2260-4

Ab April 2018 überall im Buchhandel und unter www.ullmannmedien.com erhältlich.